나답게 사는
행복

나답게 사는 행복

희로애락을 다스리는 도덕경의 지혜

진경수 지음

나답게 사는 행복으로 들어가는 이야기

우리가 느끼는 희로애락(喜怒哀樂)은 감정과 경험의 다양한 측면을 나타내는 개념들이다. 이를 잘 다스린다면, 정서적인 안정과 웰빙을 유지하고 행복을 느끼며 살아갈 수 있다.

기쁨을 느낄 때, 긍정적인 에너지가 생기고 스트레스가 감소하며 행복감이 증진된다. 이러한 기쁨은 즐거운 경험과 성취에서 얻어지므로 지족(知足)하는 마음을 다룰 줄 아는 지혜가 필요하다.

화를 느끼는 것은 자연스러운 감정이지만, 이를 잘 다루지 않으면 인간관계 파괴, 건강 문제, 정신적 스트레스 등 부정적인 영향을 미친다. 따라서 이러한 화를 효과적으로 다룰 줄 아는 지혜가 필요하다.

슬픔은 우리가 겪는 정상적인 감정이지만 슬픔을 무시하거나 억누르게 된다면, 자신의 정서적 문제를 악화시킬 수 있다. 따라서 슬픔을 적절히 표현하고 다룰 줄 아는 지혜가 필요하다.

즐거움은 다양한 활동이나 상황 및 경험에서 비롯되며 개개인이 갖는 개념에 따라 다르다. 이는 삶의 질을 향상하는 데 도움이 되므로, 자신의 관심사와 가치에 맞는 활동과 경험을 통해 즐거움을 얻는 지혜가 필요하다.

이처럼 기쁨과 성냄과 슬픔과 즐거움의 감정을 인식하고 적절히 다룰 수 있다면, 건강하고 긍정적인 삶, 행복한 삶을 살아갈 수 있다.

기쁨과 즐거움으로 다가가려 하지만 그것들은 더 멀리 달아나려 하고, 성냄과 슬픔을 멀리하려 하지만 그것들은 성큼성큼 거침없이 다가오는 존재이다.

나는 지금껏 살아오면서 기쁨, 성냄, 슬픔, 그리고 즐거움을 적절하게 다루지 못해 성공과 과욕, 실패와 좌절의 극과 극을 넘나들었다. 이런 롤러코스터 같은 삶을 겪으면서 나 자신을 알아 가는 한 편의 드라마 같은 이야기를 이 백지 위에 빼곡하게 채워 간다.

한 줄기 밝은 빛을 만나면서부터 과거 다람쥐 쳇바퀴 돌듯 일회일비하는 고통의 바다에서 허덕이며 어리석게 살아온 지난 삶에서 벗어났다.

지금은 내 몸속에 잠자고 있던 행복의 세포가 번쩍 눈을 뜨고 깨어나 있기에 늘 행복하다고 입버릇처럼 말한다. 이른바 '나답게 사는 행복'에 흠뻑 빠져 가치 있는 삶을 살아간다.

이렇게 나의 삶이 대전환할 수 있었던 계기가 노자의 '도덕경'과의 만남이었다. 도덕경의 한 문장, 한 문장을 읽으며 사유하고 행동하고 대자연을 관찰하였다. 새로운 관점에서 도덕경을 읽고 느낀 생각을 내 나름대로 탈바꿈시켰다.

그러한 수행과정을 거치면서 기쁨, 성냄, 슬픔, 그리고 즐거움을 나 자신의 삶 속에서 홀연히 알아차렸다. 그것들을 슬기롭게 다루고 '나답게 사는 행복'으로 승화했던 이야기들을 담백한 문장과 흥미진진한 사례를 들어 속삭인다.

이 글을 쓰는 동안 시공간을 자유롭게 넘나들면서 나를 돌아보고 또 돌아보며, 내 주변을 살펴보고 또 살펴본다. 오늘이 '나의 마지막 날'이라는 생각으로 '지금'에 충실하며, 가치 있는 삶을 살겠다고 다짐한다.

　이 세상에서 믿음을 나의 으뜸가는 재산으로 삼아 신뢰를 저버리지 않도록 한다. 어질고 후덕한 덕행을 실천하여 진정한 나만의 안락을 누린다. 진실을 맛 중의 맛으로 여겨 거짓의 탈과 아바타의 모습을 벗어던진다. 깨달음을 얻고자 하는 열망으로 삶의 지혜를 얻는다. 이러한 씨앗을 진리의 옥토에 뿌려 '나답게 사는 행복'의 꽃을 피우고 그 향기 속으로 빠저든다.

Contents

기쁨(喜) 편

우리는 늘 기쁨과 함께 삶을 누리고 싶은 간절함이 있다. 그러기 위해서는 기쁨을 슬기롭게 다룰 수 있도록 보이지 않는 마음을 제어할 수 있어야 한다.

기쁨이란 무엇일까?

내가 기쁨을 언제 느꼈으며, 그런 감정이 어떤 연유로 생겨났을까? 곰곰하게 생각하지 않고 어림짐작해 봐도 나의 일상생활 속의 아주 사소한 일을 겪으면서 기쁨을 느꼈던 것 같다. 예컨대, 중·고등학생 시절에는 열심히 공부해서 성적이 쑥쑥 올랐을 때, 대학 다닐 때는 방송을 미치도록 좋아해서 음악다방 DJ까지 했을 때, 신임 교사로서 3년 동안 쭉 담임했던 학생들을 졸업시켰을 때였다. 또 지금 아내와 결혼식을 올렸을 때, 세 명의 자식이 태어났을 때, 공학박사 학위를 받고 교수로 첫발을 내디뎠을 때였다. 그리고 나의 행동이 남에게 도움이 되었다고 느낄 때, 책을 읽으면서 크게 깨달은 바가 있거나 공감되는 내용을 만났을 때 등등 돌이켜보면 한량없고 무량하여 바닷가 백사장의 모래알 수만큼이나 헤아릴 수 없이 많았다.

이렇게 무수하게 기뻤던 나날을 회상해 보면, 내가 간절하게 바라던 일이나 목표가 성취되었을 때거나 전혀 기대하지도 예상치도 못했던 훌륭한 결과를 얻었을 때 또는 상서로운 일이 기대될 때였다. 살갗을 스치는 산들바람이 하얀 뭉게구름을 몽글몽글 피어오르게 하는 하늘의 그림처럼, 짙은 녹음과 어우러진 깊은 산속에서 우렁찬 굉음을 내며 낙하하며 하얀 물보라를 일으키는 계곡의 청량한 폭포수처럼, 내 마음이 만족감으로 가득하여 즐겁고 흥거운 감정이 일렁대고 있는 순간이었다. 그러고 보니, 기쁨의 원천은 어떤 일로 내가 느꼈던 모자람이 없이 마음이 흡족한 상태인 만족이었다. 만족(滿足)이 기쁨을 창조하는 원동력이고, 기쁨은 그러한 만족을 느끼는 마음에 의지하고 있었다.

그렇다면, 이러한 마음이란 놈은 또 무엇이란 말인가? 마음이란, 감정이나 생각, 기억 따위가 깃들거나 생겨나는 곳이라고 믿들 하지만, 실제로 내 몸의 어느 부분에 마음이 있다고 단정하여 말하기 어렵다. 그러나 어떤 사람들은 마음이 있는 곳은 뇌가 있는 머리라고도 말하고, 또 다른 사람들은 심장이 있는 가슴이라고 말하기도 한다. 그러나 내가 미처 생각지 못한 말들이 불쑥 내뱉어지는 경우가 있었고, 또 일부러 생각해 낼 수 없고 무어라 표현할 수 없는 감정을 경험해 보니 머리가 아닌 것 같기도 하고 가슴도 아닌 것 같기도 하다.

겉보기 몸은 흔히 사람들을 구별하고 특징짓는 잣대로 이용된다. 인종에 따라 피부색과 얼굴 생김새, 체형 등이 다르므로 종종 인종차별의 원인이 되기도 한다. 비만한 사람보다 날씬하고 탄탄한 체형의 준수한 외모를 지닌 사람을 선호하는 외모지상주의가 판치는 세상이 되었다. 그래서 입사 면접에서 드러나지 않는 차별대우를 받는 경우도 종종 빚어진다. 그런가 하면 아름다운 외모를 가꾸고자 하는 욕망은 성형, 패션, 피트니스, 뷰티 등 다양한 분야의 산업발전을 견인하는 원동력으로 작용하는 순기능적 측면을 가지고 있다. 이로 인해 가진 자와 없는 자의 외형적 차이가 확연하게 두드러져서 빈부 및 외모 양극화를 더욱 가속화하는 부정적 측면도 무시할 수 없다. 또한, 외모에 대한 자신감을 지닌 사람은 교만과 자만으로 충만한 우월주의 사고와 지나친 과소비 생활에 빠지기도 한다. 반대로 자신의 외모에 대한 불만족을 지닌 사람은 상대적 빈곤에 시달리는 열등감으로 우울증을 겪거나 자신감을 잃고 스스로 사회로부터 고립되어 가는 경향을 보이기도 한다. 불만과 우울증이 심각해지면 자신이 겪고 있는 모든 문제와 고통을 사회 탓으로 돌리고 불특정 다수를 상대로 보복하려는 심리로 이어지기도 한다.

그러나 한 마음을 돌려서 생각해 보면 외형적 아름다움도 우리가 먹는 식품처럼 유효기간이 있다. 나이가 들어 갈수록 근육이 서서히 빠지고 목과 얼굴엔 주름이 지고 피부를 잡아당기면 탄력을 잃고 늘어진다. 머리털은 빠져서 어둠을 밝히는 반짝반짝 빛나는 대머리가 되어 가거나 하얀 서리가 내려앉은 백발을 머리에 이고 산다. 나이 뱃살은 만삭의 임신모처럼 불쑥 튀어나오고 엉덩이는 물에 퉁퉁 불은 듯 풍만해진다.

이렇게 외형의 아름다움을 잃어 가는 대신 얻는 것이 있으니, 익어 가는 삶의 지혜와 마음의 여유로움, 넘쳐흘러도 자만하거나 거만해 보이지 않고 부족하지도 않은 풍부한 연륜과 감성이다. 그래서 나는 이발소에 가도 머리털이 없다고 할인해 주는 특별대우를 받는 전등불처럼 빛나는 대머리지만 결코 남의 시선에 위축되거나 주눅 들지 않는다. 남들은 고가의 외제 승용차를 타고 다니지만 나는 경차를 타며 당당하게 외제 승용차 옆에 주차한다. 더할 나위 없이 좋은 것은 경차 전용 주차공간을 부여받는 혜택을 누린다.

이러한 여유로움과 지혜와 사유를 몸의 항아리에 듬뿍 담아 그것이 말과 행동으로 향불에서 풍기는 은근한 향기처럼 퍼져 나오는 품위를 갖추려 한다. 그래서 고(故) 이어령 박사처럼 죽는 그 순간까지 책을 놓지 않으려는 마음을 간직하고 산다.

마음은 몸처럼 형체도, 소리도, 색깔도 없으니 만져 보고 싶어도 만질 수 없고 듣고 싶어도 들을 수 없으며 보고 싶어도 볼 수가 없다. 이처럼 마음이란 것이 어디에 있든 간에 확인할 방도가 없으니, 앞에서 언급했던 것처럼 마음이 머리에 있든 가슴에 있든 무슨 상관이 있겠는가?

이런 실체가 없는 마음이 '기쁘다'라는 감정을 느낄 때는 스스로 만족하는 경우에 비롯된다. 즉, 자신의 욕망을 이루었거나, 갖고자 하는 것을 이었을 때 기쁨을 느낀다. 그렇다면 만족을 느끼는 기준은 무엇일까? 비유하자면, 아름다운 경치가 훤하게 내다보이는 찻집의 창가 옆 테이블 위에 놓인 찻잔에서 김이 모락모락 피어오른다. 그 찻잔 속에 담긴 찻물을 마시면서 향과 맛이 진한지 연한지를 가늠하는 것과 같다. 사람마다 제각기 느끼는 차의 향과 맛이 다를 수 있고, 같은 사람이라 할지라도 자신의 감정 상태와 주변 분위기에 따라 그 맛이 진한 향의 따뜻한 감성을 마시는 느낌으로 다가오거나 미지근한 맹물처럼 싱겁고 무덤덤한 감정을 마시는 느낌으로 다가온다. 이처럼 만족을 느끼는 잣대를 손가락을 구부려 가며 헤아리듯 정량적으로 표현할 수 없다.

이놈의 마음이 고정불변(固定不變)한 것이 아니라 시도 때도 없이 들쭉날쭉하고 죽 끓듯 한다. 오죽하면 내 마음을 나도 모른다고 말을 하지 않던가. 하기야 장마철 소나기도 내렸다 그쳤다 반복하지 않던가. 자연도 이러한데 내 마음인들 오죽하랴. 이처럼 한 마음이 오랫동안 계속될 수 없으니, 만족의 기쁨도 또한 찰나(刹那)에 불과할 뿐이다. 흔히 말해 약효의 효능이 떨어져 간다는 말이다.

그런데도 우리는 늘 그 기쁨과 함께 삶을 누리고 싶은 간절함이 있다.

그러기 위해서는 기쁨을 슬기롭게 다룰 수 있도록 보이지 않는 마음을 제어할 수 있어야 한다. 왜냐하면, 기쁜 감정을 주체할 수 없을 때 자칫 실수로 이어질 수 있기 때문이다. 예컨대, 축구 경기에서 우리 선수가 골을 넣고 얼마 되지 않아 상대편 선수에게 골을 내어 주는 경우를 종종 관전한다. 이는 선수들이 흥분한 나머지 집중력이 흐트러졌기 때문이다. 이처럼 기쁨은 흥분을 수반하므로 적절히 제어하지 않으면 큰 낭패에 직면할 수 있다.

기쁜 마음은 작은 바람에도 이리저리 떠도는 짙푸른 하늘에 떠 있는 흰 구름과 같다. 어디로 튈지 모르는 그 구름을 영원히 붙잡아 놓을 수 없는 것처럼 기쁨은 영원히 우리 곁에 존재하지 않으며 잠시 머물 뿐이다. 그러하기에 사소한 것에도 지족할 줄 알아 진정한 기쁨을 간직하고, 그 기쁨 뒤에 숨어 있는 실망과 불행에 대처하기 위해 기쁜 감정을 적절하게 다룰 수 있어야 한다.

나답게 사는 행복

기쁨이라고 다 같은 기쁨일까?

기뻐했던 일들을 기억의 책장 속을 뒤직거리며 하나둘 꺼내어 펼쳐 보니 그 속에는 책갈피에 고이 끼워 두어 구김이 없이 잘 펴진 낙엽처럼 '올곧은 기쁨'과 강 건너의 마을에 불이 나서 아우성인 사람들을 배경으로 기념사진을 찍는 것처럼 '잘못된 기쁨'이라는 두 범주가 한 마음속에 있음을 알아차린다.

올곧은 기쁨

올곧은 기쁨이란, 나 자신 또는 나와 인연을 맺고 있는 이웃 사람들이 원하는 훌륭한 결과를 얻은 것에 대해 만족하며 즐겁고 흥겨운 감정이 솟구치는 기쁨 그 자체다. 예컨대, 직장에서 실력을 인정받아 승진하고 월급도 인상되어 가계 형편이 이전보다 좀 더 나아짐으로써 마음이 흡족해 느끼는 찬란한 승자의 기쁨이다. 또한, 우리나라 축구 국가대표팀이 월드컵 축구대회에서 최초로 우승하는 장면을 관람했을 때 초면부지(初面不知, 처음으로 얼굴을 대하여 알지 못함)인 옆 사람들과 서로 부둥켜안고 감격의 눈물을 흘리며 승리의 즐거움을 함께 나누는 공감대다.

이처럼 삶에 긍정적 영향을 주는 만족할 만한 일들이 얻어졌을 때 창공을 나는 새들처럼 기쁨의 날개를 활짝 펴고 온 세상을 훨훨 날아다니며 바람처럼 물처럼 걸림이 없는 자유를 만끽한다. 기쁨을 느끼는 데 많고 적음, 크고 작음은 전혀 장애가 될 수 없고 그 기쁨을 대하는 그 순간의 마음이 세상 부러울 게 없는 티 없이 순수한 행복으로 충만해진다.

이런 올곧은 기쁨을 곰곰이 생각해 보니 산행에서 만난 연분홍빛 쌍두화(雙頭花)의 닭의장풀처럼, '올곧은 기쁨'이라는 하나의 줄기에서 두 개의 유사한 꽃이 피어 있음을 발견한다. 하나의 꽃은 외부세계의 물질적 변화와 자극으로부터 만족이 얻어지는 '외향적 기쁨'이고, 다른 하나의 꽃은 수레가 한쪽 바퀴만으로 굴러갈 수 없는 것처럼 자신의 깨달음을 추구하면서 다른 사람들의 행복을 돕는 자리이타(自利利他, 자신의 이익을 추구하면서 다른 이들의 이익도 동시에 고려하고 돕는 것)의 자기 세계를 형성해 가면서 만족이 얻어지는 '내향적 기쁨'이다. 이 두 가지 기쁨은 모두 올곧은 기쁨이라는 하나의 줄기에서 피어난 꽃들이지만, 행복을 느끼는 정도에 있어서 적지 않은 차이가 있다.

여기서 잠깐, 나는 기쁨을 꽃으로 비유했다. 그 이유는 땅속에 씨앗을 심으면 땅속으로 뿌리를 내리면서 수분과 영양분을 흡수해 새싹이 돋아난다. 줄기와 잎이 성장하면서 햇빛의 광합성 작용으로부터 영양분을 만들어 낸다. 그리고 자신이 만들 수 있는 가장 아름다운 꽃을 얻음으로써 자신은 물론 많은 사람에게 기쁨을 주기 때문이다.

다시 돌아가서, 외향적 기쁨이란 물질이나 형상과 같은 가시적인 변화와 자극으로부터 자신의 삶이 더 풍요롭게 채워지는 만족감에서 비롯된다. 예컨대, 새집을 마련하였거나 자동차를 새로 샀거나 자신이 원하는 물건을 취득했을 때, 또 사업이 번창하거나 승진하여 예전보다 수입이 점점 늘어나 생활이 여유로워졌을 때, 또 좋아하는 대상과 함께 존재할 수 있고 서로를 의지하며 공감할 수 있을 때 등등에 흡족해하며 흥겨운 기쁨의 행복을 느끼는 경우라고 생각한다.

이 외향적 기쁨은 시간이 흐를수록 체감하는 기쁨의 감정이 서서히 시들해지거나 무감각해진다. 나중에는 오히려 불행의 씨앗으로 남기도 한다. 물질과 대상이란 것은 영원할 수 없고 언젠가는 소실되거나 떠나갈 수밖에 없다. 대개 없을 때는 없다는 생각 때문에 비록 주눅이 들지라도 생활에는 그다지 불편을 느끼지 못할 때가 많다. 그러나 있다가 없으면 상대적 빈곤감도 더 크고 생활에서 느끼는 불편함도 훨씬 더 크다. 마치 대형승용차를 타다가 소형경차를 탔을 때 승차감이 떨어지고 소음과 흔들림이 심하여 불편하거나 불안함을 느끼는 것처럼 말이다. 그리고 하나를 가지면 또 하나를 갖고 싶은 마음을 충족하기 위해 눈덩이처럼 욕심이 점점 커지면서 욕망의 향락에 빠진다. 그러면 나 자신을 주체할 수 없을 만큼 탐욕스러워져 이성을 잃고 사리판단이 흐려져 좋지 못한 결과를 초래한다.

반면, 내향적 기쁨은 자신에 대한 겉보기 탐욕에서 벗어나 내면세계가 좋은 태양을 보고, 아름다운 새벽을 만나 상쾌한 기분으로 성숙해 가는 것에 흡족해할 때 느끼는 기쁨이라고 생각한다. 예컨대, 예전에 행하지 않았고 행하려는 마음도 전혀 없었던 남을 돕는 봉사활동을 했을 때 나 자신이 스스로 느끼는 뿌듯함이다. 또 공부와 수련을 통해 얻은 풍부한 자신의 지식과 재능, 새로운 기술과 삶의 지혜를 남을 돕는 데 재능기부를 할 때 자신의 존재가치를 새롭게 정립함으로써 얻어지는 자존감이다. 그런가 하면, 삶의 가치를 진리 추구에 바탕을 두고 진리를 깨닫기 위해 끊임없이 수행하고 정진하여 조금이라도 진리의 맛을 보거나 광명의 빛을 보았을 때, 그리고 그 진리와 광명을 실체적 행동으로 실천하여 깨달음의 지혜를 서서히 넓혀 가며 진리에 다가가는 '참나'를 알아차리게 되는 순간에 느끼는 형언할 수 없는 환희심이다. 이러한 내향적 기쁨을 추구하는 것은 또 다른 기쁨을 창출하는 보이지 않는 에너지로 작용해 부처처럼, 예수처럼, 노자와 공자처럼 비록 가진 것은 없지만 눈부신 아우라 광채가 발산하여 사람들을 기쁘게 한다.

이처럼 올곧은 기쁨 중에서 외향적 기쁨이 채움의 기쁨이라면, 내향적 기쁨은 비움의 기쁨이라고 할 수 있다.

잘못된 기쁨

반면 잘못된 기쁨이란, 내가 괜히 미워하거나 싫어하는 사람에게 또는 나보다 잘나가는 경쟁자에게 직접 해를 가하지 않아도 그 사람이 어쩌다 불행해지는 모습에서 기쁨을 느끼는 것이다. 일종의 남의 불행이 나의 행복으로 다가오는 것이다. 비유하자면, 월드컵 축구경기대회에서 조별 풀리그의 성적이 1, 2위 팀만 토너먼트에 진출할 수 있다고 가정해 보자. 우리 팀이 2위 자리를 두고 A팀과 동점 상황으로 치열한 경쟁 중이다. 우리 팀은 B팀과 경기에서 승점을 얻었고 A팀과 C팀의 경기 결과를 기다리고 있다. 그러면 나는 우리 팀이 토너먼트에 진출해야 하므로, 그 경기에서 A팀이 비기거나 패배하기를 은근히 바라고 기도한다. 결과적으로 A팀이 패배했을 때 나는 기쁨을 느낀다. 이러한 상황은 스포츠 경기에서 어쩔 수 없는 경우이므로 그나마 나쁘지 않은 잘못된 기쁨의 예이다. 그러나 인간관계에 있어서 괜스레 미워하는 사람이나 나보다 나은 경쟁자가 잘못되기를 바라고, 결국 그들이 나의 바람대로 그렇게 되었을 때 남들 보기에는 겉으론 안타까운 척하면서 마음속으로는 쌍수를 높이 들어 환호성을 부르며 기뻐하는 경우라면, 그것은 극한의 잘못된 기쁨이다.

이러한 잘못된 기쁨은 대개 시기나 질투하는 마음이 많거나 열등감과 자격지심을 느낄 때 나타난다. 우리말 속담에 '사촌이 땅을 사면 배가 아프다'라는 말이 이를 적절하게 표현한다. 겉으로는 웃으면서 속으로는 시기와 질투로 가득한 인간의 본래 모습을 적나라하게 표현한 속담이다. 또 정치적으로 대척점에 서 있거나 삶의 방식에 있어서 자기의 생각과 너무나 달라서 물과 기름처럼 어울릴 수 없다고 생각이 들면 짜증이 나고 스트레스를 받는다. 이런 경우에 잘못된 기쁨이 마음 한구석에서 꿈틀거리며 고개를 들기 시작한다.

'행재낙화(幸災樂禍)'라는 고사성어가 있다. 남의 불행을 함께 슬퍼하기는커녕 다행으로 여기고 즐거워하는 것을 비유하는 말이다. 우리말에도 '잘코사니'라는 말이 있는데, 주로 미운 사람이 불행을 겪을 때 사용하는 말이다. 예로부터 이러할진대, 누구도 자신의 마음속에는 잘못된 기쁨의 씨앗이 웅크리고 있지 않다고 당당하게 말할 사람은 없을 듯하다. 만일 그렇지 않다면 나는 그를 성인으로 받들고 추대할 것이다.

잘못된 기쁨에 빠져들어 익숙해질수록 마음속에서 미움이 기하급수로 부풀어 오른다. 미움은 곧 증오로 변하고, 증오는 다시 분노로 바뀌며 분노는 이어서 질풍노도(疾風怒濤, 몹시 빠르게 부는 바람과 무섭게 소용돌이치는 큰 물결)의 번뇌로 치닫게 한다. 결국, 만족보다 불만족으로, 내 탓보다 남

탓으로, 사랑보다 미움으로, 격려보다 질투로, 이해보다 옹졸함으로, 경청보다 자시(自是, 자기의 의견만 옳다고 여김)로 불타는 마음의 집에서 쿡쿡 쑤셔 오는 치통처럼 고통의 바다에서 허우적대며 시달리게 된다.

그러하기에, 수시로 고개를 치켜드는 잘코사니 하는 나 자신을 돌이켜 보고, 내 이웃이 불행에 처했을 때 진심으로 함께 슬퍼해 주고 위로해 주는 참된 이웃이 되고자 노력한다. 이러한 아름다운 동행(同行)이 진정한 '나답게 사는 행복'의 첫걸음이 아닐까 싶다.

나답게 사는 행복

잘못된 기쁨 속에서 행복할 수 있을까?

　잘못된 기쁨을 탐닉하면 그 굴레에서 쉽게 벗어나지 못한다. 마치 마약 중독자처럼 몽환 상태에서 깨어나면 다시 마약을 찾아 고삐 풀린 망아지처럼 동분서주하며 남의 불행을 찾느라 정작 자신의 문제는 뒷전이다. 남의 불행은 자신이 바라는 대로 이뤄질 수 없기에 또 다른 불행이 없나 하며 두리번거리며 구석구석 뒤적거린다.

　왜, 남의 불행에서 기쁨을 느끼려고 하는 것일까? 앞에서도 언급했듯이 시기와 질투, 열등감과 사고의 대척점에서 비롯된다. 이는 모든 사람을 싸워서 이겨야 하는 투쟁의 대상으로만 바라보거나, 나 자신을 내 삶의 주인공으로 삼지 아니하고 남을 내 삶의 주인공으로 두고 나 자신을 비교하기 때문에 비롯된다. 남들은 출세해서 돈도 잘 벌고 으리으리한 집에서 고가의 멋진 자동차를 타는 등 명품으로 치장하고 다니는데, 나는 박봉에 시달리는 월급쟁이로 내놓을 만한 집 한 채도 없고, 고작해야 금방 고장 나서 멈춰 버릴 것 같은 중고 경차를 타고, 겨우 짝퉁으로 치장한 자신의 신세가 한없이 미워지면서 스스로 불행하다고 여기며 상대적 빈곤에 시달린다.

　왜 그런가, 태어나면서부터 부(富)도 신분 상승을 위한 출세의 기회도

탐탁지 않은 자신의 환경에서는 아무리 열심히 노력해도 잘나가는 사람들, 이른바 금수저를 도저히 따라갈 수 없다고 자포자기(自暴自棄, 절망 상태에 빠져 스스로 자신을 내버리고 돌보지 않음)하기 때문이다. 나 자신의 여건을 극기(克己, 자기의 감정이나 욕심 따위를 이성적인 의지로써 눌러 이김)의 대상으로 삼지 아니하고 이른바 금수저를 뛰어넘어야 할 경쟁의 대상으로 삼고 있기에 처음부터 출발선 자체가 다르다고 생각하기 때문이다.

이렇듯 잘못된 기쁨은 자신의 본래 마음자리에 남을 탓하고 원망하며 미워하는 마음이 자리를 차지하고 있어 생겨난다. 남을 미워하는 마음은 나 자신을 미워하는 마음에서 시작된다. 나 자신을 사랑하지 않는 사람은 남을 사랑할 수 없고, 나 자신을 미워하는 사람은 남을 미워할 수밖에 없다. 미워하는 사람은 사랑이 있을 수 없으며 사랑하는 사람은 미움이 있을 수 없는 법이다. 따라서 미움이 바탕이 되는 곳에서 행복을 느끼는 것은 증오로 가득 찬 악귀에 조종당하는 것이다. 즉, 행복의 탈을 쓴 흉측한 악마의 모습으로 변해 간다.

따라서 잘못된 기쁨은 진정한 행복이 아니며 자신을 점점 저주의 나락으로 깊이 빠져들게 한다.

잘못된 기쁨에서 벗어나는 방법!

우리가 살아가는 세상에서는 경쟁을 피하고 싶어도 피할 수 없는 어쩔 수 없는 삶의 한 수단이다. 이런 사회에서 경쟁하는 행위 자체를 두려워하거나 도전을 회피하려 한다면 그것은 현실 도피자이거나 은둔자일 뿐이다. 이런 사람은 잘못된 기쁨에서 결코 쉽사리 벗어나지 못한다.

나답게 사는 행복

'피할 수 없으면 즐겨라'라는 말이 있듯이 경쟁자를 혐오와 질시와 불행의 대상이 아니라 정정당당하게 겨루면서 실패를 맛볼 때는 나 자신을 돌아보고 한 단계 성숙시키는 디딤돌로 삼고, 성공할 때는 남들을 따뜻하게 위로해 주고 포용하고 배려할 줄 아는 공감의 미덕으로 삼는다.

경쟁의 대상을 파괴해야 하는 대상으로 절대 삼지 아니하며 나 자신을 성장시키고 발전시키는 지렛대 역할을 하는 도반(道伴)으로 여긴다. 도반은 경쟁의 대상이 아니라 삶에 대한 궁극의 깨달음을 얻기 위헤 서로의 발전을 견인하는 촉진자이지 협력자로서 삶의 동반자다. 경쟁의 대상을 미움의 대상이 아니라 사랑의 대상으로 바라볼 줄 알아야 한다. 그렇게 남을 사랑하려면 나 자신부터 사랑하고 아낄 줄 알아야 가능한 일이다.

어떻게 하면 나 자신을 사랑할 수 있을까? 그것은 나 자신을 아는 것에서부터 시작된다. 정말 내가 누구인지 알 수 있을까? 내가 알고 있는 나 자신이 진짜 나 자신의 모습이라고 확신할 수 있을까? 내 눈으로 거울에 비친 내 모습을 바라보는 내가 진짜 나의 모습일까? 머리부터 발끝까지 화사한 드레스와 반짝반짝 빛나는 액세서리로 장엄하게 꾸미고, 온갖 화장기술을 총동원하여 얼굴의 기미와 주름을 덮어 아름답게 화장한 모습이 나의 진짜 모습일까? 금방 잠자고 일어나서 얼굴은 부스스하고 머리털은 엉클어져 있고 잠옷 바람의 초췌한 모습이 나의 진짜 모습일까? 목욕탕의 전신 거울에 비친 실오라기 하나도 걸치지 않은 알몸뚱이가 진짜 나의 모습일까?

정월 초하루에 당차게 마음먹고 세운 신년 계획이 기껏해야 삼 일도 못가서 마음이 바뀌는 이른바 작심삼일(作心三日)을 삼시 세끼 밥 먹듯이 일삼는 내가 진짜 나인가? 화투에서 못 먹어도 고(Go)라고 외치듯 한 가지 일에만 전념하며 우직하게 외길만 걷고 있는 내가 진짜 나인가? 35년 동안 한 아파트에서 꼼짝하지 않고 살고 있으면서 재테크에 우둔한 채 살아가는 내가 진짜 나인가? 누가 무어라 해도 내 생각이 옳다고 고집하고 당당하게 주장하며 생각을 바꾸지 않고 바꿀 생각조차 하지 않는 내가 진짜 나인가?

아무리 겉모습이 바뀌었다고 해도 그 당시에 그 모습을 바라보았던 내 마음의 상태에 따라 달리 보였으니 그것도 진짜 나의 모습이 아닌 듯하다. 생각을 바꾸지 않고 행동도 바꾸지 않는 나 자신이 우직한 것인지, 게으른 것인지 알 수 없고, 하루에도 수십 번씩 이랬다저랬다 하며 죽 끓듯 바뀌는 수백, 수천 개의 마음 중에서 어떤 마음이 진짜 내 마음인지 알 수 없다. 그럼 내 본래 모습은 어디에 있으며, 내 본래의 마음자리는 어느 곳에 있다는 말인가? 이 숙제를 하려니, '나는 어디서 왔으며 어디로 가고 있는가?'라는 근본적인 문제에 대한 화두(話頭)를 풀어야 할 것 같다.

그러나 나는 이런 난제의 화두를 풀지 않더라도 자신의 처지와 능력을 객관적 입장에서 냉철하게 살펴본다. '내가 무엇을 할 수 있고, 어떤 것을 잘할 수 있는가?'를 차근차근 관찰하고 관조하며 꼼꼼하게 적바림하여 나와 나를 둘러싼 주변 상황을 기록하고 분석한다. 그리고 지금의 나의 상황에 대해 불평하거나 불만하기보다 지족(知足)하려 하고, 나에게 부족하고 열악한 부분을 보충하고 보완해야 하는 극기(克己)와 극복(克服)의 대상으로 삼는다.

만일 만족할 줄 모르면 남들과 비교해 마음이 조급해지고, 마음이 조급해지면 끊임없이 탐욕이 일어나고, 끊임없는 탐욕은 권모술수에 능수능란하게 하고, 권모술수에 능해지면 도리를 벗어나 삿된 길로 들어서게 한다. 그리하여 스스로가 죄악을 짓는지 모르면서 큰 죄악을 부른다. 마치 잘못된 기쁨을 느끼는 것처럼 말이다. 노자 도덕경 제46 지족장(知足章)에 이런 말이 있다.

知足之足 常足矣。(지족지족 상족의)

만족할 줄 아는 만족은

어떤 상황에서도 늘 만족한다.

그렇다, 노상 지족(知足)할 줄 알아야 한다. 그러기 위해 나 자신을 아는 것과 그 앎으로부터 주어지는 모든 것에 분수를 지켜 흡족한 마음을 지니도록 한다. 그러면 마음이 넉넉해져서 분별하는 마음이 사라지고, 하나같이 나와 같음을 알기에 포용하는 마음이 생긴다. 다 함께 존재할 수 있음에 감사하는 마음이 생기고 탐욕이 사라지니 마음이 고요해지고 만족감이 풍부해진다.

만족할 줄 알고 만족하는 마음에서 원망이 생겨날 수 없다. 원망이 없으니 미움도 없다. 사람을 미워하면 그 사람을 보는 것만으로도 괴롭지만, 사랑하는 마음으로 미움을 비워 내고 사랑하는 눈으로 세상을 바라보면 다른 사람을 이해하고 받아들여 좋은 관계가 유지된다. 혹여 만나더라도 그냥 스쳐 가는 인연으로 여기니 괴로움을 느끼기보다 서로에게 도움이 된다. 이런 마음에서는 잘못된 기쁨이 싹틀 수도 없다. 잘못된 기쁨에서 벗어날 수 있는 길은 지족하는 마음뿐이다.

올곧은 기쁨은 지족에서 시작된다

올곧은 기쁨은 만족하는 감정에서 시작하고, 잘못된 기쁨은 불만을 느끼는 감정에서 비롯된다. 예컨대, 눈이 어두워 잘 보이지 않을 만큼 티끌처럼 자잘하고 앙증맞은 야생화에서 맑고 청정한 향기가 코끝을 지나 뇌를 자극하여 마음을 일렁이게 한다면, 그 꽃에 대한 흡족한 감정을 느껴 만족감이 높아지고 무량한 기쁨과 한량없는 환희에 젖는다. 이처럼 만족은 올곧은 기쁨의 자양분이다. 그런 기쁨으로 충만한 순간으로 만족했으면 좋으련만, 바람의 리듬을 타고 아름다운 향기로 후각을 자극하는 그 꽃향기에 취해 더 오랫동안 기쁨을 누리고 싶은 탐욕이 발동한다. 잘 보이지 않는 눈으로 몹시 자그마하고 연약한 야생화를 정성껏 온새미로 캐 보려고 애를 썼지만, 마음먹은 대로 얻어지질 않아 기대했던 마음은 여지없이 허물어진다. 오히려 꽃들이 이지러지고 꽃밭은 흐트러져 마치 멧돼지가 들쑤셔 놓은 듯 온통 쑥대밭이 되어 버렸다. 향기롭고 아름다운 꽃을 갖지도 못하고 더는 그 꽃향기의 기쁨을 누릴 수도 없다. 지금에 만족하지 못한 탐욕이 불러온 참담한 결과다. 그뿐만 아니라 나를 넘어 다른 사람이 누릴 행복의 기회마저 빼앗아 가 버린 죄업을 짓게 된다. 이처럼 기쁨은 흥분을 수반하여 자칫 이성을 잃게 하고 탐욕이 심술을 부리게 할 수 있으므로 적절하게 마음을 제어할 수 있어야 한다. 그래야만 비로소 올곧은 기쁨을 누리며 '나답게 사는 행복'을 누릴 수 있다.

한편, 어느 날 A사 가전제품 전시장에서 예쁘장한 얼굴에 늘씬하고 단정한 몸매의 아름다운 여성이 매장 안내를 하고 있었다. 내가 다가가서 아주 기초적이고 쉬운 질문(실제로 잘 몰라서 물어본 질문이었다)을 던지자 그 안내원은 남들은 다 아는 그런 것도 모르고 있는 참으로 무식한 사람이라고 생각하였는지 불친절하고 퉁명스럽게 응대했다. 나는 기분이 언짢아졌고 그 안내원에 대한 불만과 그 회사 제품에 대한 나쁜 이미지를 갖게 되었다. 그런 일이 있었던 후부터 줄곧 만나는 사람마다 A사 가전제품이 신뢰성이 낮다고 목에 핏대를 세워 가며 주장하며 구매하려거든 심사숙고하는 것이 좋을 것 같다고 권유했다. 그것은 은근히 그 회사가 잘 안 되었으면 하는 바람이 있었기 때문이었다. 그러다가 어느 날 그 회사에 화재가 발생했다는 뉴스를 접하고는 잘코사니 하다고 반겼다. 이처럼 불만이 바로 잘못된 기쁨이 생기게 되는 씨앗이다. 그러나 그때로 돌아가 상황을 역지사지(易地思之, 남과 처지를 바꾸어 생각함)로 곱씹어 보니, 느닷없이 확 들어온, 상식에서 벗어난 나의 질문에 그 안내원이 당황한 나머지 그런 언행을 보일 수도 있었을 것이라고 이해가 된다. 이처럼 한마음을 돌이켜서 자비의 마음으로 미움을 비우고 자비의 눈으로 세상을 바라보면 남을 이해하고 포용할 수 있는 관용이 생겨난다.

이렇듯 올곧은 기쁨을 제대로 만끽하려면 자신의 분수를 지켜 만족할 줄 아는 '지족(知足)하는 마음'이 절대적이다. 지족하는 마음은 올곧은 기쁨이 생겨나게 하는 토대가 되고, 올곧은 기쁨은 지족하는 마음에서 싹틀 수 있다.

지족(知足)하는 마음은 오욕(五慾)을 초탈(超脫)한다!

사람은 육신의 편안과 안락을 위해 끊임없이 재물을 모으는 재욕(財慾)에 시달리고, 몸뚱이에 딸린 성기(性器)가 있어 색욕(色慾)을 채우려 하며, 입이 있어 감미로운 식감으로 포만감을 느끼기 위해 식욕(食慾)을 채우려 한다. 또 세상 사람들로부터 널리 인정받고 이름을 널리 알리고 싶은 명예욕(名譽慾)에 꺼들리고, 몸의 휴식과 기력보충을 위해 잠을 자려는 수면욕(睡眠慾)에 빠져든다. 이처럼 인간은 끊임없이 오욕(五慾, 세속적인 인간이 갖는 다섯 가지 욕망)에 미혹되며 살아간다. 식욕과 수면욕은 생명유지를 위한 기본적인 필요조건이고, 재욕과 색욕 역시 삶을 영위하고 종족 번식을 위해 필요하다. 또 남보다 잘나 보이고 인기를 얻고 싶은 명예욕도 자신은 물론 사회가 더 나은 미래로 발전하도록 견인하는 역할을 한다.

이러한 오욕이 충족되면 마음이 기쁨으로 충만하고 행복한 삶을 누릴 수 있다. 그렇다고 더 큰 기쁨을 얻기 위해 끊임없이 오욕을 추구하면 오히려 행복의 한계를 넘어서 재앙의 씨앗이 된다. 예컨대, 재물욕이 너무 강하면 이성적 판단이 흐려지게 된다. 부도덕(不道德)의 함정에 빠져 부모에 대한 공경심도 형제지간의 우애도 저버리게 되고 부정(不正)한 방법으로 재물을 취득하려 혈안이 되어 결국, '재물 재(財)'가 '재앙 재(災)'로 바뀐다. 색욕에 빠져 제대로 통제하지 못하면 모든 것을 잃게 된다. 무분별한 성적 욕구의 충족은 가정과 사회질서를 무너트리고 각고의 노력 끝에 이룬 공명(功名)이 한순간에 나락으로 떨어진다. 음탕(淫蕩)한 마음은 청정(清靜)한 마음을 오염시켜 끝내 자신의 순수한 밑절미에 닿을 수 없

나답게 사는 행복

다. 식욕을 제어하지 못하면 비만과 각종 질병에 시달리게 된다. 과다한 음식 섭취는 비만과 온갖 질병을 초래하고 그로 인해 열심히 모아 둔 재물을 치료비로 다 소진하게 되어 빈털터리가 된다. 식욕은 다른 욕망처럼 법적·사회적 구속이나 비난의 대상이 아니므로 스스로 통제하기란 매우 어렵다. 명예욕에 취해 정도(正道)를 외면하면 패가망신(敗家亡身)에 이른다. 남보다 먼저, 남보다 위에 서고자 하는 명예욕은 올바른 삶을 등지고 거짓말과 이간질을 일삼으며 살아가게 한다. 설사 어지간히 명예를 얻었다 해도 구설수에 휘달리고 관재수를 벗어나지 못해 자신도 가정도 모두 잃게 된다. 그리고 수면욕에 빠지면 태만해져서 평생 이룰 수 있는 것이 없게 된다. 잠이 부족하거나 과다하면 대사증후군이 발병할 위험성이 높아진다. 특히 등 따시고 배부르며 몸의 쾌락을 느낀 후엔 세상만사 거들떠보기 귀찮아 대개 수면욕에 빠져든다. 과다한 수면은 게으름과 질병을 유발하고, 매사에 의욕이 없는 증상으로 나타난다.

이처럼 오욕에 대한 적절한 통제가 이뤄지지 않으면 얻는 것보다 잃는 것이 더 많은 욕망이 된다. 어떻게 이 오욕을 의연하고 지혜롭게 제어할 수 있느냐가 자신의 삶을 행복하고 풍요롭게 하는 지름길이 될 것이다.

욕망은 원초적 본능이므로 억누르는 것이 아니라 잘 다스려야 한다. 욕망을 억누르면 마음에서 갈등이 일어나 역효과가 발생한다. 왜냐하면, 욕망을 이루지 못하면 총 맞은 사람처럼 괴로워 번민하기 때문이다. 그러면 어떻게 욕망을 다스려야 하는가? 그것은 지금에 만족할 줄 아는 '지족하는 마음'을 갖는 것이다. 이런 마음을 가지면 지금의 선상을 넘어서서 더 큰 욕심을 내지 않는 '그칠 줄 아는 마음'이 생겨난다. 즉 욕망을 버리면 욕심이 없어져서 마음이 평안해진다. 이처럼 원초적 본능을 올바로 제어하려면 '지족하는 마음'을 갖도록 노력해야 한다. 그래야 비로소 '나답게 사는 행복'을 누릴 자격이 있다.

여기서 다시 의문이 생긴다. 그럼 어떻게 해야 '지족하는 마음'을 가질 수 있고, 어찌해야 그 마음을 지속하게 할 수 있을까? 이어지는 절에서 그 방편을 이야기한다.

생각을 바꾸면 지족하는 마음이 보인다

앞에서 올곧은 기쁨으로 충만한 마음을 갖고 '나답게 사는 행복'을 누리려면 지족할 줄 알아야 한다고 했다. 어떻게 하면 지족할 수 있을까? 지족할 수 있으려면 무엇보다 가장 먼저 생각부터 바꿔야 한다. 미국의 철학자이며 시인인 랄프 왈도 에머슨(Ralph Waldo Emerson, 1803~1882)도 "생각을 바꾸면 행동이 바뀌고, 행동을 바꾸면 습관이 바뀌고, 습관을 바꾸면 인격이 바뀌고, 인격을 바꾸면 운명이 바뀐다(Sow a thought, and you reap an action; sow an action, and you reap a habit; sow a habit and you reap a character; sow a character and reap a destiny)"라고 말했다. 이는 나의 운명은 내 생각에 따라 스스로 바뀔 수 있음을 시사한다.

생각을 바꾼다는 것은 말처럼 그리 녹록하지 않다. 예컨대, 주말이면 피곤하다는 이유로 방구석에 드러눕기만 하면서 운동을 전혀 하지 않던 내가 그래도 오늘은 가벼운 산책이라도 해야지 마음먹고 움직여 보려 했지만, 이놈의 몸뚱이가 지닌 습관과 관성 때문에 결국에는 방바닥에서 무거운 엉덩이를 떼지 못하는 경우가 허다했다. 어쩌다 그런 몸뚱이의 저항을 과감하게 뿌리치고 밖으로 나가 걷기라도 하고 나면 상쾌한 기분을 느끼면서도 다시 돌아오는 주말이 되면 잠시, 잠깐 누렸던 그런 좋은 기분은

까맣게 잊고 또 방구석에서 뒹굴뒹굴하면서 황금 같은 시간을 속절없이 죽였다.

허구한 날 몸뚱이의 게으름을 방관한 죄업으로 건강검진에서 발견된 비만과 부정맥이라는 질환을 얻었다. 이후 부정맥 시술을 하려 했으나 혈전이 있어 수술 불가능하다는 청천 날벼락 같은 불행한 소식에 설상가상(雪上加霜, 눈이 내리는 위에 서리까지 더한다는 뜻으로, 어려운 일이나 불행이 겹쳐서 일어남을 비유적으로 이르는 말)이란 말을 실감했다. 이후 정기적 약 복용으로 건강이 어느 정도 좋아졌다. 드디어 병원에 입원하고 부정맥 시술에 들어가기 직전이었다. 그러나 또다시 들이닥친 불행한 소식은 시술 중단이었다. 갑상선에 문제가 있어 시술 연기가 불가피하니, 일단 먼저 치료를 받은 후 건강상태를 살핀 다음에 다시 시술 일자를 정하자는 것이었다. 의사 선생님의 말씀이 마치 옥황상제가 보낸 저승사자의 말처럼 들렸다.

수개월 동안 꾸준히 약을 먹고 건강관리에 제법 신경을 쓴 덕분에 시술할 정도로 건강상태가 회복되어 지방 국립대학교 병원에서 부정맥 시술을 잘 마쳤다. 그러나 불행하게도 시술의 후유증으로 나타난 우울증에 시달리게 되었다. 우울증은 불면증으로 이어졌고, 모든 생활에서 자신감이 상실되었다. 그 누구도 나에겐 위로가 되지 못했고 위로도 받지 못했으며 오로지 혼자 남았다는 생각뿐이었다. 15층 아파트에서 뛰어내리고 싶을 정도로 문득문득 자살 충동을 느낄 때가 있었다. 그야말로 몇 년 동안 불행이 엎친 데 덮친 격으로 다가왔다. 가족들은 정신과 치료를 받아야 한다고 권유하였지만, 그때 낙뢰가 떨어져서 내 주변을 몽땅 불태운 듯 문득 뇌리를 때리고 귓전을 스쳐 지나간 말이 있었다. 그것은 "생각을 바꾸자, 나는 이길 수 있는 믿음이 있고, 나를 지킬 수 있는 사람은 오로지 나 자신뿐이다!"라고 나 자신에게 내뱉은 다짐이었다.

새벽 5시부터 운동을 시작해 1시간 30분 동안 열심히 걷고 뛰고 땀을 흐르며, 떠오르는 붉은 태양을 향해 크게 소리쳤다. "진경수! 넌 할 수 있어, 지금까지 잘해 왔잖아, 다시 시작하는 거야!" 이렇게 생각을 바꾸고 마음 먹으면서 나를 세뇌하였고, 강렬하게 저항하던 몸뚱이를 제어할 수 있게 되었다. 이렇게 반복되는 하루하루가 지나갈수록 흐리멍덩한 눈빛은 조금씩 맑고 밝은 빛을 찾아가기 시작했고, 몸뚱이는 시계추처럼 자동으로 움직이기 시작해 몸과 마음이 건강한 나를 찾을 수 있었다.

이런 생활방식의 끈을 놓지 않기 위해 나는 주말이면 등에는 배낭을 메고, 목에는 아끼는 카메라를 메고 내가 사는 주변의 산부터 찾아다니며 등산을 시작했다. 이때 만난 것이 노자(老子)의 '도덕경(道德經)'이었다. 원문을 읽기 위해 중국어 독학도 시작했다. 그리고 아침마다 도덕경의 한 글귀를 화두로 삼아 사유하고 명상에 잠겼다. 산(山)이라는 자연과 무위(無爲)라는 자연이 절묘하게 잘 맞아떨어진 셈이었다. 나의 건강은 점점 나아지고, 나의 사고는 점점 깊어져 갔으며, 나는 행복에 젖어 사는 사람이라고 인식하기 시작했다. 그야말로 금상첨화(錦上添花, 비단 위에 꽃을 더한다는 뜻으로, 좋은 일 위에 더 좋은 일이 더하여짐을 비유적으로 이르는 말)라는 말을 실감했다. 지금도 여전히 그런 나날이 계속되고 있는 현재진행형이다.

산과 도덕경을 몸과 눈으로만 체험하고 읽는 것을 넘어서 뇌와 손을 움직이기 시작했다. 비록 어설프기는 하지만 도덕경을 읽고 느낀 바를 삶의 지표로 삼기 위해 도덕경을 새로운 관점에서 해석하고 내 생각을 나름대로 정리한 '나는 이렇게 읽었고 새로운 인생을 산다'(좋은땅 출판사, 2018)라는 책을 펴냈다. 그리고 산을 다녀온 이야기를 블로그에 포스팅하면서,

산을 오르면서 만끽하는 고행의 즐거움과 자연(自然)이 누르는 카메라 셔터 소리의 쾌감, 그리고 생각을 정리하는 컴퓨터 자판 두드리는 소리의 행복을 느꼈다. 그러던 어느 날, 대학교수 재직 시부터 오랫동안 알고 지내던 인터넷 신문사의 본부장이 블로그를 보고 '진경수의 山 이야기' 칼럼을 개설할 테니 산에 다녀온 이야기를 집필해 달라는 요청을 받았다. 나는 주저하지 않고 단숨에 승낙했고 '진경수의 자연에서 배우는 삶의 여행'이란 주제로 집필하기 시작해 어느새 100회가 넘었다.

이처럼 생각을 바꾸니 나의 마음과 몸이 좋아하고 즐기는 일이 만복운흥(萬福雲興, 만 가지 복이 구름처럼 일어나 흥해져라)처럼 다가오고 있다. 그저 나에게 주어진 만사에 지족하고, 삶의 기쁨을 누리며 자연의 순환에 감사할 뿐이다.

노자(老子)의 도덕경(道德經)에서 지족하는 지혜를 배워 본다. 도덕경 제44 지지장(知止章)에 이런 말이 있다.

名與身孰親? (명여신숙친)

身與貨孰多? (신여화숙다)

명예와 생명 중에서 어느 것을 더 좋아하는가?

생명과 재물 중에서 어느 것이 더 소중한가?

이 말을 곱씹어 보자. 세상에서 명예와 재물을 싫어하는 사람이 어디 있을까? 그렇지만 생명(生命)이 재부(財富)와 명예(名譽)보다 더 소중하다는 것을 모르는 사람은 아무도 없을 것이다. 오죽하면 사람들은 명예와 재물을 선호하면서도 '재물을 잃으면 조금 잃는 것이고, 명예를 잃으면 많이 잃는 것이고, 건강을 잃으면 전부 잃은 것이다'라고 말할 정도다.

　이런 좋은 말도 필자처럼 명예와 부, 그리고 건강을 잃고 생사의 갈림길에 섰던 사람들은 그 소중함을 뼈저리게 느끼고 공감하지만, 많은 사람은 '그렇지'라는 정도로 인지할 뿐 범종의 그윽한 울림처럼 깊은 감명으로 남지 못한다. 그래서 막상 재화나 명리와 마주하면 대다수 사람은 십중팔구 미망(迷妄, 사리에 어두워 실제로는 없는 것을 있는 것처럼 생각하고 갈피를 잡지 못한 채 헤맴)에 빠진다. 몸 밖의 외적인 허망한 사물에 유혹당하여 자기 몸의 소중함을 까마득히 잊고 살아간나. 하물며 그들은 재화를 손에 쥐기 위해 자신의 가치와 존엄까지도 내팽개칠 정도다. 그들은 마치 굶주린 늑대처럼 재화의 먹이를 호시탐탐 노리고, 기회다 싶으면 비도덕적이고 파렴치한 온갖 수단을 사용하는 데 조금도 주저하거나 망설이지 않는다. 또 그들은 헛된 명성을 얻기 위해 자연의 이치에 거슬리는 망위(妄爲. 본분을 지키지 않고 제멋대로 함)를 서슴지 않는다. 그들은 꼿꼿하게 선 태산의 허리마저 무너뜨릴 심정으로 정의와 신의를 헌신짝 버리듯 저버리고 때론 권력에 빌붙어 아부하며 자신을 비천(卑賤, 낮고 보잘 것 없음)으로 하고, 비굴하게 구는 것도 마다하지 않는 등 못 하는 짓이 없다.

　이러한 처세는 인도(人道, 사람으로서 지켜야 할 도리)에서 벗어난 것으로 세상이 가장 혐오하고 기피하는 것이다. 이렇게 얻는 재화와 명성, 권력이 엄청나게 클지라도 세상 사람들은 그들을 인정하지 않을 뿐만 아니라 온갖 비난을 퍼붓고 조롱과 멸시할 것이다. 그들은 살아서는 사회로부터 고립된 고통의 삶을 살고 몸과 마음에 병이 들어 제 목숨을 다 살지도 못한다. 모든 것이 아침 이슬처럼 사라지니 일장춘몽(一場春夢, 한바탕의 봄꿈처럼 헛된 부귀영화)이다. 왜냐하면, 실제로 그들은 떵떵거리며 그들만의 세계에서 잘살고 있을지라도, 세상 사람들은 공정과 상식에서 벗어난 그들을 혐오하고 사람답지 않은 몹쓸 인간으로 멀리하기 때문이다. 사후에도 역사의 죄인으로 남아 후세의 손가락질을 받고 아비지옥(阿鼻地獄, 끊임없이 고통을 받는다는 지옥)에서 생전에 누린 부귀만큼 고통을 받게 될 것이다.

따라서 자신이 원하는 재화와 명성 그리고 권력의 성취를 궁극적인 삶의 목표로 삼는 것을 꺼려한다. 인간의 도리에서 어긋나지 않으려는 마음가짐을 갖고 그러한 것들을 자기 수행의 한 방편으로 여겨야 한다. '논어(論語)'에 이르기를 "물물각득기소(物物各得其所, 모든 사물은 제자리에 있어야 함)"라 하지 않았던가? 우리는 제자리에서 자기 역할에 충실해야 하고, 그 자리에서 일탈하지 말아야 한다. 그러면 하루하루가 다르게 익어 가는 자신에게서 기쁨을 느끼고, 그 기쁨을 맛보는 순간부터 일부러 얻으려 하지 않아도 알찬 행복이 얻어지게 된다. 지족은 기쁨의 씨앗이고, 기쁨은 즐거움의 아름다운 꽃이다. 즐거움은 '나답게 사는 행복'으로 이끄는 만유인력과 같은 힘이다.

자신의 가치와 존엄을 지키면 지족에 다가선다

앞에서 올곧은 기쁨으로 충만한 마음을 갖고 '나답게 사는 행복'을 누리려면 지족할 줄 알아야 한다고 했다. 그리고 지족하려면 무엇보다 생각을 바꿔야 한다고 말했다. 이제 생각을 다잡았으면 실천해야 할 차례. 무엇을 실천해야 지족할 수 있을까? 이제 자신의 가치와 존엄을 지키는 일을 시작한다.

최근에 나의 연구 분야와 다른 산업 분야에서 새로운 일을 시작했다. 하기야 나는 전공이라고 내세울 게 없고 지금껏 관심 있는 분야를 접하게 되면 호기심이 발동하여 조금이라도 알아내야 속이 시원한 성격을 지닌 한마디로 잡놈인 셈이다. 어째서 그런 생각을 하게 되었는지 돌이켜보니, 내가 박사학위 과정을 한참 이수 중일 때, 어느 교수님께서 하신 말씀을 들은 뒤다. 그분께서 말씀하시기를 박사를 한자로 쓰면 '넓을 박(博)' 자와 '선비 사(士)' 자이니, 박사학위를 받더라도 자기 분야만 고집하지 말고 세상을 넓게 바라보고 전공 분야에 대한 깊은 지식은 물론 타 연구 분야의 변화에도 관심을 기울여야 하고 교양을 갖추는 데도 소홀히 하지 않아야 한다는 말씀이었다. 그 교수님의 말씀을 듣기 전부터 나도 그런 생각이 마음속 깊이 잠재되어 있었다. 그분의 말씀에 더 깊은 감명을 받았고 크게 공감하여 그것이 나의 생활신조가 되었던 것 같다.

아무튼, 나는 한 소규모 중소기업의 연구소장으로 새로운 인생을 걷기 시작했다. 공학이라는 것은 기본적으로 수학과 물리가 바탕이 되기 때문에 접근하는 데 큰 장애는 없었다. 그래도 처음 접하는 산업 분야이기에 입사 후 3개월간은 밤낮없이 공부에 매달렸다. 제조공장과 작업현장을 쫓아다니며 실무를 익히고, 이론을 공부하며 새로운 아이디어를 도출하여 특허를 출원하고 등록시켰으며, 새로운 제품개발 등 회사의 성장과 발전을 위해서 분주하면서도 즐겁게 직장생활을 하고 있었다.

그러던 어느 날 장년으로 보이는 한 직원이 눈길을 사로잡았다. 그는 제조현장에서도 작업현장에서도 늘 겉돌고 있는 모습이었다. 어쩜 그 집단에서 왕따가 아닌가 싶을 정도였다. 알고 보니 인문계열 학문을 연구하다가 집안 사정으로 학문을 포기하고 전공과 전혀 다른 직종에서 일하고 있었다. 생전 처음으로 만나는 노동현장에서 지식도 경험도 부족하다 보니 주변 사람들로부터 구박과 질타를 종종 받아 의기소침(意氣銷沈, 기운이 쇠하여 활기가 없음)해 있었다. 이런 일이 매일 반복되다 보니 오랜 가뭄에 힘을 잃고 시들어 말라 가는 초목처럼 보였다. 먹고살자니 어쩔 수 없이 버티고 있는 백척간두(百尺竿頭, 백 자나 되는 높은 장대 위에 올라섰다는 뜻으로, 더할 수 없이 어렵고 위태로운 지경을 이르는 말)에 선 모습이었다.

그 모습이 나의 참을 수 없는 천성(天性)을 자극해서 그를 가르치고 싶은 욕망이 끓어올랐다. 대표이사와 상의했는데, 그도 나와 같은 생각이었던 터라 손쉽게 동의를 얻어 그 직원을 교육하기 시작했다. 상담을 비롯하여 전문지식에 대한 빡빡한 교육일정을 진행했다. 처음엔 숙제도 제대로 하지 않고 나태하여 심한 꾸지람도 했다. 그리고

"친구야! 실력을 갖춰서 속된 말로 밥값을 하고 살아 봅시다. 너의 가치를 높여 당당하게 직장생활 해 봅시다!"

라며 다독이고 독촉했다. 그리고

"친구야! 진귀한 사물이 값어치가 높은 것처럼, 인간관계에서도 실력과 품성이 바탕이 되어야 사람의 가치가 높아지는 겁니다. 그리고 무엇보다 누굴 위해서가 아니라, 너 자신을 위해 행동하는 것만이 진정한 가치가 있습니다. 누구도 믿지 마시고 너 자신을 믿으면 가치가 높아집니다."

라며 시간 될 때마다 진심 어린 내화를 나눴다. 그런 열정적인 나의 태도를 걱정하는 사람도 있었지만 크게 개의치 않았다. 왜냐하면, 내 마음 한구석에는 그 친구에 대한 깊은 믿음을 갖고 있었기 때문이었다. 그런 나의 믿음에 보답이라도 하듯, 그 직원은 불철주야로 노력하는 모습이 확연히 드러나기 시작했다. 공부하는 마음가짐도 발표하는 말투며 태도도 변화의 물결이 서서히 일고 있었다. 그뿐만 아니라 그동안 무관심하게 지냈던 자세를 바꿔 자신이 하는 일에 관심을 기울이기 시작했다. 만족을 느끼고, 하는 일을 즐길 수 있는 마음의 여유도 갖는 수준에 이르렀다. 그의 말과 행동에서 자신감이 묻어나고 있었고 스스로 가치를 높이고 있었다.

나는 이제 그 직원에게 하산하기를 바라면서 "이제부터 당신의 존엄을 굳건하게 지키고 당당해지세요. 왜냐하면, 당신은 그럴 만한 실력과 인격을 갖췄고, 마땅한 대우를 받을 만한 가치가 있는 사람입니다."라고 당부했다. 나의 엄격한 교육일정을 무사히 마치고 멋진 직장인으로 거듭나 줘서 감사하다고 그 직원에게 마음을 전한다.

이처럼 자신을 시장경제를 초월한 가치를 지닌 존재라는 사실을 인식하고, 자신의 가치를 높이고 존엄을 지키면 스스로 지족할 줄 알게 된다. 그러한 만족으로부터 올곧은 기쁨을 만끽하고 '나답게 사는 행복'을 누릴 수 있다.

그럼, 자신의 가치를 높이고 존엄을 지키는 한 방편으로써 노자의 도덕경 제44 지지장(知止章)의 한 구절을 가져온다.

得與亡孰病? (득여망숙병)
얻음과 잃음 중에서 어느 것이 더 큰 병인가?

이 말의 속뜻을 살펴보면, 얻기 위해 또는 자신이 가진 것을 잃었다 하여 자신의 가치와 존엄을 헌신짝 버리듯 하면 병이라는 것이다. 재화와 명리를 막무가내로 추구해서는 안 된다는 것이다. 왜냐하면, 사람에게 주어진 에너지는 제한적이므로 이를 오직 한 방향으로만 사용하면 몸을 보호하고 유지할 에너지가 부족하여 쇠약해지기 때문이다. 따라서 재화와 명성을 너무 중시하지 말고 무엇보다 자신의 생명을 아끼고 소중하게 여겨야 한다. 다시 말하자면, 재부(財富)와 명리(名利) 앞에서 자신을 비천하고 비굴하게 경시하지 말 것이며, 나 자신의 가치와 존엄의 소중함을 견지(堅持, 어떤 견해나 입장 따위를 굳게 지니거나 지킴)해야 한다.

또한, 나의 부와 명예를 비롯해 내가 가진 모든 것을 잃고 절체절명(絶體絶命, 몸도 목숨도 다 된 것이라는 뜻으로, 몹시 위태롭거나 절박한 지경을 비유적으로 이르는 말)의 위기로 내몰릴지라도, 나 자신의 가치와 존엄을 내팽개치고 비굴해지거나 나 자신의 존재를 놓아 버리면 그것은 병중에서도 가장 큰 병이다. 고난이 닥쳐도 장애에 부딪혀도 지금 나에게 주어져 있는 사

나답게 사는 행복

용 가능한 것들을 발견하고 그것들을 충분히 활용하는 지혜를 발휘하여 자신의 존엄을 지켜야 한다. 예컨대, 임진왜란 당시 왜군의 수군에 비해 턱없이 열세인 상황에서도 "지금 신에게는 아직도 열두 척의 전선이 있사오니 죽을힘을 내어 맞아 싸우면 이길 수 있습니다(今臣戰船 尙有十二 出死力拒戰則猶可爲也, 금신전선 상유십이 출사력거전즉유가위야)"라고 말씀하신 이순신 장군처럼, 내가 선택한 삶을 절대 포기하지 않아야 한다. 그것이 바로 나의 존엄을 세우고 지키는 일이다.

성인들의 말씀을 생각해 본다. 석가모니 왕사가 태어나서 일곱 걸음을 걸었고, 그 발자국마다 연꽃이 피어올랐으며, 그 왕자는 오른손으로 하늘을, 왼손으로 땅을 가리키면서 "하늘 위, 하늘 아래에서 오직 나 홀로 존귀하다. 이 세상이 고통으로 가득 차 있으니 내 기필코 이를 편안케 하리라(天上天下 唯我獨尊 三界階苦 我當安之, 천상천하 유아독존 삼계개고 아당안지)"라고 외쳤다. 이를 자기만 잘났다고 자부하는 독선적 태도로 오해하는 경우가 많은데 이는 잘못된 해석이고 오용이다. 여기서, '나(我)'는 인간이나 중생의 의미로 해석해야 한다. 그러면 우주 만물은 오직 내 안에 존재하는 것으로, 세상을 살아가는 고통도 내 생각하기 나름인지라, 내가 나를 편안하게 할 수 있다는 것이다. 다시 말하자면 내가 부처요, 내 마음이 부처의 마음이니, 모든 일은 내가 마음먹기에 달렸다는 것이다.

성경에서 예수가 말씀하신 "수고하고 무거운 짐 진 자들아 다 내게로 오라 내가 너희를 쉬게 하리라"(마태복음 11:28)라고 한 것과 같은 의미라 볼 수 있다. 즉, 자신의 가치를 스스로 정립하고 나를 존엄하게 여겨야 스스로 편안하게 된다는 뜻이다.

노자가 말하는 "得與亡孰病?(득여망숙병)"의 의미는 헛된 재부와 명리를 얻으려고 애쓰는 것도 병이지만, 그로 인해 자신의 가치와 존엄을 잃은 것은 더 큰 병이라는 것이다.

그럼 병을 없애려면 어떻게 하면 될까? 대부분 사람은 자신의 처지가 어떻게 되기를 바라고 있다. 그것이 속히 이뤄지지 않고 있으면 안달복달하며 초조해져서 마음에 병이 생긴다. 혹여 원하는 것을 이루고 난 후에도 그것을 다시 잃을까 봐 전전긍긍하며 걱정하고 근심하며 잠도 제대로 자지 못한다. 그래서 대개는 원하는 것이 이뤄지지 않을 때보다 오히려 그것을 성취한 뒤에 마음의 병이 더 큰 경우가 가끔 있다. 따라서 자신에게 있는 것과 없는 것, 자신이 얻는 것과 잃은 것을 가지런히 할 때 마음의 병이 시원하게 사라진다.

대개 자신의 근기(根氣)에 따라 성과가 달리 얻어진다. 예컨대 작은 풀은 햇빛을 적게 받고 큰 나무는 햇빛을 많이 받는 것과 같다. 그런데도 대다수 사람은 나 자신을 잘 알지도 못하면서 남의 성과를 탐내고 자신도 이룰 수 있다고 만만하게 여긴다. 그러다 보면 남들의 꼬드김에 현혹되어 헛된 꿈을 이루려 한다. 예컨대, 주식을 잘 모르면서도 대박 터진다는 유튜버의 말만 철석같이 믿고 모든 재산을 투자했다가 쪽박을 차는 경우다. 이는 오를 수 없는 나무를 오르려고 애를 쓰는 개구리의 모습과 꼭 닮은 어리석은 짓이다. 어리석음에서 벗어나지 못하면 이상과 현실의 괴리감에서 오는 고통과 무기력에 빠진다. 이러한 병을 치료하는 유일한 방법은 자신이 누구인지를 찾아 여행을 떠나는 것이다.

또 어찌하여 자신의 근기를 초월하여 과분한 성과를 얻게 되면 그것을 어떻게 지켜야 할지 어쩔 줄 몰라 노심초사(勞心焦思, 마음속으로 애를 쓰며 속을 태움)한다. 그러다가 자신도 모르게 저지르게 되는 실수로 모든 것을 다 잃는다. 이런 경우는 얻지 못해 안달하는 마음보다 수백 배로 커다란 허탈감에 빠지고, 치유되지 않는 큰 상흔이 가슴에 남는다.

이러한 몹쓸 병을 없애려면 자신의 근기를 넘어선 성과는 마왕(魔王)의 유혹으로 알아차리고 과감히 뿌리치고 벗어나야 한다. 그렇지 않으면 과욕이고, 과욕은 더 큰 재앙을 불러오는 악마의 유혹이다. 그리고 넘쳐흐르는 것을 안타까워하는 것보다 넘쳐흐르는 것을 남에게 베푸는 것이 덕(德)을 짓는다고 생각을 바꿔야 한다.

'논어(論語)' 이인(里仁) 편에 공자(孔子)가 이브기를 "아침에 도를 들으면 저녁에 죽어도 좋다(朝聞道夕死可矣, 조문도석사가의)"라고 했다. 사물의 이치를 깨닫고 그에 순응하며 자연의 도리를 실천하는 삶을 산다면 단명(短命)하더라도 어찌 장구(長久)하다 하지 않겠는가? 비록 몸뚱이는 사라졌지만 나를 기억하는 사람이 살아 있는 한 나는 결코 세상에서 사라지지 않는다. 나를 기억하는 한 사람마저 세상에서 사라질 때 그때야 비로소 나도 세상에서 사라지는 법이니까 말이다. 마치 세상 사람들이 부처와 예수, 노자와 공자를 기억하고 예배하고 있는 한 그분들이 죽지 않고 이 세상에 영겁(永劫)이 살아 있는 존재인 것과 같다.

옛 성인처럼 도(道)를 중시하는 삶, 자신의 가치와 존엄을 지키는 삶을 사는 것이 지족할 줄 아는 지혜의 지름길이다. 그렇게 될 때 나의 삶은 기쁨으로 충만하게 되고 궁극적으로 나를 알고 나를 지키며 '나답게 사는 행복'이 될 것이다.

잠시 멈추면 올곧은 기쁨을 누린다

'나답게 사는 행복'을 누리려면 지족할 줄 알아야 한다. 어떻게 하면 지족할 수 있을까? 앞에서 생각을 바꾸고, 자신의 가치와 존엄을 지켜야 한다고 말했다. 그런 가치와 존엄을 견지하려면 갖춰야 할 것이 더 있다. 그것은 자신의 감정이나 욕망을 스스로 다스리고 억제하는 힘, 즉 자제력(自制力)이다.

나는 한때 감정을 억제하지 못해 큰 실수를 범한 적이 있었다. 그날은 친하게 지내던 초등학교 동창생 몇 명과 술을 마셨다. 그 당시 나는 경제적으로나 정신적으로 매우 결핍되어 심신 상태가 그리 썩 좋지는 않은 상태에 놓여 있었다. 한 잔, 두 잔 술을 마시다 보니 어느새 내가 술을 마시는 것이 아니라 술이 나를 마셨다. 정신은 혼미해지고 눈은 초점을 잃어가는 것을 느낄 무렵, 한 친구가 느닷없이 나에게 훅 던진 말 한마디가 심기를 건드렸다. 욱하는 감정이 폭발해 친구와 심하게 말다툼을 하였다. 서로 감정이 상해 얼마간 연락도 하지 않고 지내다가 결국 친구에게 정중하게 사과하고 화해한 후에야 마음의 짐을 내려놓을 수 있었다.

그 당시 나는 차곡차곡 쌓은 모든 것을 전부 잃은 상태로 지금 꿈을 꾸고 있는 것이라고 현실을 부정하고 싶었다. 암초에 걸려 좌초 위기에 놓인 배처럼, 날개를 잃어버린 새처럼, 삭막한 사막에서 길을 잃은 나그네 같은 마음이었다. 자신의 어리석음에 매우 불만스러웠고, 팍팍한 생활로 마음의 여유라고는 눈곱만큼도 찾을 수 없었다. '여유'라는 단어는 다른 세상의 사람들만이 쓰는 말로 여겼다. 이런 심리 상태와 만취 상태에서 친구의 일리가 있는 말 한마디가 자격지심(自激之心, 자기가 한 일에 대하여 스스로 미흡하게 여기는 마음)을 자극해서 불러온 참사였다. 그때 설사 친구의 말이 타당치 않았더라도 그냥 농담으로 받아넘겼으면 될 일이었다. 세상에서 나만큼 힘들고 외로운 사람은 없을 것이라며, 너희들은 행복에 겨워 엉뚱한 소리만 한다는 억하심정(抑何心情, 도대체 무슨 심정으로 그러하는지 알 수 없음을 이르는 말)과 술에 취했다는 핑계로 감정이 폭발한 것이었다. 어찌되었든 감정 조절에 실패해 나 자신의 존엄을 스스로 허물었다. 지금도 그 친구에게 미안하고 창피하고 쑥스러워 얼굴이 붉어진다.

그 이후로 노자의 도덕경을 만나 새로운 삶을 살면서, 도저히 고난을 극복할 수 없을 것 같았던 그때의 나날들이 거대한 내 인생의 퍼즐을 맞추는 한 조각에 불과했다는 것을 깨달았다. 지금 입버릇처럼 "마흔 살 전에 노자 도덕경을 만났더라면 좋았을 것을…. 이제라도 만나서 새로운 삶을 살게 되어 다행이야…"라고 말한다. 하와이 킬라우에아(Kilauea) 화산이 폭발하여 분화구에서 시뻘건 용암이 흘러내릴 때는 만물을 전부 불태우지만, 얼마 안 가 다시 휴식기에 접어들면 새로운 생명이 꿈틀거리기 시작한다. 우리네 삶도 이와 같다. 계절이 춘하추동을 순환하듯이 아무리 힘든 역경도 잠시 머물다가 때가 되면 떠나가는 것이니 그러려니 하고 순응한다.

그 이후로 나는 술자리 3대 준수사항을 세웠다. 첫째, 마음이 울적하거나 슬플 때와 기분이 언짢은 일이 있을 때는 절대 술을 입에 대지 않는다. 둘째, 기쁠 때 술을 마시되 석 잔 이상은 마시지 않으며 상대방을 자극하는 직설적인 말을 절대 하지 않는다. 셋째, 인욕(忍辱, 마음을 가라앉혀 온갖 욕됨과 번뇌를 참고 원한을 일으키지 않음)을 수행하는 방편으로 삼는다.

앞의 사례는 가정이나 직장에서도 일어날 수 있다. 격의 없이 지내는 식구끼리라도 자신의 감정을 자제하지 못하고 생각나는 대로 막무가내 던진 말은 서로의 마음에 큰 상처를 주어 원수지간이 되어 버리는 경우가 있다. 그래서 동년배든 위아래 사람이든 친하게 지내는 사이일수록 격식을 갖추고 어렵게 여겨야 한다. 상황판단을 제대로 하지 못하고 뜬금없이 '해서는 안 될 말'을 하지 말아야 한다. 목까지 올라오는 '하지 말아야 할 말'을 잠시 멈추게 하는 자제력을 갖춰야 실수를 범하지 않는다.

감정을 적절하게 다스리지 못하면 자신이 세운 존엄을 스스로 깨트리게 된다. 그러면 기쁨은 순식간에 바람과 함께 날아가 버리고 그 자리를 슬픈 고독이 자리를 차지한다. 이렇게 무너져 버린 존엄의 탑을 새로 쌓는 데 오랜 시간이 걸릴뿐더러 혹여 다시 쌓았다 해도 그때의 모습을 본 사람들의 기억은 가식적으로 받아들일 수도 있다. 그러하기에 항상 살얼음판을 걷듯 조심하고 두려운 마음으로 감정을 다스릴 수 있는 자제력과 인욕(忍辱)할 수 있는 의지를 배양해야 한다.

어찌 이뿐인가. 욕망의 불길을 잠재우지 못하면 자신의 가치와 존엄은 산산조각으로 부서지고 올곧은 기쁨은 물거품이 된다. 그것은 자신의 불행으로 그치지 않을뿐더러 불행의 불꽃이 쓰나미처럼 다른 사람들의 모든 행복을 휩쓸고 지나가 세상을 황폐해지게 한다.

이쯤에서 도덕경에서 욕망을 어떻게 바라보고 있는지 살펴보기로 한다. 노자의 도덕경 제46 지족장(知足章)에 이런 말이 있다.

罪莫大於可欲, (죄막대어가욕)

禍莫大於不知足, (화막대어불지족)

咎莫大於欲得。(구막대어욕득)

욕망(欲望)을 방임(放任)하는 것보다

더 큰 죄악(罪惡)이 없고,

만족(滿足)할 줄 모르는 것보다

더 큰 재앙(災殃)이 없으며,

욕망을 충족(充足)시키는 것보다

더 큰 과오(過誤)가 없다.

노자의 이 말을 곱씹어 보자. 마음은 온갖 욕망(欲望)을 끊임없이 일으킨다. 용광로처럼 부글부글 타오르며 솟구치는 욕망을 적절하게 다스리지 못하고 그대로 방임(放任, 돌보거나 간섭하지 않고 내버려 둠)한다면, 욕망의 불길은 나 자신만 태우면 다행이겠지만 더 나아가 온 세상을 뜨거운 불길에 휩싸이게 한다. 남들을 화마(火魔)의 고통 속으로 몰아넣는 씻을 수 없는 죄악(罪惡)을 짓게 된다.

욕망의 방임은 죄악을 짓는다!

욕망은 이성보다는 감정에 의지해 움직이므로 욕구 충족에서 희열을 맛보면 그 굴레에서 쉽게 빠져나오기 어렵다. 욕망은 진리의 빛을 가려서 자신의 행위 자체가 잘못인 줄조차 알아차리지 못한 채 법과 도리에서 벗어나 자신의 욕심을 충족시키는 것을 당연하게 여긴다. 욕망 추구의 노예로 전락한 그들이 잘못된 행복을 누리고 있을 때 남들은 헤아릴 수 없을 만큼 크나큰 경제적 피해와 정신적 상처의 아픔을 겪는다.

이 순간에도 전 세계에서 자신의 욕망을 다스리지 못한 사람들이 남을 폭행하고 물건을 강탈하는가 하면, 부정부패와 금품수수로 재산을 축적하거나 비도덕적 방식으로 권력을 쟁탈하고, 심지어 일면식 없는 사람을 무차별적으로 죽이는 묻지 마 살인을 저지르고 있다. 그런가 하면 자고로 능력이 안 되는 이른바 깜이 부족한 정치인이 어쩌다 지도자 자리에 올라서 무지와 무식과 무능, 고집과 아만(我慢, 자신을 뽐내며 남을 업신여기는 교만한 마음)으로 권력의 사유화와 횡포를 일삼는다. 국민의 갈등을 조장하고 안보와 사회를 불안케 하고 경제는 마이너스 성장으로 이끈다. 반듯하게 잘 펴진 도화지 같던 나라 경제를 구겨진 휴지로 만들어 쓰레기통으로 집어 던지는 권력자의 욕망이 판치고 있다. 하기야 그런 권력자를 선택한 그 나라의 국민 잘못이 더 크지만 말이다. 수준 미달인 정치인의 욕망이 크면 클수록 국민의 행복은 쪼그라들고 피해는 눈덩이처럼 불어난다. 이렇게 욕망을 적절하게 다스릴 수 없다면 죄악이 뒤따를 뿐이다.

만족할 줄 모르면 재앙을 낳는다!

또 만족할 줄 모르는 인간은 기나긴 원시시대(原始時代)에서 벗어날 수 있었지만, 반면에 인류 파멸의 우매시대(愚昧時代)로 접어들게 했다. 인간의 불만족은 인류문명의 발달을 이끌어 지구를 벗어나 우주를 향한 무

나답게 사는 행복

한경쟁 시대를 열었다. 불편을 편리로 바꾸고자 하는 인간의 욕망이 끊임없는 변화와 혁신, 그리고 창조적 파괴를 이끌었다.

그러나 인간의 무지막지한 개발로 자연 훼손이 심각해지고, 엄청난 화석연료의 사용은 온실가스를 과다하게 배출하고 있다. 이로 인해 지구온난화를 넘어 지구열대화로 가속화되어 폭우와 폭설, 폭염과 한파 등 기상이변으로 전(全) 지구에서 끊임없이 재앙과 재난이 발생하는 인류의 말세에 직면해 있다. 그런가 하면 에너지 사용의 증가로 수많은 원자력발전소를 건설하게 되었고, 지구를 그야말로 언제 터질지 모르는 시한폭탄을 안고 사는 위험천만한 곳으로 만들고 있다. 원자력발전소의 최대 재앙인 체르노빌과 후쿠시마 원전사고는 그 지역 주민들의 생명과 삶의 터전을 한순간에 빼앗고 폐허로 만들었다. 원자력 발전소에서 이용한 폐기물과 냉각수, 특히 후쿠시마 방사능 오염수의 해양투기는 서서히 해양생태계 파괴를 넘어 전 지구를 환경 오염시켜서 엄청난 피해로 다가올 것이다. 방사능 피복으로 생태계가 파괴되면 그것을 복구하는 데 수십 년 이상이라는 기나긴 세월이 걸리기 때문에 그동안 인간도 자연도 끔찍한 고통 속에서 지내야 한다.

한 사람에 있어서도 만족할 줄 모르면 남들과 비교해 마음이 조급해지고, 끊임없이 일어나는 탐욕에 유혹되어 물불을 가리지 못한다. 욕망 충족에 혈안이 되면 온갖 권모술수(權謀術數, 목적의 달성을 위하여 수단과 방법을 가리지 않는 온갖 술책)를 부리며 자신이 잘못된 길을 가는지 알아차릴 겨를 없이 점점 더 큰 죄를 짓게 된다. 이처럼 불만족은 인류에게 긍정적인 역할을 하였고 또 그렇게 하고 있지만, 인간의 가치와 존엄을 붕괴시키는 원흉으로도 작용하여 인류의 재앙(災殃)을 낳는다.

욕망의 충족은 과오일 뿐이다!

　욕망은 밑 빠진 독과 같아 충족되고 나면 우후죽순(雨後竹筍, 비가 온 뒤에 여기저기 돋아나는 죽순이라는 뜻으로, 어떤 일이 한때에 많이 생겨남을 비유적으로 이르는 말)처럼 새로운 욕망이 생겨난다. 즉, 욕망의 충족은 새로운 욕망의 거름이 되어 이른바 탐득무염(貪得無厭, 끝없이 욕심을 부림)이 된다. 욕심을 내는 것이 죄악이고 만족할 줄 모르는 것이 재앙이지만, 욕심을 충족시키는 것은 매우 가증스럽다. 왜냐하면, 욕심을 충족시키기 위해 수단과 방법을 가리지 않기 때문이다. 욕심을 채우는 동안에는 독수리가 먹잇감을 찾는 것처럼 눈을 부릅뜨고 오롯이 자신만을 생각한다. 이런 행위가 남들에게 얼마나 많은 고통과 상처를 주게 되는지는 티끌만큼도 개의치 않는다. 그러면 주변의 사람들은 그런 사람과 금란지의(金蘭之誼, 친구 사이의 매우 두터운 정)의 관계라고 할지라도 실망과 배신감, 좌절과 혐오감을 안고 등을 돌리며 떠나간다. 앙갚음하지 않고 그냥 돌아서는 사람도 있지만, 개중에는 등 뒤에 비수를 꽂고 떠나는 사람이 있으니, 최후의 결과는 형언할 수 없이 매우 엄중하게 된다.

　요즘 12·12 군사 쿠데타를 배경으로 한 '서울의 봄'이 대중들의 엄청난 주목을 받고 있다. 영화 상영을 계기로 전두환이라는 한 인간의 욕망이 만들어 낸 수많은 억울한 희생자들과 평생토록 아픈 가슴을 두드리며 살아가는 유가족들을 돌아보게 된다. 그들의 가슴 저미는 사연에 눈시울이 뜨거워진다. 전 씨의 권력에 대한 욕망 충족은 그 자신의 인생에 있어서나 역사에 있어서 커다란 과오(過誤, 잘못이나 허물)일 뿐이다.

　이처럼 노자는 욕망을 제대로 다스리지 못하면 죄악을 짓고 재앙을 초래하며 인생의 커다란 과오일 뿐이라 했다. 이로부터 목적이 아무리 훌륭하다 할지라도 수단을 정당화할 수 없다는 것을 깨닫게 된다.

그런가 하면, 19세기 영국 철학자 존 스튜어트 밀(John Stuart Mill, 1806~1873)은 "돼지가 만족하는 것보다 불만족한 인간이 되는 게 낫고, 어리석은 자가 만족하는 것보다 불만족한 소크라테스가 되는 게 낫다(It is better to be a human being dissatisfied than a pig satisfied; better to Socrates dissatisfied than a fool satisfied.)"고 했다. 동물도 배부르면 더 먹지 않는데 욕망을 채워도 멈출 줄 모르는 사람이 있다면, 어찌 그런 사람이 짐승보다 낫다고 말할 수 있는가? 내가 누릴 수 있는 최대의 행복은 도덕에 기초를 두어야 한다. 하루에 한 번쯤 생각해 볼 만한 명언이다.

무엇이든 '내 것'이라고 하는 집착에서 욕망이 불타오른다. 그 모습은 마치 메말라 물이 적은 개울에서 허덕이는 물고기와 같다. 그러나 실제 '내 것'이라고 생각하는 물건은 내가 죽으면 잃게 된다. 마치 눈을 뜬 사람이 꿈속에서 만난 사람을 다시 볼 수 없듯이 말이다. 또한, 사랑하는 사람이 죽어 이 세상을 떠나면 다시 볼 수 없는 것과 같이 허망한 것이다.

욕망을 줄이면 욕심이 감소한다. 욕망을 적절한 정도에서 멈추고 만족할 줄 아는 자제력을 갖춰야 자신의 존엄과 가치 준수할 수 있다. 아직 얻지 못한 것에 과분한 탐욕을 일으키지 않고, 이미 얻은 것을 두고 적더라도 불평하지 않으며 만족할 줄 아는 '소욕지족(少欲知足)'을 일상화해야 한다. 그래야 비로소 올곧은 기쁨을 느끼고 '나답게 사는 행복'을 누리는 길을 걷게 된다.

더하는 삶보다 덜어 내는 삶이 기쁨이다

올곧은 기쁨은 지족할 줄 아는 삶에서 비롯된다. 그래서 지족하는 마음을 가지려면 생각을 바꾸고, 자신의 가치와 존엄을 준수해야 하며 적절하게 욕망을 다스릴 수 있는 자제력을 키워야 한다고 말했다. 그것은 욕망을 강제로 억누르는 것이 아니라 욕망의 씨앗이 싹 틔울 수 있는 토양을 걷어 내는 것이다. 배에 스며든 물을 퍼내듯 마음에서 욕망을 퍼내야 한다. 예컨대, 욕망은 키울수록 자꾸 채우고 싶은 충동이 걷잡을 수 없이 일어나지만, 욕망을 적게 하면 할수록 지족하는 마음이 쑥쑥 커진다. 도덕경 제44 지지장(知止章)에 이런 말이 있다.

> 甚愛必大費, 多藏必厚亡。(심애필대비, 다장필후망)
> 故知足不辱, 知止不殆, 可以長久。(고지족불욕, 지지불태, 가이장구)
> 명리(名利)에 지나치게 애착하면
> 반드시 더 큰 대가를 치르게 되고,
> 지나치게 재부(財富)를 축적하면
> 반드시 막심한 손실을 초래한다.
> 그러므로 만족할 줄 알면 모욕을 당하지 않고,

멈출 줄 알면 위험에 직면하지 않으며,

그래야 매우 길고 오래갈 수 있다.

이 말을 깊이 사유해 보자. 명예와 이익을 추구하는 것이 그 자체가 부정적이지 않다. 그러나 지나치게 명예와 이익을 탐내게 되면 단기적인 효과를 얻을 수는 있겠지만 장기적으로 많은 문제를 야기(惹起)하기 때문에 얻은 만큼의 부정적인 대가를 치를 수 있다.

과다한 명리 추구는 부정적 대가로 이어져

예컨대, 그것들을 성취하기 위해 개인이나 조직이 비윤리적·비도덕적인 행위를 할 수 있다. 이런 경우 개인이나 조직의 이미지가 훼손되어 개인 또는 사회 전체와의 관계에서 명예와 신뢰가 떨어져 장기적인 성공과 지속 가능성에 나쁜 영향을 미칠 수 있다. 또 명예와 이익에 지나치게 집중하면 그것을 획득하기 위해 필연적으로 엄청난 에너지가 소모되고 지속적인 스트레스를 받게 되어 육체적 및 정신적 안녕에 큰 타격을 줄 수 있다. 이렇게 시간과 에너지를 투자하다 보면 개인 건강, 취미, 여가 활동과 같은 삶의 다른 중요한 측면을 무시하는 결과를 초래할 수 있다. 이처럼 명예와 이익에 지나치게 애착하면 건강하지 못한 일과 삶의 불균형을 초래하게 된다.

비근한 예로, 한 조직에서 어떤 사람이 승진과 이익 추구를 위해 과도한 경쟁을 벌인다면 아마도 조직 구성원 간의 협력과 팀워크를 방해하여 조직 문화에 좋지 못한 영향을 미칠 것이다. 그뿐만 아니라 다른 사람들로부터 인정을 받기 위해 자신의 가치와 존엄을 싸구려 고물을 파는 것처럼 내던지다 보면 자아 정체성과 가치 상실로 이어질 수 있다.

따라서 진정한 성공은 자신의 가치와 건강, 윤리적 및 도덕적 기준, 그리고 사회에 미치는 영향까지도 충분히 고려하여 추구되어야 한다.

지나친 재산 축적은 막심한 손실로 이어져

채우면 채울수록 커지는 것이 욕심이라 하나를 얻으면 둘을 얻고자 하고 둘을 얻으면 셋, 그 이상을 얻으려고 애걸복걸(哀乞伏乞, 애처롭게 하소연하면서 빌고 또 빎)하는 것이 인지상정(人之常情, 사람이면 누구나 가질 수 있는 보통의 마음이나 감정)이다. 그 와중에 어쩌다가 하나를 잃게 된다면 단지 하나가 아니라 전부를 잃은 것처럼 크게 상심하고 실망하는 것이 사람의 마음이다. 자칫 재부를 과도하게 추구하려다가 의도적이든 의도하지 않았든 간에 사회 규범에서 벗어난 행위로 이어져 최후엔 재물도 자신의 삶도 다 잃을 수 있다. 어찌 이뿐인가. 안 먹고 안 쓰고 열심히 모은 재산을 자손에게 물려주니, 자손들은 재산분배로 티격태격 싸움박질하고, 피땀 흘려 가며 벌은 부모 재산을 쉽게 얻은 자손들은 흥청망청 써 대니 3대도 못 가서 다 탕진한다. 그래서인지 요즘은 자신의 재산을 사회에 기부하는 높은 수준의 삶의 가치를 추구하는 건강한 노인들이 점진적으로 늘어나고 있다.

멈출 줄 알아야 안녕할 수 있어

명예든 재부든 사랑이든 너무 심하게 좋아하면 그것에 대한 강한 집착이 생기고, 집착은 망상(妄想, 이치에 맞지 않는 허황된 생각을 함)을 일으켜서 망행(妄行, 이치에 맞지 않고 정상적인 것에서 어긋나는 행동)을 부추긴다. 마치 과식을 하면 비만이 생기고 비만은 대사증후군과 심혈관질환을 일으키는 것처럼 말이다. 예컨대, 지나친 사랑은 집착이 생기게 하고 집착은 상대를 자신의 사고로 구속함으로써 상대방에 대한 요구와 기대가 충족되지 못하는 경우가 잦아진다. 날이 갈수록 그 빈도가 심해져서 실망이 커지면 마침내 파멸로 이어지게 된다. 이렇듯 너무 좋아하거나 너무 과도하면 정신과 육체에 모두 좋지 않은 결과를 초래한다. 다시 말하자면 멍리와 재부를 추구하는 것 자체는 잘못이 아니다. 잘못이라면 지나친 탐욕과 만족할 줄 모르는 것이 잘못이다. 그칠 줄 모르는 탐욕은 모든 재앙을 부른다.

탐욕은 누구도 차별하지 않고 똑같이 찾아든다. 그것을 반갑게 손을 내밀어 맞이하느냐, 아니면 멀찌감치 떨어져서 관조(觀照, 고요한 마음으로 사물을 관찰하거나 음미함)하느냐에 따라 그 사람의 삶이 안락과 고통의 갈림길에 서게 된다. 유달리 집착하지 않고 생각하지 않으면, 탐내지 않게 되고 탐욕에서 떠나려 하지도 않아도 된다. 재부와 명예를 추구한다고 무조건 나쁜 것은 아니다. 예컨대, 재부를 추구하는 것은 자연스럽고 건전한 생활 태도다. 재화는 배고플 때 밥이 되어 주고, 추울 때 옷이 되어 주며, 때론 명예도 권력도 주기 때문이다. 총명한 두뇌와 부지런한 손발을 이용해 그것들을 획득하는 것은 흔한 말로 가문의 영광이다. 그러나 재물욕(財物慾)은 가난을 벗어나게 하는 작은 불씨이기도 하지만, 다른 한편으로 삶을 송두리째 한 줌의 재로 바꾸는 화염과도 같다. 또한, 명예욕(名譽慾)도 흙수저가 금수저로 되는 원동력이 되기도 하지만, 다른 한편으로 자신의 가치와 존엄에 커다란 상처를 남기는 갈퀴와도 같다.

이처럼 모든 사물은 양면성을 지니고 있다. 물극필반(物極必反, 모든 사물은 그 발전이 극단에 이르면 필연적으로 자기의 반대쪽을 향하여 감)이라, 달도 차면 기울고, 과일도 익으면 떨어지듯이 세상의 모든 사물은 극에 달하면 다시 근본으로 돌아가는 것이 당연한 이치이다. 그러니 명예욕과 재물욕이 극단에 이르기 전에 적당한 정도에서 멈추고 방출하여 여유의 공간을 만든다. 이것이 바로 적가이지(適可而止, 적당한 정도에서 그침)의 지혜다. 즉, 적절한 수준에서 만족할 줄 알면 다투지 않고, 다투지 않으면 모욕을 당하지 않는다. 알맞은 정도에서 그칠 줄 알면 일찍이 물러나고, 일찍이 물러나면 위험에 노출되지 않는다. 따라서 자신을 잃지 않고 쇠퇴하지도 않고 장구한다.

더하는 삶보다 덜어 내는 삶이 기쁨이다.

이를 자칫 곡해하면 뭐든 적당히 해야 한다는 것처럼 받아들일 수 있지만, 그런 것은 결코 아니다. 명예든, 이익이든 재부든 자신의 능력 범위 내에서 그에 합당하게 많이 챙기면 챙길수록 보람된 일이다. 그러나 그런 과정에서 도의(道義)를 중시하고, 그 결과를 자신만이 독식(獨食)하는 것이 아니라 넘쳐나는 것을 남들과 함께 나눌 수 있다면 그것이 바로 적가이지(適可而止)다. 즉, 남은 것을 계속 쌓아 두는 것이 아니라 그것을 나누는 것이 착한 일을 하는 것이고, 착한 일을 많이 하면 자연히 후덕한 삶이 된다.

예컨대, 최근 기존의 재무적 지표로만 기업을 평가하는 전통과는 달리 기업의 지속 가능성을 평가하는 비재무적 혹은 무형의 가치의 중요성을 인정하는 ESG 경영이 주목을 받으며 두드러지게 나타나고 있다. ESG는 환경(Environmental), 사회적 책임(Social) 그리고 기업지배구조 (Governance)의 약어다. 친환경 경영은 기업의 활동 중에서 기후 변화와 연관된 온실가스 및 폐기물 배출, 에너지 사용량 감소를 위한 활동이 주요 평가 지표다. 사회적 책임경영은 안전한 근로조건 제시와 정당한 대가 지급의 환경 조성, 프라이버시(privacy)와 사회 안전망 보호를 위한 정보 보안, 기업의 활동이 편향을 제거하고 공공성 보호를 위한 노력 등이 평가 지표다. 기업의 지배 구조 건전성의 평가 지표로는 사회적 책임을 다하기 위한 경영진의 역할, 기업 내 ESG 경영 평가 체계 구축, 다양한 이해관계자의 협의와 참여 등이다. 이러한 ESG 경영의 개념은 앞에서 언급한 도덕경 제44 지지장의 사상과 맥락이 유사하다는 것을 엿볼 수 있다.

당장 필요하지 않은 물건을 잔뜩 짊어지고 산을 오르면 얼마나 힘이 들겠는가? 당장 해결될 일도 아닌데 내일을 걱정하고 어제를 근심하면 얼마나 고통과 번뇌에 시달리겠는가? 이처럼 사물도 생각도 쌓아만 두면 삶의 무게가 버겁지만 덜어 내면 홀가분하다. 그래서 더하는 삶보다 덜어 내는 삶이 기쁨이 있지 않겠는가? 그러하지 아니하여 이미 수모와 재앙의 고통을 겪고 있다면 어찌할 방도(方道, 어떤 일을 하거나 문제를 풀어 가기 위한 방법과 도리)가 없다. 산이 높으면 골이 깊고, 골이 깊으면 산이 높은 법이니, 원망도 탓도 하지 말고 고통의 깊이만큼 수행의 방편으로 삼아 그만한 게 다행이라 여기고 깨달음의 문을 두드린다. 삶의 장애가 나를 성숙시키기 위해 방문했다고 긍정적으로 생각한다. 거의 모든 것을 잃었거나, 설령 모든 것을 잃었다 해도 나는 여전히 나 자신일 뿐이라 여긴다. 그리고 나의 발전에 도움이 안 되는 일에 집착하지 말고, 나를 바꾸고 한 단계 도약

시킬 수 있는 일에 집중한다.

깨달음이 뭐 별것인가? 자연의 진리대로 사는 것이지. 배고프면 밥을 잘 먹고, 졸리면 잘 자면 되고 일할 때는 잘 행하고, 놀 때는 잘 놀면 된다. 여기서 '잘(善)'이라는 것에 방점이 있다. 즉, '정도껏 바르고 착하게'라는 의미다. 이것이 바로 '만족할 줄 알면 항상 즐겁다'라는 지족상락(知足常樂)의 깨달음의 경지가 아닌가?

도타운 사랑의 밑절미로 올곧은 기쁨을 누린다

앞에서 언급한 도덕경 제46 지족장(知足章)의 일부 내용을 다시 떠올려 본다. "욕망을 방임하는 것보다 더 큰 죄악이 없고, 만족할 줄 모르는 것보다 더 큰 재앙이 없으며, 욕망을 충족시키는 것보다 더 큰 과오가 없다."

이 문장을 곱씹어 보면, 끝없이 일어나는 욕심이란 놈이 제멋대로 굴게 놔두면 그놈이 얻고자 하는 것에만 정신이 팔려서 옆에 있는 사람이나 사물을 배려할 겨를이 없어 의도적이든 그렇지 않든 적잖게 그들에게 상처와 피해를 준다는 것이다.

어찌 그뿐인가. 밑 빠진 욕심의 항아리는 채워도 채워지지 않으니 스스로 무한한 공허감에 허덕인다. 자신과 이웃에게 죄를 짓고 악덕하게 굴었으니 이보다 더 큰 죄악이 어디 있겠는가? 풍선은 공기를 넣으면 점점 부풀어 오르지만, 풍선이 견딜 수 있는 한계를 넘어서면 결국 터져서 풍선이라는 기능을 잃어버리게 된다. 욕심도 풍선과 같아서 만족의 한계를 넘어서면 내가 누군지조차 망각한 채 무턱대고 달려가는 무모한 일을 벌이다 그간 열심히 얻은 명예와 이익 등 모든 것들은 물론 자아 정체성을 잃어버리게 되니 이보다 더 큰 재앙이 어디 있겠는가?

또 욕망이 쉽게 충족되면 "어허, 이것 봐라! 내가 하고자 하는 것들이 척

척 잘도 이뤄지네! 역시 나는 남들보다 능력과 재주가 뛰어나!"라며 자만(自慢, 자신이나 자신과 관련 있는 것을 스스로 자랑하며 뽐냄)과 교만(驕慢, 잘난 체하는 태도로 겸손함이 없이 건방짐)에 빠져서 끝없이 욕심을 부리기 시작한다. 어찌 그뿐이겠는가. 자신의 성공에 도취되어, 주변 사람들의 공로는 안중에도 없고 오히려 얕잡아 보고 오만방자(傲慢放恣, 어려워하거나 조심스러워하는 태도가 없이 건방지거나 거만함)하고 아만(我慢)으로 가득하다.

일체유심조(一切唯心造, 모든 것은 오직 마음이 지어낸다는 뜻으로, 모든 일에 마음가짐이 중요함을 이르는 말)란 말이 있듯이, 이 모든 것은 마음먹기에 달려 있다. 욕심으로 충만한 마음은 배려와 자비와 사랑하는 마음으로 다스린다. 나를 사랑할 줄 안다면 남도 사랑할 줄 알아야 한다. 남을 사랑할 줄 모른다면 나를 사랑할 줄 모르는 것과 같다. 사랑하는 마음을 지녀야 남을 도울 수 있고, 남을 도우니 내 마음은 기쁨으로 충만해진다. 이것이 이른바 자리이타(自利利他)가 아니겠는가? 이것은 자기만을 사랑하는 것과 확연히 다르다.

진정한 사랑은 미움이 바탕이 되는 잘못된 기쁨을 사라지게 한다. 미움에 휩싸이면 마치 녹이 쇠를 먹는 것처럼 스스로 녹슨다. 결국, 내가 남을 미워하면 그들을 미워하게 되는 것이 아니라 내가 미워지고, 내가 남을 미워한 것 이상으로 그 피해를 내가 고스란히 받을 뿐이다. 따라서 잘못된 기쁨은 올곧은 기쁨이 아니라 고통일 뿐이다.

'법구경(法句經)'에 이런 말이 있다.

是以莫造愛 愛憎惡所由。(시이막조애 애증악소유)

已除結縛者 無愛無所憎。(이제결박자 무애무소증)

그러므로 사랑을 짓지 말라.
사랑으로 말미암아 미움 생기니
이미 그 얽매임을 벗어난 사람은
사랑할 것도 없고 미워할 것도 없네.

 사랑은 집착하는 마음에 불을 지피고, 집착이 심해지면 기대가 커진다. 그것이 만족되지 않으면 실망으로 바뀌고, 실망은 미움의 싹을 키우기 시작한다. 진정한 사랑은 바라보는 것만으로 기쁨이지만, 애착(愛着, 어떤 대상에 몹시 끌리거나 정이 들어서 그 대상을 지극히 아끼고 사랑함)은 자기가 만족할 때까지 상대방을 강제로 끌어들이려 한다. 그런데도 만족을 느낄 수 없는 한계에 이르면 실망과 좌절하는 마음이 생기고, 그 마음은 상대방에 대한 미움으로 바뀐다. 미워하는 사람은 생각하는 것만으로도 짜증스럽고 바라보는 것만으로도 고통스럽다. 그런가 하면 지극히 애착하는 사람을 만나지 못하면 그것도 역시 괴로움으로 남는다.

 대가를 바라거나 현상에 머물지 않는 사랑을 하고, 사랑하되 사랑을 느끼지 못하는 공기 같은 사랑을 하며, 사랑한다는 마음조차 없는 무심한 사랑을 한다면, 그것이 진정한 사랑일 것이다. 이런 마음에 어찌 괴로움이 생겨나고, 미움의 고통이 있을 수 있겠는가? 그런데 이런 한마음을 먹기가 어찌 그린 쉽단 말인가? 머리로는 충분히 이해하고 고개를 끄덕이지만, 쉽사리 마음먹은 대로 행동으로 이어지지 않으니 말이다. 머리와 가슴 사이의 거리가 몇 센티미터에 불과하지만, 생각과 행동은 천리만리와 같다. 그래서 수행(修行, 생리적 욕구를 자제하고 정신 및 육체를 닦음), 즉 함을 다스리는 것이 필요하다. 함이 없는 앎은 살아 있는 삶이라 할 수 없다.

그러니, 한 생각, 한 마음을 돌이켜 보자. 일일일야 만사만생(一日一夜 萬死萬生)이라. 즉, 하루 낮 하루 밤에도 만 번 죽고 만 번 살아나는 것이 삶이 아닌가? 숨을 들어 마시면 사는 것이고 내쉬며 죽은 것이며, 눈을 뜨면 산 것이고 눈을 감으면 죽은 것이다. 하루에도 이처럼 수만 번 삶과 죽음이 오고 간다. 이런 윤회 속에서 충실한 삶을 살기에도 바쁜데 어찌 미워할 시간이 있겠는가?

지금 사랑하는 마음을 갖고 사랑을 실천해 본다. 사랑은 내가 넘볼 수 없을 만큼 그리 대단한 것도 아니고 남이 아니꼽다고 하찮게 볼 만큼 그리 자잘한 것도 아니다. 지금 내가 지닌 측은지심(惻隱之心, 인간의 본성에서 우러나오는 마음씨로, 다른 사람의 불행을 불쌍히 여기는 마음)을 키운다. 그러면 내가 어떤 상황에 놓이게 되더라도 만족하지 않을 때가 없다. 비록 잠시 불만족스럽다가도 스프링처럼 탄성력을 지녀서 이내 다시 원래 상태로 쉽사리 복원된다.

내가 무슨 처지에, 내가 뭐 그리 잘났다고 망설이지 말고, 더 늦기 전에 지금부터 시작한다. "즉시현금 갱무시절(卽時現金 更無時節)"이라, 즉 '지금이 바로 할 때이고, 그 시절은 다시 오지 않는다.'라는 좋은 말을 내 한 생각을 돌이키는 회전축으로 삼는다. 흘러간 물은 다시 돌이킬 수 없는 것처럼 보이지 않는 시간도 한번 지나가면 돌이킬 수 없다. 이는 만고(萬古, 오랜 세월을 통해 변함이나 유례가 없음)의 진리가 아니던가? 다만 잊고 지내고 있을 뿐이다. 그래서 늘 깨어 있어야 하고 깨달음을 추구해야 한다. 이미 나는 깨달음이 무언지 알았다고 하여 수행을 게으르게 하면 무명(無明, 무아의 진리를 깨닫지 못하고, 자아가 있다고 집착하는 무지의 상태)의 상태로 되돌아간다. 이는 턱수염을 깎고 일주일이 지나면 덥수룩하게 자라는 수염처럼, 청정한 마음에 티끌이 쌓이게 되는 꼴이 된다. 그러면 나라고 할 만한 것이 없는 아바타인 나를 진정한 나라고 믿는 어리석음에 빠진다.

이제 한 마음을 돌이켜서 도타운 사랑의 밑절미로 올곧은 기쁨을 누린다. 기쁨으로 충만한 행복한 이 세상이 바로 극락세계(極樂世界)이고 천당(天堂)이 아닌가? '나답게 사는 행복'은 운이 좋게 찾아올 수도 있지만, 그것은 바람이 몰고 온 뭉게구름을 만난 것과 같아 잠시 머물다가 바람과 함께 사라진다. '나답게 사는 행복'은 식물을 재배하는 일련의 과정이다. 행복의 씨앗을 뿌리고 행복을 기우는 환경을 만들어 행복의 꽃을 피우는 것은 오롯이 내 마음에 달려 있다. '참나'를 찾아 '나답게 사는 방법'을 아는 것이다.

성냄(怒) 편

우리의 삶은 화(火)의 연속이기 때문에 삶이 안락하기 위해서는
화가 나는 이유를 이해하고, 정서적 안정에 도움이 되는 적절한
방법으로 화를 다스리는 지혜가 필요하다.

성냄은 독약이고, 죄악이며, 실패다

성냄이란, 흔히 화(火) 또는 노여움(怒)이라 말하는데, 어떤 불평, 불만에 대한 감정적인 반응을 말한다. 생리적 욕구를 포함하여 자신의 욕구가 방해를 받는 상황이 발생하면 성냄이 일어난다. 화가 나는 이유는 각 개인의 경험과 상황에 따라 다양하다. 일반적으로 화가 나는 이유를 생각해 보면 크게 내적 요인과 외적 요인에 의해 영향을 받는다.

내적 요인으로는 자신이 기대한 것과 현실 사이에 괴리가 존재할 때 실망스럽고 화가 날 수 있다. 또 자신을 소중하게 여기는 자아 존중감이 떨어졌을 때 자신에게 화가 날 수 있다. 예컨대, 유권자로서 열렬하게 지지했던 정치인이 낙선했을 때 슬픔을 넘어 화가 치밀어 오르거나, 입사 면접 당시에 들었던 회사의 복지후생이 제대로 이행되지 않을 때 화가 날 수 있다. 그런가 하면 열심히 일한 것에 비해 자신의 성과가 미흡하거나, 다른 사람으로부터 과소평가를 받을 때 자신의 능력 부족이나 죄책감이 들어 자신에게 화가 난다.

외적 요인으로는 가족, 친구, 동료, 상사 등과의 갈등이나 갈등적인 대화, 불공평한 대우 등과 같은 대인관계 문제로 인해 화가 날 수 있다. 또 스트레스, 불안, 불만, 우울 등 감정적인 부담이 누적되거나 남으로부터 무시를 받는 상황에서 화가 나기도 한다. 예컨대, 자아 존중감이 떨어진 상태에서 다른 사람의 충고와 격려, 제안 등에 대해 긍정적으로 반응하지 못하고 오히려 자신을 무시하는 것으로 받아들여 마음의 상처를 입고 화가 나는 경우다. 또 상대방과의 대화에서 자신을 무시하거나 비난하듯이 비아냥거리는 말을 들었을 때나 그런 행동을 봤을 때다. 인구절벽이 가팔라지는 요즘은 눈과 귀가 어두운 노년층도 사회활동을 해야 하는 시대다. 얼마 전 나는 공공기관과 관공서에서 개최한 사업설명회가 있어 참석한 적이 있었다. 읽을 수 없을 만큼의 깨알만 한 크기의 자료집을 받아 보고서 젊어서 느끼지 못했던 무시당한다는 느낌을 받으니 화가 났다. 이제 공공기관이나 관공서에서는 초고령사회에 걸맞은 공공서비스를 적극적으로 도입할 필요가 있다.

또한, 화는 내적 요인과 외적 요인이 복합적으로 작용하여 일어나는 경우가 있다. 신체적으로 불안정한 상태, 즉 과중한 업무, 수면 부족 등으로 늘 피로를 느끼거나, 식이 패턴 등으로 건강상 문제를 겪고 있을 때 자신에게 화가 나기도 한다. 예컨대, 과중한 업무로 인해 여가시간을 가질 여유가 없고 스트레스는 가중되며, 수면이 부족한 상태다. 이런 경우에 평상시 그다지 대수롭지 않게 넘겼던 불편한 것들을 접하면서 괜히 짜증이 난다. 출근길에 눈이 오면 눈이 내려서, 비가 오면 비가 내려서, 매일 겪는 교통체증으로 출근길이 막혀서 등등 사사건건 모든 것들이 짜증스럽다. 또 고혈압이나 당뇨가 있는 환자가 음식점에서 자신의 건강에 해로운 음식들로 밥상이 차려져 있을 때 그것을 먹을까 말까 하는 갈등하는 마음과 그러한 상황에 놓인 자신에게 화가 날 수 있다.

이와 같은 성냄보다 더 강력한 분노(憤怒)를 느낄 때도 있다. 이는 우리 자신이나 다른 사람이 불공평한 대우를 받았거나 불공평하다고 느낄 때 자주 발생한다. 예컨대, 검찰이 권력도 재력도 없는 국민이나 약자에게는 법의 잣대를 비수처럼 적용하여 없는 죄도 뒤집어씌우다가도, 동료들의 비리나 불법에 대해서는 한량없이 관대하여 있는 죄도 덮어 버릴 때 화를 넘어 분노를 느낀다. 그리고 불법으로 집행한 특수활동비에 대해 죄의식을 느끼지도 않고 창피한 줄도 모르면서 오히려 당당하다는 듯이 수사할 의지조차도 보이지는 않는 불공평한 수사에도 분노를 느낀다. 또 최고 권력자 측근의 불법신고에 대해서는 꿀 먹은 벙어리요, 눈먼 장님이 되는 검찰의 수사 태도에 천인공노(天人共怒, 하늘과 사람이 함께 노한다는 뜻으로, 누구나 분노를 참을 수 없을 만큼 증오스럽거나 도저히 용납될 수 없음을 이르는 말)하지 않을 수 없다. 물론 모든 검사가 다 이렇다는 것은 아니며, 작금의 일부 정치 검사가 이런 태도를 보이는 것에 분노를 금치 못한다.

분노에는 도덕적 가치에 근거하여 반사회적 행동을 볼 때 갖게 되는 공분(公憤), 불의에 대해 분개하는 의분(義憤) 등 여러 형태가 있다. 반면 빗나간 노여움으로 앙심(怏心)도 있다.

이렇게 나열하다 보니 화를 내게 하는 일들이 바닷가 백사장의 모래알 수만큼이나 무수하게 많다. 하루라도 화를 내지 않고 지낼 수 없을 것 같다는 생각이 든다. 화는 정상적인 감정이지만 과도하거나 통제되지 않으면 정신 및 신체 건강에 부정적인 결과를 초래할 수 있으며 대인관계에 있어서 큰 장애를 겪을 수 있다.

우리의 삶은 화의 연속이기 때문에 삶이 안락하기 위해서는 화가 나는 이유를 이해하고, 그에 맞는 적절한 대처 방법을 찾는 지혜가 필요하다. 화를 다루는 방법으로는 정서적 안정에 도움이 되는 독서를 하거나 심호

흡, 마음 챙김 등이 효과적이다. 머리로 이해하는 것에서 끝나는 것이 아니라, 몸이 움직여 습관화하는 것이다. 이들 중에서 무엇보다 가장 중요한 것은 '나는 누구인가?'라는 화두(話頭)를 챙기고 참나(眞我, 진아)를 찾는 삶의 여행을 떠나는 것이다.

불교에 탐진치(貪瞋癡)라고 일컫는 삼독(三毒)이 있다. 이는 탐욕(貪慾, 자기가 원하는 것에 욕심내어 집착함)·진에(瞋恚, 산목숨에 대하여 미워하고 성냄)·우치(愚癡, 도리를 이해할 수 없는 어리석음)를 의미한다. 이 세 가지 번뇌가 중생을 생사의 윤회 속으로 빠뜨리는 근원이 되고, 중생의 고통을 만드는 원인이 되어 마치 독약과 같아서 '삼독'이다.

삼독은 모두 '나(我)'라는 관념에서 비롯된다. 실체가 없는 '나'가 있다고 착각하는 '나'에 미혹한 것이 어리석음이고, 그 어리석음 때문에 이 세상을 살아가면서 '나'에게 맞으면 탐욕을 일으키고, '나'에게 맞지 않으면 성냄을 일으킨다. 이 삼독을 없애기 위한 수행으로는 팔정도(八正道, 여덟 가지 올바른 길), 즉 바른 견해(正見, 정견)·바른 생각(正思惟, 정사유)·바른 말(正語, 정어)·바른 행동(正業, 정업)·바른 생활(正命, 정명)·바른 노력(正精進, 정정진)·바른 인식(正念, 정념)·바른 정신(正定, 정정) 등이 있다.

그리고 수행의 기본 덕목으로 계(戒)·정(定)·혜(慧)의 삼학(三學)이 있는데, 이는 계율(戒律)로서 몸과 입과 뜻으로 범할 나쁜 짓을 방지하여 탐욕을 다스리고, 선정(禪定)으로서 산란한 마음을 안정되게 하여 성냄을 다스리며, 지혜(智慧)는 진리를 깨닫는 것으로 어리석음을 다스리는 것이다. 이와 같이, 삼독을 제거하면 비로소 고통에서 벗어나 열반의 경지에 도달할 수 있게 된다.

그리고 잠언 29장 22절에 이런 말이 나온다. "성내는 자는 다툼을 일으키고 성내는 자는 죄가 많으니라." 즉, 내가 화를 내면 나의 화를 받는 상대방도 기분이 나빠진다. 상대방이 나의 행동을 이해하고 인내로써 받아넘긴다면 다행인데 대개는 '되로 주고 말로 받는 것'이 화이므로 상대방도 십중팔구 참지 못하고 분노를 일으킨다. 이로 말미암아 서로 언성이 높아지고 급기야 자제력을 잃고 폭력까지 행사해 범죄자가 되기도 한다.

그래서 잠언 14장 29절에 이런 말이 있다. "노하기를 더디 하는 자는 크게 명철하여도 마음이 조급한 자는 어리석음을 나타내느니라." 즉, 어떤 일이 일어나도 화를 더디게 하면 지혜로운 자이고, 마음을 다스리지 못하여 마음이 조급해지면 쉽게 화를 내게 된다는 것이다. 따라서 사랑과 관용을 실천함으로써 화를 통제할 수 있도록 해야 한다고 말한다.

그런가 하면, 노자 도덕경 제68 부쟁장(不爭章)에 이런 말이 있다. "善戰者 不怒(선전자 불노)", 즉, '전쟁(戰爭)을 잘하는 사람은 쉽게 격노(激怒)하지 아니한다.'라는 말이다.

이 말을 곱씹어 보면, '전쟁에 능한 사람은 적에 대한 분노로 쉽게 전쟁을 일으키지 않으며, 싸울 때 화를 내지 않는다. 만일 전쟁이 분노에서 비롯된다면 살인자에 불과하며, 살인자는 반드시 하늘의 징벌을 받는다.'라는 말이다. 왜냐하면, 화를 내면 판단력을 잃게 되고, 판단력을 잃으면 제멋대로 행동하게 되며, 제멋대로 행동하면 실패를 초래하기 때문이다. 예컨대, 평상시 욱하는 마음을 다스리지 못해 화를 벌컥 내어 큰 싸움이 일어나는 경우가 종종 있다. 이런 행태는 문제 해결을 위한 이성적 판단이 아니라 자기 분풀이를 하는 어린아이 투정에 불과할 뿐이다. 나중엔 오히려 성냄이 꼬투리가 잡혀 패배자가 된다. 반면에 그러한 분쟁에 직면했을 때 냉정하고 차분한 마음을 유지하면 상대방이 하는 말에 진위(眞僞)

를 꼬집어 조목조목 따져서 반박의 논리를 펼칠 수 있다. 더욱이 사리 판단에 능숙하게 되어 상대방의 예봉(銳鋒)을 무디게 할 수 있고, 아무리 공격해 오더라도 침착하게 대응할 수 있다. 다른 모든 사람과 다투려 하면 절대로 이길 수 없다. 싸우지 않고 이길 수 있어야 진정한 승자라 할 수 있다. 이것이 바로 부쟁(不爭)의 덕(德)이다.

이처럼 성냄, 화, 분노는 독약이며, 죄악이고, 실패를 초래할 뿐이다. 화를 억지로 짓누르는 것은 더 큰 분노의 씨앗을 키우는 것과 같으니 화를 적절하게 다스릴 줄 알아야 한다. 그래야 언제든 본성을 잃지 않고 자신을 지킬 수 있으며, 대인관계도 원만해져서 안락한 삶을 누릴 수 있다. 이것은 행복의 꽃비가 내리는 길을 걸을 수 있는 '나답게 사는 행복'의 첫걸음이다.

성냄이 어쩔 수 없을 때도 있다

우리는 도(道)를 깨달은 성인군자가 아닌 다음에야 화를 내지 않고 살아갈 수 없다. 아니, 이제껏 다른 사람한테 화낸 적이 없다고 자부하는 사람이 있을지도 모른다. 그런데 곰곰이 생각해 보면 겉으로 표현만 하지 않았을 뿐이지 마음속으로 화내지 않은 적이 없다. 이것도 아니라고 부정하는 사람이 있다면 마땅히 성인군자로서 존경을 받아야 한다.

그러나 대부분 사람은 아무리 절친하게 지내는 관계라도 서로의 자존심을 건드리는 어떤 일로 갈등이 생기게 되면, 버럭 화부터 내는 바람에 그 관계가 서먹서먹하게 되는 경우가 있다. 그리곤 이내 성낸 걸 후회한다. "내가 왜 그랬지, 좀 참았으면 좋았을걸" 하고, 그 당시 욱하는 마음에 성낸 자신에게 또 화가 난다. 먼저 상대방에게 진심 어린 사과를 하고 화해한 후 관계가 회복되면 다시는 화부터 내지 않겠다고 다짐하고 다짐한다. 그런데 그런 다짐이 오래가지 않아서 화를 내는 습성이 슬그머니 올라온다. 마치 머리를 깎고 나면 조금씩 자라나듯이 말이다. 우리네 인생은 이렇듯 화를 내고 후회하고 참회하면서 세월을 따라 기억을 남기며 점점 익어 간다.

그런데 화를 내는 것은 전부 다 나쁜 것일까? 화를 참는 것이 무조건 다

좋은 것일까? 화를 적절하게 다루지 않고 꾹꾹 눌러 담고 있으면 가슴이 답답해지고, 두통과 소화불량, 스트레스 등 건강의 적신호가 나타난다. 이른바 화병의 징후다. 이럴 때는 화를 내는 것이 긍정적인 결과를 가져올 수도 있다. 예를 들자면, 어떤 일로 인해 불타오르는 화를 많이 담고 있으면 그 화력을 견디느라고 엄청난 스트레스에 시달리게 된다. 이 경우 다른 사람들에게 피해를 주지 않는 보호되고 안전한 환경 -노래방이나 게임장- 등에서 자신의 감정을 드러내거나, 굉음을 내며 떨어지는 폭포수가 있는 깊은 산속에 들어가 목청 높여 큰 소리로 가슴속에 눌렀던 화를 확 풀어내는 것이 효과적일 때가 있다. 마음이 풀릴 때까지 그동안 눈치 보느라고 하지 못한 말, 하고 싶은 욕도 좋고 실컷 쏟아 내어 더는 억지로 끄집어내려고 해도 나올 것이 없을 때까지 피 토하듯 쏟아 낸다. 이는 화를 다루는 가장 원초적인 방편이다.

그런가 하면 화를 내는 것이 자신의 의견이나 감정을 상대방에게 표현하는 수단이나 문제 해결을 위한 압박의 수단이 될 수도 있다. 예컨대, 나는 눈이 나빠서 어릴 적부터 안경을 착용해 왔다. 어느 날 안경을 새것으로 교체했는데 얼마 되지 않아 한쪽 안경알의 코팅이 벗겨져서 안경점을 찾아가 문의했더니 열로 인한 손상이라고 말해 내가 사용을 잘못했나 생각하고 다시 새것으로 교체했다. 아마도 좀 비싼 렌즈를 착용했으면 이런 일이 없었을 테지만 말이다. 그 이후로 안경알의 손상을 방지하기 위해 안경 착용이나 관리에 무척 신경을 썼는데도 3개월이 채 못 가서 똑같은 증상이 일어났다. 다시 그 안경점을 찾아갔더니 안경사는 이전처럼 열로 인한 손상 때문이라며 사용자의 부주의 탓으로 돌리는 말을 반복했다. 앵무새같이 지껄이는 안경사의 태도에 화가 났지만, 감정을 누그러뜨리고 나서 "내가 보상을 원한 것도 아닌데 당신은 책임 회피성 말만 반복하고 있습니다. 내가 원하는 것은 본사에 문의해서 원인을 파악한 후 귀책사유에 따라 합당한 조치를 해달라는 겁니다."라고 단호하고 강력하게 의사를 표현해 안경알을 무상으로 교체 받은 적이 있다. 그러나 아직도 그 안경알의 손상 원인에 관한 결과는 통보받지 못했다.

이처럼 화를 내는 것이 때때로 자신의 의견을 전달해 상대방이 인지하도록 하는 데 도움이 될 수 있고, 문제 해결을 위한 압박의 수단이 될 수도 있다. 하지만 이럴 때도 화를 관리하는 방식으로 표현해야 한다. 감정에 꺼들리지 말고 얼음처럼 차가운 이성을 유지해야 한다.

그런가 하면, 누군가가 자신을 불공평하게 대하거나 침해하는 경우, 화를 내어 자신을 보호하거나 경계를 표시할 수 있다. 때로는 분노나 화를 통해 사회 불평등이나 부정을 드러내고 사회적 변화를 이끄는 데 도움이 되는 경우가 있다. 예컨대, 민주사회에서는 사회변화 촉구와 불평등에 대한 불만을 표출하기 위해 집회와 시위라는 수단을 동원한다. 이러한 표출 방식은 불특정 다수에게 영향을 주고자 함이기 때문에 어쩔 수 없이 소음 발생이나 통행 불편을 초래한다. 그렇다고 집회와 시위를 강력하게 통제하려 한다면, 그것은 전제주의(專制主義, 특정한 개인이나 계급 또는 소수 집단이 국가의 모든 권력을 장악하여 아무런 제한이나 구속 없이 이를 마음대로 행사하는 정치사상)적 발상으로 전 국민을 화병 환자로 만드는 것이다. 권력 유지를 위해 국민을 환자로 만드는 소아병적(小兒病的, 언행이 유치하고 감정이 극단적으로 흐르기 쉬운 것) 정치에서 벗어나야 한다. 그러한 정치 환경을 조성하기 위해 관심 있는 국민이 모여 집회와 시위를 하기도 한다.

이렇듯 우리가 화를 무조건 참는 것만이 능사(能事, 잘하는 일)가 아니다.

시기와 상황에 따라 적절하게 화를 내는 것이 도움이 될 때가 있다. 그렇다고 무턱대고 아무 때나 감정을 표출하라는 말이 아니다. 화가 치밀어 오르면 일단 말을 하지 말아야 한다. 감정에 치우친 욕설과 같은 거친 말은 오히려 독이 되어 부메랑으로 돌아올 수 있기 때문이다. 먼저 흐르는 시간을 잠시 멈추고 요동치는 심장을 고르게 하며, 거세게 일렁이는 감정의 파도를 잔잔하게 한다. 그런 다음 마음이 고요해지고 생각이 정리된 연후에 적절하게 대응하는 것이 화를 슬기롭게 다루는 지혜다.

이쯤에서 노자의 도덕경 제74 사살장(司殺章)에 있는 한 문구를 불러와 화를 다루는 지혜를 얻어 본다.

若使民常畏死, 而爲奇者, (약사민상외사 이위기자)

吾得執而殺之, 孰敢? (오득집이살지 숙감)

만일 국민이 항상 죽음을 두렵게 하는

기이한 짓을 하는 자들에게

나는 그들을 붙잡아서 죽여 없앨 것이니,

누가 감히 이런 악행을 저지르겠는가?

이 말을 다시 나름대로 정리해 보면, 국민이 사회 안전에 불안을 느껴 죽음의 공포에 휩싸인다면 그렇게 만든 온갖 나쁜 짓을 저지르는 사람들을 마땅히 법에 따라 처벌해야 한다는 것을 의미한다. 그렇게 한다면 누가 감히 거리낌 없이 악행을 저지르겠는가?

우리 사회에서 함부로 나쁜 짓을 하는 놈들, 온갖 악행을 저지르고도 잘못을 뉘우치지 않는 놈들, 사익을 추구하기 위해 불법을 저지르고도 허술

한 법망과 법조 카르텔을 이용해 미꾸라지처럼 법망을 빠져나가는 놈들, 이런 사악한 무리가 나타나지 않도록 반드시 징벌해야 한다. 그런데 지금 내가 머무는 이곳은 정의와 공정을 엿으로 바꿔 먹은 세상이다. 삼권분립 체계를 갖춘 우리의 사법기관은 어떠했던가? 어떤 때는 통치자의 권력 유지를 위한 하수인 역할을 하고, 제 식구 감싸는데도 일말의 양심의 가책을 느끼지도 않았다. 사법농단과 무소불위(無所不爲, 하지 못하는 것이 어디에도 없음) 권력의 횡포는 여전히 진행 중이다. 죄를 저지르지 않았어도 돈 없고 권력이 없으면 죄인이 되고, 죄를 저지르고도 돈 있고 권력이 있으면 무죄가 되는 게 현실이다. 이른바 유전무죄 무전유죄(有錢無罪 無錢有罪)의 세상이다. 어떤 사람한테는 온갖 자질구레한 법의 조항까지 총동원해 억지 잣대를 들이대어 엄벌하고, 어떤 사람한테는 허공과 같은 법의 잣대로 들이대어 용서한다.

국민은 이러한 불공정한 법 집행에 무력감과 분노를 느낀다. 이런 짓을 두 눈과 귀로 보고 듣는 국민이 어떻게 공정과 상식이 통하는 사회라고 느끼겠는가? 국민이 어찌 자기 분수에 만족하며 본분을 잘 지키고, 자신의 생명을 소중히 여기며 행복한 삶을 즐길 수 있겠는가?

머리를 거꾸로 처박고 지옥에 떨어질 사람들의 부당함이 처벌받지 않고, 오히려 당당하게 황야의 무법자처럼 길거리를 활보한다면 이보다 최악은 없다. 불공정과 몰상식한 사회에 대해 분노해야만 정의와 상식이 통하는 사회가 될 수 있다면 꼭 그렇게 해야 마땅하지 않겠는가? 그런데도 "나는 힘이 없으니까, 메뚜기도 한철이니까 그러다가 끝나겠지"라며 체념하고 무관심하며 세월만 보내는 것은 그런 나쁜 행동에 동조하는 것과 다르지 않다. 왜냐하면, 한 무리가 사라지면 뒤를 이어 똑같은 무리가 같은 짓거리를 하는 게 권력의 속성이기 때문이다. 그런 무리를 그냥 두는 것은 조용한 폭력이다.

그러나 자칫 격한 분노가 과도하여 폭력적인 행동으로 이어질 수 있으므로, 분노를 표현하는 방식을 배우고 정교하게 다듬는 것이 무엇보다 중요하다. 그래야 '나답게 사는 행복'의 세상 속에서 어디에도 얽매이지 않는 자유로운 삶을 누릴 수 있으니까 말이다.

성냄은 성내지 않은 것만 못하다

어떤 이유에서든 일단 화를 내면 갈등이 깊어지고 관계가 나빠지므로, 대화와 협상을 통해 문제를 해결하는 것보다 못하다. 화를 내기 전에 지금 내가 화를 내야 하는 이유가 무엇인지를 3초만이라도 생각한다면 자신의 감정 조절이 가능한 자기 통제력이 생긴다.

화가 나면 판단력이 흐려질 뿐만 아니라 화를 내게 한 문제에만 집중하게 되고 전체적인 맥락을 보지 못하므로, 새로운 해결방안을 모색해 낼 수 없다. 바람에 일렁이는 호수에 비친 달이 일그러져 보이듯이 감정이 흔들리면 내가 보는 모든 사물이 일그러져 보인다. 따라서 마음을 고요히 하여 화를 다스리고 침착한 감정 상태에서 문제를 분석하고 해결하는 편이 훨씬 낫다.

화를 내면 말이 거칠어지고 언성이 높아지며, 어떨 때는 말문이 막히고 행동은 과격해진다. 그러면 상대방은 정서적으로나 신체적으로 큰 피해와 상처를 입을 수 있다. 그래서 화나 욕설, 반복적인 민원 등으로부터 감정노동자의 정신적 피해를 보호하기 위해 산업안전보건법이 제정되어 있다. 여기서 말하는 '감정노동'이라 함은 상담원이 상담 업무를 수행하는 과정에서 자신이 실제로 느끼는 감정과는 다른 특정 감정을 표현하도록 자신의 감정을 억누르고 통제하는 일이 수반되는 노동을 말한다.

이쯤에서 세상을 살면서 남에게 원한을 사지 않는 지혜를 노자의 도덕경 제79 좌계장(左契章)에 있는 한 문장을 불러와서 한 수 배워 본다.

和大怨, 必有餘怨, 安可以爲善? (화대원 필유여원 안가이위선)

큰 원한을 화해(和解)해도

반드시 원망의 앙금이 남게 마련이다.

어찌 좋은 일이라 할 수 있는가?

이 말을 곱씹어 보면, 사람과 사람 사이에 맺어진 철천지한(徹天之恨, 하늘에 사무치는 크나큰 원한을 말함)은 비록 화해하여 화락(和樂. 화평하고 즐거움)하게 될지라도, 오랜 세월이 흘러도 원망의 앙금은 가슴에 남게 되니 원한을 사는 일을 저질러서는 안 된다는 말이다.

여기서 말하는 큰 원한이란 무엇일까? 노자(老子)는 기원전 604년 중국 초(楚)나라 허난성에서 출생한 것으로 추정되고, 사망 시기 또한 기원전 6세기~5세기 초로 추정될 뿐 확실치 않다. 그는 춘추시대(春秋時代, 기원전 770~403) 말기 주(周)나라 왕실의 장서고(藏書庫)를 기록하는 수장실사(守藏室史)를 지내면서 역사적 사실을 고찰하여 인간의 삶이 지닌 근거를 근본적으로 성찰할 수 있었다고 전한다. 이 시기는 제후국으로 몰락한 주나라를 비롯해 14개국이 독자의 세력을 형성하면서 무한경쟁하는 대혼란의 시기였다. 서로 죽고 죽이는 전쟁이 잇따라 일어나고 끔찍한 학살과 살인이 자행되었다. 노자는 이러한 나라 간 전쟁과 살인, 그리고 패륜적 행태의 일상화를 경험하면서 큰 원한(怨恨)이 생긴다고 말한 것으로 보인다.

춘추시대의 대표적인 원한 관계로 생겨난 고사성어로 와신상담(臥薪嘗膽, 거북한 섶에 누워 자고 쓴 쓸개를 맛본다는 뜻으로, 원수를 갚으려 하거나 실패한 일을 다시 이루고자 굳은 결심을 하고 어려움을 참고 견디는 것을 이르는 말)이 있다. 이는 중국 춘추시대에 오(吳)나라의 왕 부차(夫差)가 아버지의 원수를 갚고자 섶에 누워 잠을 자며 복수를 꾀하여 월(越)나라의 왕 구천(句踐)을 항복시켰고, 패한 구천은 쓸개를 맛보며 복수를 꾀하여 다시 부차를 패배시킨 고사에서 유래한 말이다.

그럼 일반적으로 어떤 경우에 원한을 사는가? 이는 과거에 상처를 입었거나 불만족스러운 경험을 한 사람이 그에게 해를 끼친 개인 또는 집단에 대한 증오나 원한을 품는 상태다. 원한은 종종 부정적인 감정과 해결되지 않은 갈등에 뿌리를 두고 있다. 예컨대, 위안부와 강제징용은 일제강점기 일본군과 일본기업이 우리 국민에게 원한을 산 짓을 저지른 대표적인 사례이다. 또 어떤 사람의 행위로 인해 사랑하는 사람을 잃게 되었을 때, 어떤 사람이 신뢰를 깨뜨리고 배신과 사기를 쳤을 때, 그리고 어떤 사람이 버럭 화내면서 욕설을 퍼붓고 있을 때 그 어떤 사람에 대한 원한이 생긴다. 이런 원한은 종종 분노, 불안, 슬픔과 같은 감정과 연결되어 있으며, 이는 정신적 건강에 부정적인 영향을 미칠 수 있다.

지금 우리는 성냄에 관해 이야기하고 있으므로, 화와 언행으로 인해 사무치는 원한에만 관심을 집중하려 한다. 화가 나서 감정에 휘둘리면 정제되지 않은 거칠고 적나라한 언어나 저속한 비속어를 걷잡을 수 없이 쏟아내는 온갖 욕설을 사용하게 될 수 있다. 그런 말을 듣는 상대방은 상당한 모욕감과 분노를 느끼게 되고, 자존감이나 자아 존중감에 커다란 상처를 받는다.

그런가 하면 격의(隔意, 서로 거리를 두고 터놓지 않는 속마음) 없이 지내는 아주 친한 관계라고 착각하면 -실제로 상대방은 그렇게 생각하지 않는데도- 긴장감이 느슨해져서 예의나 언행에 격(格)이 떨어지는 경우가 있다. 이는 내가 이렇게 말하거나 행동해도 상대방은 충분히 이해하고 받아 줄 것이라는 자기중심적인 사고에서 비롯된다. 이렇게 경계심이 느슨해진 마음에서 가벼운 농담이라 생각하고 무심코 던진 말 한마디가 상대방의 역린(逆鱗, 용의 턱밑에 거슬러 난 비늘을 건드리면 용이 크게 노한다는 전설에서 나온 말로, 임금의 분노를 비유적으로 이르는 말)을 건드려서 심기를 매우 불편하게 만들 수 있다. 그로 인해 상대방은 마음에 깊은 상처를 받아 눈에 보일 정도로 또는 눈에 보이지는 않지만, 마음속으로 관계가 악화하고 사이가 멀어지는 경우가 있다. 실제에 있어서 역린을 건드린 사람은 상대방이 심정을 표출하지 않는 한 그들 사이에는 아무런 문제가 없는 것으로 생각하지만, 시간이 흐를수록 자신을 대하는 상대방의 태도에서 의아한 점을 느낄 수 있다. 다시 말하자면, 어떤 사람이 드러내고 싶지 않은 약점을 누군가 농담이라며 그것을 콕 집어 비꼬듯이 던진 말은 그 사람의 마음속에 씻을 수 없는 상흔이 되어 죽을 때까지 잊지 못할 원한으로 남게 될 수 있다는 말이다.

원한을 사는 경우는 말 속에 겸손이 아닌 자만이, 평등이 아닌 차별이, 나눔이 아닌 탐욕이, 배려가 아닌 배신이 담겼다고 느끼기 때문이다. 예컨대, 코를 파서 나온 코딱지는 검지 끝에 묻은 티끌이지만, 코딱지를 제거한 콧구멍은 무척 시원함을 느낄 만큼 공기 흐름이 원활하게 되는 것을 경험해 보았을 것이다. 이는 몸뚱이가 코딱지를 하찮은 티끌로 여기지만, 콧구멍에서는 태산처럼 크게 작용하는 것과 같다.

따라서 같은 말이라도 상대방의 감정 상태에 따라 수용하는 정도가 달라지므로, 상대방의 입장을 고려해 상황에 맞는 적절한 단어를 사용해야 함은 물론 평상시에도 말조심하는 습관을 길러야 한다. 해야 할 말과 하지 말아야 할 말을 구분하고, 하지 않아도 될 말과 꼭 해야 할 말을 구분해서 언어 사용에 주의해야 남에게 원한 사는 일이 없게 된다. 그리고 어찌어찌하여 서로 화해하여 원한을 풀었다 해도 마음속에 쌓인 원망과 쓰라린 상흔을 완전히 없애기 어렵고 반드시 앙금이 남게 마련이다. 그러므로 사람들에게 원한을 품게 하는 언행을 삼간다.

원한을 해소해 주어도 어째서 앙금이 남을까? 서로 간의 신뢰가 완전히 무너져서 회복될 수 없는 지경에 이르렀기 때문이다. 엎질러진 물을 다시 주워 담을 수 없는 것처럼 한번 무너진 신뢰를 돌이킬 수 없는 경우가 허다하다. 가령 그들 사이에 신뢰를 다시 쌓는다고 하여도 열반의 경지에 이르러서야 가능할지도 모른다.

화를 내면 남에게만 치명적인 아픔을 주는 것이 아니다. 화를 낸 자신에게도 좋지 않다. 즉, 화로 인해 스트레스 호르몬인 코르티솔의 분비가 증가해 장기적으로 건강에 해로울 수 있다. 또 지나치게 화를 내면 사람들에게 나쁜 인상을 줄 수 있으므로 사회생활하는 데 부적절한 관계가 될 수 있다. 무엇보다 화를 내는 자신이 미워질 수 있다. "내가 왜 이까짓 일에 화를 내는 거지, 내가 이 정도의 수준밖에 되지 않는 사람인가?" 하고 자존감에 상처를 받을 수 있다.

그러므로 화를 내지 않는 것이 자신에게는 물론 남에게도 분노를 유발하지 않으니 대부분 상황에서 바람직한 선택이다. '나답게 사는 행복'의 기초는 남에게 원한 사는 짓을 하지 말고 자신에게도 화가 나는 짓을 하지 않는 것이다. 가능하다면, 욕을 먹어도 성내지 말고, 칭찬을 받더라도 우쭐거리지 말고 냉정함을 유지하는 것이 최상 중 최상이 아닌가 싶다.

내 마음을 바로 보면 화가 보인다

이제부터 화를 어떻게 다루면 좋을지 생각해 본다. 화를 다스리는 데는 사람마다 제각기 다른 여러 가지 방법이 있을 수 있다. 가장 대표적인 방법으로는, 화가 났을 때 숨을 천천히 코로 깊게 숨을 들이마시고 입으로 내쉬면서 긴장을 풀고 감정을 안정시키는 것이다. 화의 감정이 절정에 달했을 때는 어떤 일을 결정하거나 불쑥 말을 내뱉거나 행동하지 말고 3초 간이라도 기다리면 감정이 수그러들고 이성이 돌아온다. 또 화를 느낄 때 내가 왜 화를 내고 있는지 자문하면서 그 원인을 조용하게 바라보며 사유(思惟)하면 감정을 조절하는 데 긍정적인 효과가 있다. 마치 사레들리지 않도록 버드나무 잎을 띄운 물바가지의 물을 마시듯이 말이다. 그러면 버드나무 잎이 물을 정화하듯이 마음이 청정해지고 빈틈없는 마음의 안정이 찾아와 화를 일으키는 근본적인 문제를 전체적인 맥락에서 살필 수 있게 된다.

화를 다룰 수 있는 능력을 배양하기 위해서는 평상시 운동을 하거나 산책을 하면서 신체적 긴장을 풀어 주고 충분한 휴식과 재충전, 명상 등을 통해 정신적 안정을 유지하는 것이 좋다. 그런가 하면 글쓰기나 그림 그리기 등의 예술적인 활동을 통해 내면의 감정을 더 잘 이해하면 화를 다루기가 쉬워진다.

나는 등산을 하면서 자연과 교감을 나누며 나를 돌아보는 시간을 갖는다. 자연에서 치유를 받고 그것을 다시 자연으로 어떻게 돌려줄까를 생각한다. 산을 오르고 내려오는 과정에서 세상 살아가는 이치를 자연에서 배우고, 속세의 고통을 벗어나는 방편을 깨닫기도 한다. '관자(管子)'에는 '山不辭土石(산불사토석)'이라는 말이 있다. '산은 한 줌의 흙이라도 사양하지 않고, 한 개의 돌이라도 사양하지 않으므로 높다'라는 말이다. 더욱이 거친 흙이든 고운 흙이든, 작은 돌이든 큰 바위든 가리지 않고 담아 뫼를 이룬다. 그런가 하면 찾아오는 사람들을 오지 못하게 막은 적이 없고, 떠나가는 사람들을 못 떠나게 잡은 적도 없다. 어쩌다 산속에서 우연히 조개 껍데기라도 발견하면 산은 산이요, 물은 물이로되, 산과 물은 둘이 아닌 하나임을 깨우치기도 한다. 그리하여 포용심이 넓어지니 구태여 화를 줄이려고 애를 쓸 필요가 없다. 마음의 그릇이 넓어지니 화의 그릇은 상대적으로 작아질 수밖에 없기 때문이다. 또한, 다녀온 산에 대한 사진과 이야기를 가지고 블로그 포스팅과 '진경수의 山 이야기' 칼럼을 작성한다. 그러면서 오염된 마음을 청정하게 하고 내 마음자리를 찾아보며 세상살이의 지혜를 얻기도 한다. 이처럼 화를 다스리는 것은 각자의 자기 관리에서부터 시작된다.

화를 잘 다스리려면 무엇보다 내 마음자리를 바로 보아야 한다. 그래서 노자의 도덕경 제2 관요장(觀徼章)의 한 문장을 불러와서 깨우침을 얻는다.

天下皆知美之爲美, 斯惡已. (천하개지미지위미 사오이)

皆知善之爲善, 斯不善已. (개지선지위선 사불선이)

세상 사람들이 모두 아름다움을

아름다운 줄만 아는 것은

추악한 마음이 생겨나 있기 때문이며,

선량함을 선량함인 줄만 아는 것은

선량하지 않은 마음이 생겨나 있기 때문이다.

이 말의 의미를 곱씹어 본다. 어떤 사물을 바라보고 아름답다고 여긴다면 자신의 마음이 그 사물에 매료되고 좋아하기 때문이며, 어떤 사물을 바라보고 추악하다고 여긴다면 자신의 마음이 그 사물에서 멀어지고 싫어하기 때문이다. 그래서 아름다움과 추악함은 기쁨 및 분노와 같다. 기쁜 마음을 지니면 모든 것이 아름답고 긍정적으로 보이지만, 화낸 마음은 모든 것이 추악하고 부정적으로 보일 수 있기 때문이다.

어떤 사람의 행실을 따져서 선량하다고 여긴다면 그가 자신의 도덕적 가치관에 합당하기 때문이며, 어떤 사람의 행실이 선량하지 않다고 여긴다면 그가 자신의 도덕적 가치관에 합당하지 않기 때문이다. 그래서 선량과 선량하지 않음은 옳음 및 그름과 같다. 즉 내 도덕적 잣대에 합당한 사람은 착하고 훌륭한 사람이고, 합당치 않은 사람은 불량하고 나쁜 사람이라고 분별한다. 아름다움과 추악함의 근원은 기쁨과 분노의 마음이며, 선량과 선량하지 않다고 하는 시비(是非)의 생각이 나오는 문(門)은 가치관이다. 이들은 모두 실체가 없는 것으로 오로지 마음으로 지어낸 것으로 그저 존재한다고 믿고 있는 허상일 뿐이다.

마치 동전의 앞뒤와 같고, 손바닥과 손등과 같다. 한 생각에 매몰되면 분노고, 한 생각을 돌이키면 기쁨이며, 한마음에 들어서면 선량이고 한마음에 못 들면 선량하지 않다. 그래서 세상의 어떤 일도 그 끝을 예단할 수 없으니 절대 어느 한쪽으로 치우쳐서는 안 된다. 그래서 옛 성인들은 중용(中庸, 지나치거나 모자람이 없이 도리에 맞는 것이 중(中)이며, 평상적이고 불변적인 것이 용(庸)임)의 삶을 강조해 왔다. 예컨대, 선의(善意)의 행위가 의도된 결과를 낳을 수도 있지만, 종종 기대하지 않은 나쁜 결과로 이어질 수도 있다. 또 멋지고 아름답게 꾸몄다고 내세우지만, 그것이 오히려 많은 사람에게 추하게 보일 수도 있기 때문이다. 즉, 착함(善)과 아름다움(美)에 대한 자신만의 기준이 세상 다른 사람들에게 악함(惡)과 추함(醜)이 될 수도 있다.

새들이 균형 잡힌 양 날갯짓으로 비행하는 것처럼, 우주가 음양의 양극(兩極)이 굴러가며 이뤄져 있는 것처럼 극단을 멀리하고 중용의 마음, 즉 한쪽으로 치우치지 않고 기울어지지 않으며, 지나침도 미치지 못함도 없는 떳떳함으로 화합을 이루며 살아가야 한다. 중용의 마음을 실천하는 것은 역지사지(易地思之, 남과 처지를 바꾸어 생각함)의 마음으로 상대방을 이해하는 것이다. 그러면 기쁨과 분노, 선량과 불량을 구별함이 부질없음을 알고 화가 일어나다가도 이내 누그러질 수 있을 것이다.

그러니 내 마음이 지금 어떠한지를 바로 보는 것이 답이다. 왜 그런가? 제행무상(諸行無常, 우주 만물은 항상 생사와 인과가 끊임없이 윤회하므로 한 모양으로 머물러 있지 않음)이라 세상 만물 중에서 변하지 않는 것은 하나도 없다. 삼라만상(森羅萬象, 우주 사이에 벌여 있는 온갖 사물과 모든 현상)이 다 변해 가는데 사람의 마음이야 오죽하랴! 일체유심조(一切唯心造)라, 모든 일이 오직 내 마음에서 지어낸 것이다. 세상 누구에게나 마음이 없는 사람은 없다. 그 마음 중에서 양심(良心, 어떤 행위에 대하여 옳고 그름, 선과 악을 구별하는 도덕적 의식이나 마음씨)이라는 것이 자아(自我, 사고, 감정, 의지, 체험, 행위 등의 여러 작용을 주관하며 통일하는 주체)를 떠난 무극(無極, 우주의 본체인 태극의 무한정성을 이르는 말) 상태에서 존재한다면 이는 도(道)를 추구하는 사람으로서 화내는 일이 없을 것이다. 여기서 양심이란 내가 하기 싫은 일을 남에게 시키지 않는 마음이라 하겠다. 이런 마음이 바로 도(道)가 아니겠는가. 그러나 자아 중심의 욕망을 추구하는 편향된 상태라면 화가 나면 나는 대로 방임하는 중생이라서 늘 고통을 쌓아 두고 소멸하지 못하는 것이다.

정리하자면, 자아(ego)를 중심으로 한 탐욕의 마음을 버리고 중용의 마음으로 양심에 거리낌이 없다면, 자신의 마음자리를 알아차릴 수 있고 화가 저절로 잘 다루어진다. 마음이 행복으로 충만하니 화가 파고들 공간이 없다. 시공간을 초월하여 늘 자연과 함께 있다고 생각하면 마음이 충만해지고 저절로 '나답게 사는 행복'의 길로 나를 인도한다.

시절 인연이라 그러려니 하다

우리네 삶은 혼자가 아니라 공존하는 삶이다. 그래서 늘 대립하고 갈등하고 의존하고 화합하면서 살기에 희로애락(喜怒哀樂)을 피할 수 없다. 지금 피할 수 없는 희로애락을 어떻게 다스려야 '나답게 사는 행복'을 누릴 수 있는지에 대해 이야기하고 있다. 이 이야기가 조금은 생뚱맞을 수도 있고, 황당하게 느낄 수도 있다. 그러나 지구상의 80억 명 중의 한 나그네가 인생역정(人生歷程) 한가운데서 무량한 도서 중에서 때가 되어 만난 노자의 '도덕경'을 읽고 새로운 삶을 살아가는 진솔한 이야기다.

화에 관한 이야기를 계속 이어 가기로 한다. 앞서 자신의 마음자리를 알아차리면 화라는 것이 별다른 의미가 없기에 구태여 다스릴 것까지도 없다고 언급했다. 이제 화를 바라보는 두 번째 이야기를 시작한다.

우리는 살아가면서 남들의 비교 대상이 되기도 하고, 나를 다른 누구와 비교하기도 하면서 살아간다. 이러한 비교를 통해 자신의 위치와 역할을 이해하고 정의함으로써, 더 나은 상태로 발전하기 위해 다른 사람들의 협력이나 노력을 보고 동기부여를 받는다. 또 그러한 비교를 통해 경쟁적인 자극을 받아 더 높은 목표를 설정하거나 노력을 기울이는 데 도움이 된다. 그런가 하면 남들과 단순한 비교를 통해 자신의 우월감을 드러내 보이고 싶은 사람이 있다. 반면에 남들과 비교를 통해 남보다 못한 자신의 모습에서 열등감을 느껴 화(火)를 내기도 하고 자존감이 떨어지기도 하며 매사 의기소침(意氣銷沈, 기운이 쇠하여 활기가 없음)해지거나 우울증에 시달리기도 한다.

예컨대, 번쩍번쩍한 고가 외제 승용차를 타면서 부자의 티를 과시하는 사람이 있는가 하면, 빤지르르한 명품 드레스 입고 명품 핸드백을 들고 명품 뾰족 구두 신고 다니며 엉덩이를 삐쭉거리며 거들먹거리는 자기 과시욕을 즐기는 사람도 있다. 이렇게 살아가는 이들은 제각기 '나답게 사는 방식'이라고 주장하지만, 한편으로 주변 사람들을 의식해서 그들에게 돋보이고 싶고, 자신의 품격을 '보여 주기 위한 방식'으로 사는 모습 같아 보인다. 상대적으로 이런 사람들과 비교하면서 자신이 가진 것이 한참 부족하다고 느끼고 상대적 빈곤에 시달리며 분노하는 사람들도 있다. 이들은 대개 내가 삶의 주인공이 아닌 남을 삶의 주인공으로 두고 살아간다. 다른 사람과 나를 비교해 분노하면서 '참된 나'를 잃은 채 아바타에 불과한 '나'라는 것에 집착하며 살아가는 모습 같아 보인다. 여기서 노자의 도덕경 제2 관요장(觀徼章)의 한 글귀를 불러와서 읽고 사유해 보자.

有無相生, 難易相成, (유무상생 난이상성)

長短相形, 高下相盈, (장단상형 고하상영)

音聲相和, 前後相隨, 恒也。(음성상화 전후상수 항야)

있고 없음이 서로 대립하여 생겨나고,

어렵고 쉬움이 서로 모순으로 이뤄지며,

길고 짧음이 서로 비교해야 형성되고,

높고 낮음이 서로 의존해야 분별되며,

음과 소리가 서로 대립으로 조화를 이루고,

앞과 뒤가 서로 배열되어 순서를 따르는데,

이것들은 영원히 이와 같다.

이 말을 곱씹어 보면 다음과 같은 의미가 있다. 노자는 있고 없음, 어렵고 쉬움, 길고 짧음, 높고 낮음, 음과 소리, 앞과 뒤는 모두 세상 만물이 상호 의존·대립·통일 관계를 지니며 이는 영원한 보편법칙이라고 설명하고 있다. '있다, 없다, 어렵다, 쉽다, 길다, 짧다, 높다, 낮다, 음, 소리, 앞, 뒤' 등은 절대로 홀로 존재할 수 없다.

우주 생성 이전의 텅 빈 상태에서 온갖 초미세 물질들이 뒤섞여 태양과 지구, 달 등 수많은 행성을 생성하였고, 하늘과 땅 사이에 만물이 생성되어 이름을 갖게 되었다. 여기서 텅 빈 상태는 없음(無)이라 하고, 만물의 생성은 있음(有)이라 말한다. 즉, 현상계에서 존재하는 물체는 실체가 없는 물질적 현상에 의해 생성된 것이라고 할 수 있다. 현상계에서 물체의 수명이 다하면 다시 실체가 없는 물질적 현상에 의해 없음의 상태로 회복된다. 이처럼 없음과 있음은 홀로 영원히 존재할 수 없고 상호 전환하며 반복되지만, 그 본질은 하나일 뿐이다.

어렵고(難) 쉬움(易)도 마찬가지다. 어떤 일이 복잡다단(複雜多端, 마구 뒤섞여 갈피를 잡기가 어려움)하여 내부적 요소들 상호 간 갈등과 모순이 일어나면 행하기가 어렵지만, 그것을 해결할 실마리를 발견하게 되면 그 일은 쉬운 것이다. 길고(長) 짧음(短)도 마찬가지다. 등산할 때 들머리에서 출발할 시점에는 산의 정상이 멀고 길게 다가오지만, 8부 능선을 넘어서면 들머리로부터 점점 멀어지고 정상까지는 더 짧아지니 길고 짧음은 상대적인 것이다. 높고(高) 낮음(低)도 마찬가지다. 군주가 존귀한 것은 신하와 백성이 있어 그를 따르기 때문이며, 군주가 스스로 과인(寡人)이라 낮춰서 부르는 것은 백성을 위하여 사리사욕을 버렸기 때문이다. 음(音)과 소리(聲)도 마찬가지다. 소리는 단음(單音)이고, 음은 리듬 있는 소리다. 오케스트라의 연주가 감미로운 까닭은 소리와 음의 조화다. 앞(前)과 뒤(後)도 마찬가지다. 자신이 앞선다고 하지만 더 앞선 것 다음이라면 뒤진 것이고, 자신이 뒤진다고 하지만 더 뒤진 것이 있다면 앞선 것이다.

이러한 여섯 가지 또는 유사한 것들의 법칙은 영원하다. 이처럼 상호 의존·대립·통일의 법칙으로 존재하는 것을 모르고 어느 한쪽으로만 치우친다면 스스로 근심을 짓는 것이다. 이러한 논쟁에서 벗어나 중용을 취한다면 근심은 사라진다. 세상의 모든 존재는 단독으로 존재할 수 없으며 서로가 의존하며 상관관계로 맺어진다. 내가 있기에 네가 있고, 내가 없으면 너도 없다. 남이 있기에 나도 있고, 남이 없으면 나도 없다. 아무리 애를 써도 인연이 없으면 얻어짐이 없고 바라지 않아도 인연이 있으면 얻어지게 되는 법이다.

나쁜 씨앗을 심고 아무리 열심히 일하고 자연환경이 좋을지라도 풍작이 들 수 없고, 좋은 씨앗을 심어도 게으르고 자연재해를 만나면 흉작이 들 수밖에 없다. 여기서, 씨앗은 결과를 만드는 직접적인 원인이라서 인(因, 인할 인)이라 하고, 자연환경이나 자연재해는 인을 돕는 외적이고 간접적인 힘이라서 연(緣, 인연 연)이라 한다. 이처럼 세상의 모든 존재와 현상은 인연(因緣)에 따라 그 결과가 달라지니 인연의 소중함을 알아야 한다. 명나라 말기의 승려 운서주굉(雲棲株宏)이 편찬한 '선관책진(禪關策

나답게 사는 행복

進)'이라는 책에서 경산대혜고선사(徑山大慧杲禪師) 답문 중에 "時節因緣 到來。自然觸著磕著。噴地醒去。(시절인연도래 자연촉저개저 분지성거, 시절 인연 이 도래하면 자연히 부딪혀 깨서서 소리가 나듯 척척 들어맞으며 곧장 깨어나 나가게 된 다.)"라는 구절에서 따온 '시절 인연(時節因緣)'이란 말이 있다. 즉 모든 사 물의 현상은 시기가 되어야 일어난다는 말이다. 모든 인연은 때가 되면 이루어지게 되어 있고, 인연의 시작과 끝도 모두 자연의 섭리대로 그 시 기가 정해져 있다는 뜻이다.

이처럼, 모든 것은 자연스럽게 오고 갈 뿐이므로, 만나려고 무진장 애를 쓰지 않아도 인연이 닿으면 저절로 만나게 되고, 인연이 닿지 않으면 아 무리 애를 쓰더라도 만나지 못한다. 사람이나 일, 물건, 그리고 깨달음의 만남도 다 이와 같이 때가 있는 법이다. 헤어짐도 마찬가지다. 헤어지는 것은 인연이 딱 거기까지이기 때문이다. 세상에는 변하지 않는 것이 하나 도 없고, 영원히 머무는 것도 하나도 없다. 그러니 얻었다고 즐거워할 것 도 잃었다고 속상해하거나 섭섭해할 것이 하나도 없다.

이와 유사하게, '한비자(韓非子)'도 인연에 대해서 "有緣千里來相會。無 緣對而不相逢。(유연천리래상회, 무연대면불상봉, 인연이 있으면 천리가 떨어져 있어 도 만나지만, 인연이 없으면 얼굴을 마주하고도 만나지 못한다.)"라고 말했다. 이는 만나려 하지 않아도 인연이 되면 기필코 만날 수밖에 없지만, 아무리 만 나려고 애를 쓰더라도 인연이 무르익지 않으면, 바로 옆에 두고도 만날 수 없다는 것이다.

이처럼 모든 것이 인연에 따라서 오고 가는 것인데, 구태여 나와 상대를 비교하고 분별하여 차별하고, 시비를 따질 필요가 있을까? 지금 내가 잘 사는 것은 전생에 선업(善業)을 쌓은 공덕(功德)의 덕택이고, 내가 지금 힘든 것은 전생에 악업(惡業)을 지은 업보(業報)인 것을…. 그러니 지금 열심히 선업을 쌓는 공덕을 지어 업장(業障, 태어나기 이전의 세상에서 지은 죄로 인하여 이 세상에서 장애가 생기는 것)을 소멸하면 미래 세상에는, 어쩌면 현세를 마무리하기 전에, 그 공덕으로 반드시 잘살게 될지도 모를 일이다.

나에게 일어나는 모든 일이 인연에 따라 일어나고 사라지니, 나와 모든 것들이 둘이 아니라 하나같이 소중한 존재로 인식한다. 지금까지 느꼈던 불만과 대립, 갈등과 분열, 성냄과 분노가 모두 부질없음을 깨닫고 시절 인연이라 생각하니 그러려니 한다. 자연스럽게 남들과 화합하니 화가 일어날 일이 만무하다. 비난과 칭찬에도 마음이 흔들리지 않고, 소리에도 놀라지 않는 사자처럼, 그물에 걸리지 않는 바람처럼, 진흙에 더럽히지 않는 연꽃처럼 한결같은 마음으로 청정한 몸가짐을 지닌다. 그러면 설사 화가 일어서다가도 이내 여지없이 허물어질 것이다.

지난 2020년 유행했던 트로트 중에서 '시절인연'이라는 노래가 있다. 이 노래는 "사람이 떠나간다고 그대여 울지 마세요. 오고 감 때가 있으니 미련일랑 두지 마세요."로 시작한다. 만일 슬프거나 화가 날 때 한 번쯤 조용히 들어 보는 것도 화를 다스리는 데 도움이 될 듯싶다.

물처럼 사는 것이 양심적인 삶이다

　남이 화를 일으키지 않도록 하고, 나도 화를 내지 않으려면 어찌해야 하는가? 남에게도 나에게도 그물에 걸리지 않는 바람처럼 '걸림이 없는 삶'을 살아야 한다. 걸림이 없는 삶이란, 다른 사람들과의 상호작용, 개인적인 결정, 윤리적인 선택 등에서 도덕적인 가치와 원칙을 기반으로 행동하고 살아가는 '도덕적인 생활'을 말한다. 즉 인간이 지켜야 할 도리나 바람직한 행동 규범에 맞게 살아가는 것이다. 다시 말하자면 '양심'에 따라 행동하고 결정하는 삶을 말한다. 양심은 개인의 도덕적 판단과 도덕적 책임을 담당하는 핵심적인 내적 지표다. 그러면 양심적인 삶이란 무엇인지 노자의 '도덕경'으로부터 그 지혜를 배운다. 노자의 도덕경 제8 약수장(若水章)의 첫 문장은 이렇다.

　上善若水。(상선약수)
　최고의 선(善)은 물과 같다.

　여기서 말하는 선(善)이란 무엇일까? 우리는 대개 선을 착함이라 생각한다. 그럼 착함이란 무엇일까? 우리는 착해서 착한 걸까, 착해야 해서 착한 걸까? 또 '착하게 사는 사람은 바보 같다.'라고 말하는 까닭은 무엇일까? 이러한 의심을 품고 노자가 말한 선(善)을 생각해 본다.

선(善)이란 양심(良心)에 따른 행위(行爲)다. 그럼 양심이란 무엇인가? 내가 하기 싫은 것을 남에게 강요하지 않는 것이다. 그럼 양심 있게 살려면 어찌하면 되는가? 잘났다고 으스대며 편을 가르고 시시비비(是是非非, 여러 가지의 잘잘못)하는 마음, 만족할 줄 모르고 끊임없이 지나치게 욕심을 부리는 마음, 자신의 부족함을 인정하지 않고 남의 탓으로 분노하는 마음, 자신의 경험과 앎이 문제 해결에 유일하다고 믿는 어리석은 마음, 이러한 마음들을 다 버리고 순수한 마음으로 돌아가야 한다. 즉, 작은 티끌 하나도 없이 맑고 깨끗한 참다운 나의 본래 모습으로 회귀함을 양심이라 일컫는다. 이는 자연의 이치에 순응하는 마음이며 이런 마음을 지니고 지켜나가는 것이 인간의 도리다. 인간이 인간다워지고, 내가 나다워질 때 이른바 도(道)의 경지에 이르렀다고 말할 수 있으며, 그 자체가 삶의 진리가 아니겠는가?

이러한 양심을 마음에 품고 사유를 통해 지성으로 체화하고 실천하여 인격을 갖출 때 덕(德)을 갖췄다고 말한다. 따라서 선행을 쌓으면 덕행이 되고, 덕행이 쌓이면 바로 도(道)를 이루는 것과 같다(積善成德 積德成道, 적선성덕 적덕성도). 따라서 선(善)이란, 도덕적 생활의 최고의 이상이다.

우리는 누구나 양심을 갖고 있으니, 누구든지 선(善)할 수 있고, 누구도 도(道)를 깨달을 수 있다. 그러나 아바타인 '나(我, ego)'가 아닌 또 다른 '참나(眞我)', 즉 '있는 그대로의 나'를 제대로 알아차려서, 내가 당하기 싫은 것을 남들이 감당하게 시키지 않는 그러한 마음가짐으로 행위를 할 수 있어야 비로소 착하다고 할 수 있다. 그래서 착해서 착한 것이 아니고 착

나답게 사는 행복

해야 해서 착한 것도 아니다. 그저 본래의 마음가짐을 찾아 지키려는 '참나'일 뿐이다.

'착하게 사는 사람은 바보 같다.'라고 말하는 것은 매우 합당한 표현이 아닌가 싶다. 왜냐하면, 자연의 이치를 깨달아 착하게 사는 사람을 그러하지 못한 사람이 도저히 이해할 수가 없기 때문이다. 이를 도덕경 제70회옥장(懷玉章) 중에 다음과 같은 말을 인용하여 설명을 덧붙인다.

> 知我者希, 則我者貴。 (지아자희 즉아자귀)
> 是以聖人被褐而懷玉。 (시이성인피갈이회옥)
> 내 말을 이해하는 사람이 드물고
> 나를 본받는 사람은 더 희귀하다.
> 이래서 도가 있는 사람은
> 거친 베옷을 입지만 품속에 옥을 품고 있다.

이 구절을 곱씹어 보자. 도(道)를 실천하는 사람의 말을 이해하는 사람이 드물고 설사 조금 안다고 해도 본받는 사람은 더더욱 적다. 왜 그런가? 본래의 마음자리에 허망한 욕심이 가득하여 도의 존재에 관한 관심을 가질 여유가 없고, 일장춘몽(一場春夢, 한바탕 꿈을 꿀 때처럼 흔적도 없는 봄밤의 꿈이라는 뜻으로, 인간 세상의 덧없음을 비유적으로 이르는 말)의 명리(名利)와 권력(權力)을 추구하다 보니 도의 실천보다 오히려 도에 어긋나는 행위를 일삼기 때문이다.

이러한 인식과 행태를 지닌 세상 사람들은 소박하고 돈후(敦厚, 인정이 매우 두터움)한 품성의 도가 있는 사람과 절연하게 전도(顚倒, 번뇌 때문에 잘못된 생각을 하거나 현실을 잘못 파악함)된다. 그래서 도가 있는 사람은 얻기 어려운 귀중한 보배와 같다. 하기야 세상 사람들이 도가 있는 사람의 말을 잘 듣고 본받아 똑같아진다면 어찌 그가 돋보이겠는가?

도가 있는 사람은 볼품없는 옷을 걸치고 소박하며 속세와 함께하고 있어 여느 사람과 다르지 않다. 그러나 비록 오탁(汚濁)의 속세와 함께할지라도 혼탁하게 물들지 않은 빙청옥결(冰淸玉潔, 얼음처럼 맑고 옥처럼 결백하다는 뜻으로, 인품이 고결함을 비유적으로 이르는 말)의 마음을 지닌다. 그래서 도가 있는 사람을 비유하여 겉으로는 늘 평범한 세속 사람과 같지만, 품속에는 아름다운 옥을 간직하고 산다고 하여 피갈회옥(被褐懷玉, 겉에는 거친 베옷을 입었으나 속에는 옥을 품고 있다는 뜻으로, 현인이 지혜와 덕을 갖추고 있으면서도 겉으로 드러내지 않음을 비유적으로 이르는 말)이라 한다. 이런 까닭에 세상 사람들이 그를 더욱 이해하기 어렵다. 외모가 출중하다고 그 사람의 마음까지도 훌륭한 것은 아니며 검은 콩처럼 겉이 검다고 속까지 검은 것이 아니기 때문이다. 진정한 아름다움은 그 사람이 품은 마음의 아름다움이지 결코 외적인 아름다움만을 가리키는 것이 아니다.

그다음, 매사 이래도 좋고 저래도 좋아 늘 손해를 보고 남의 말에 솔깃해 쉽게 사기당하는 사람은 착한 것일까? 이런 사람은 세상을 탓하지 나를 탓하지 않으니 이런 사람은 착한 것이 아니라 이치를 모르는 어리석은 사람이다. 이런 사람은 결코 착하다고 말할 수 없다.

결론적으로 선(善)이란, 도(道)를 바탕으로 덕(德)을 행하는 최고의 수준으로 바람직한 삶을 영위하는 지표이자 이상이다.

이제, 노자가 '상선약수(上善若水)'라고 표현한 까닭이 무엇인지 살펴보자. 구태여 이렇게까지 깊이 알 필요가 없고, 그냥 그렇구나 하고 넘어가

면 될 것도 같지만, 궁금증이 발동하니 어쩔 수 없다. '역경(易經)'에서 이르기를,

　一陰一陽之謂道。(일음일양지위도)

　繼之者善也 成之者性也。(계지자선야 성지자성야)

　한 번 음(陰)이 되고,

　한 번 양(陽)이 되는 것을 도(道)라 일컫는다.

　이 도를 계속 이어 나가는 것이 선(善)이요,

　도를 이루는 것이 본성(本性)이다.

이라고 했다. 또 이르기를,

　天以一生水。(천이일생수)

　하늘은 도의 법칙을 따르기에 물이 생긴다.

라고 했다. 이처럼 도가 운행하면 선이 되는 것은 대기(大氣)가 운행하면 물(水)이 생기게 하는 것과 같다.

　물은 언제나 낮은 곳에 머물며 사물을 따라 부드럽게 따라가면서도 강력한 힘을 지니고 있다. 도와 물은 모두 시작이 무(無)이니, 그 이치는 같다. 그것들은 존재하지 않는 곳이 없고, 이롭게 하지 않는 사물이 없다. 그러나 물은 이미 형태가 보이는 것이기 때문에 도와는 구별되는 존재이므로 거의 도에 유사하다고 하여 '약수(若水)'라고 말한다.

　도는 이름을 붙일 수도 부를 수도 없다. 그러나 이름을 붙일 수 있고, 부

를 수 있는 선은 아직 도의 경지에 이르지 않았으므로 '상선(上善)'이라 한다. 그래서 노자는 "상선약수(上善若水)"라고 말한 것으로 사료(思料)된다. 좀 어렵게 느껴진다면, 이 한 마디만 기억하면 어떨까? 물처럼 사는 것이 양심적인 삶이요, 도덕적 행동이라는 것이라는 것을….

양심에 거리낌이 없이 생각하고 행동한다면 나로 인하여 남들이 화를 낼 일이 없을 것이고, 나 또한 화낼 일이 없을 것이다. 혹여 화(火)가 일어나도 물(水)과 같은 양심이 방화수(防火水)가 되니 금방 수그러들 것이다. 이렇게 사는 것이 바로 '나답게 사는 행복'이요, '위없는 행복' 그 자체다.

물을 생각하고 물처럼 행동한다

　우리는 대개 '나'를 중심으로 하는 삶의 가치 기준을 설정해 둔다. 그래서 그 기준에 합당하지 않은 행위를 다른 사람으로부터 강요받거나, 그 기준에서 벗어난 행위를 하는 다른 사람들을 접하게 되면 괜히 화가 치밀어 오른다. 그렇지 않은 사람도 많지만, 나는 가끔 그렇게 느낄 때가 있다.

　이렇게 화라고 하는 놈이 벌떡 일어서면, 생리적으로 아드레날린이 방출되어 심장 박동의 속도가 걷잡을 수 없이 빨라지고 말소리도 커지며, 호흡은 씩씩거리며 거칠어진다. 또 주먹을 불끈 쥐니 팔뚝 근육이 수축하고 떨린다. 턱을 긴장시켜 말을 더듬거나 말문이 막힌다. 혈관이 수축하여 혈압이 상승하고 얼굴이 붉어지며 정도가 심하면 졸도에 이르기까지 한다. 그런가 하면 강렬한 짜증, 좌절 또는 분개를 느끼고, 예민해지는 등 감정 상태가 불안해진다. 분노의 원인에 집착한 나머지 전체 맥락을 이해하지 못하고 합리적인 결정을 내릴 수도 없다. 그로 인해 문제를 해결하는 데 어려움을 느끼는 인지 상태의 변화를 겪는다. 여기서 한발 더 나아가면 공감 능력이 떨어지고 충동적인 행동으로 이어질 수 있다. 예컨대, 자신의 행동이 어떤 결과를 초래할지 생각할 겨를이 없이 목청을 높여 가며 큰소리로 말하거나 욕설 등 공격적인 언어를 사용한다. 심지어 폭행까지도 행사할 수 있다.

화가 일어나서 이런 상태까지 이르렀다면 평정심(平靜心)을 잃고 감정에 꺼들리고 있는 것이다. 평정심이란 감정의 기복이 없이 평안하고 고요한 마음이다. 화가 나기 전에는 대부분 이러한 마음 상태를 유지하지만 대부분 사람은 화가 나면 이런 마음 상태가 깨지고 감정이 불안해진다. 화가 났을 때 일시적으로 진정시키려면 코로 숨을 깊게 들어 마시고 잠시 멈춘 후에 다시 천천히 입으로 내쉰다. 숨을 내쉴 때마다 화를 내보낸다고 생각하고 마음을 진정시킨다. 그러나 무엇보다 평상시에 화를 잘 받지 않는 비석지심(匪石之心, 돌처럼 단단하여 어떤 일에도 쉽게 흔들리지 않는 마음)을 유지해야 한다. 그러기 위해서는 매일같이 마음을 다스리는 훈련이 필요하다. 훈련이라고 하여 뭐 그리 대단한 것도 힘든 것도 아니다. 물을 생각하고 물처럼 행동하면 된다. 노자의 도덕경 제8 약수장(若水章)에는 이런 말이 있다.

心善淵。(심선연)
마음을 쓸 때는 물처럼 깊고 평정하게 한다.

이제, 흐르는 강물을 생각해 보자. 강물의 유속은 하상(河床)에서 가장 느리고 수면으로 올라갈수록 빨라진다. 쏜살같이 흘러가는 강 수면의 물처럼 조급한 마음으로 경거망동(輕擧妄動, 경솔하고 조심성 없이 행동함)하지 말고, 강바닥의 물처럼 느림과 여유로움을 갖고 늘 마음을 평정하게 유지하도록 한다. 또 그 깊이를 알 수 없는 연못처럼 늘 마음 씀씀이를 깊고 고요하게 한다면, 질박(質樸, 꾸밈이 없이 수수함)한 마음의 상태를 유지할 수 있어 나 자신의 본질에서 벗어나는 일이 없다.

그러면 화가 일어나도 고난과 역경이 닥쳐도 극복할 여유로움의 지혜가 보이고, 어떤 칭찬과 비난, 유혹에도 흔들림이 없다. 화나는 마음의 연기(緣起, 모든 과보(果報)는 인연에 따라 일어남)가 사라지고, 미워하는 마음도 봄눈 녹듯이 풀어지니 스스로 해치는 일도, 남을 해치는 일도 없다.

우리는 자연을 접하는 기회가 적어지면서부터 자연의 이치에서 어긋나는 생각과 행동이 빈번하게 일어난다. 그러다 보니 일이 잘 안 풀리고, 어려운 일들의 해결 실마리를 찾는 데 어려움을 느끼며, 대인관계도 소원해진다. 따라서 가능한 자연을 가까이하고 자연을 관조하는 습관을 배양하여 나와 자연이 둘이 아닌 하나라는 인식을 키워야 한다.

앞에서 언급한 "마음 쓸 때는 물처럼 깊고 평정하게 해야지."라고 하는 말을 가슴에 담고 마음으로 되새기는 수양(修養)을 통해 넓은 도량을 갖추면 화를 다스릴 수 있다. 일단 화가 일어날 조짐이 보이면 물을 생각하고 물처럼 행동한다. 그러면 서로 다른 사람들과 일들을 포용할 수 있고, 조직 속으로 잘 융합되어 들어갈 수 있다.

노자는 물의 품성으로부터 일곱 가지 도덕적 생활의식에 대한 가르침을 주었다. 이른바 '수유칠선(水有七善)'인데, 이를 나름대로 의역하여 소개한다.

> 첫째, 물이 항상 낮고 안정된 곳을 선택하여 머무는 것처럼 겸허심(謙虛心)을 갖는다.
> 둘째, 깊이를 알 수 없는 고요한 연못처럼 평정심(平靜心)을 갖는다.
> 셋째, 물이 만물을 차별하지 않고 생명력을 불어넣는 것처럼 자애심

(慈愛心)을 갖는다.

넷째, 물이 자신의 모습을 감추거나 가공하지 아니하고 진실하게 드러내는 것처럼 진언심(眞言心)을 갖는다.

다섯째, 물은 고정된 형태에 없이 자연환경에 따라 순응하며 그 모양이 변하는 것처럼 무위심(無爲心)을 갖는다.

여섯째, 물이 돌에 구멍을 뚫을 수 있는 능력을 지닌 것처럼 최선을 다하되 자기를 내세우지 않는 무아심(無我心)을 갖는다.

일곱째, 물은 때가 되어야 밀물과 썰물, 상태의 변화가 일어나는 것처럼 행동할 때는 대시심(待時心)을 갖는다.

화근을 만들지 않는다

 화가 일어나는 이유는 여러 상황이 있을 수 있겠으나, 무엇보다 경직되고 팍팍한 마음과 속이 좁고 편협한 생각이 자신의 안팎에서 발생하는 여러 형태의 자극을 받기 때문이다. 예컨대, 열심히 공부하였는데도 성적이 오르지 않고, 나름대로 부지런하게 일을 했는데도 좋은 성과가 얻어지지 않을 때 공부나 일에 대해 짜증이 나고, 자신의 능력 부족에 분노가 치민다. 그런가 하면 어떤 모든 조직 생활에서 구성원들이 내 뜻을 이해하지 못하고 따라 주지 않거나 오히려 대척점에 서서 다른 의견을 제시할 때 참으로 답답하고 그 사람이 미워지며 화가 치밀어 오른다.

 그러나 생각해 보자. 이 세상에서 나와 똑같은 사람은 아무도 없다. 열 손가락도 크기가 다 다르고 부모가 낳은 자식들도 그러한데 다른 사람들과의 사이는 오죽하랴. 열 사람이 같은 사물을 보더라도 열 가지 다른 생각이 존재한다. 그러니 어찌 남이 내 생각을 잘 알아 이해할 수 있으며, 또한 이해하기를 바랄 수 있겠는가? 그러므로 도덕경 제8 약수장(若水章) 중의 한 구절을 기억한다.

與善仁。 (여선인)

타인과 어울릴 때는 물처럼 자애롭게 한다.

이를 곱씹어 본다. 바닷물과 민물이 혼합될 때 바닷물은 민물을 수용하여 짠맛이 덜해지고, 민물은 바닷물을 받아들여 짠맛이 더해진다. 그들은 서로 어울리는 것을 거부하지 않고, 그들의 어울림이 물이라는 본질을 바꾸지도 않는다. 바닷물도 물이요, 민물도 물이다. 단지 그 비율에 따라 짠맛의 정도가 달라질 뿐이다.

또한, 물은 만물에 생명력을 불어넣지만, 이것저것 종류와 생김새를 구별하여 편애하거나 차별하지 않고, 시종일관 자애(慈愛)한 마음으로 평등하게 대한다. 물은 만물을 윤택(潤澤)하게 도와주고도 보답을 원하지도 않고, 공적을 내세워 요구하지 않는다. 도와주고도 도와주었다는 것 자체를 잊어버리고 바라지도 않고 요구하지도 않는다. 그러니 만물이 보답하든 하지 않든 관심이 없고, 자기 마음이 다칠 일이 없으며, 남들과 다툴 일도 없다.

따라서 다른 사람들과 어울릴 때는 물처럼 서로 다름을 인정하고 수용하는 포용력을 발휘한다. 지위의 높고 낮음, 신분의 귀천에 따라 차별하지 않는 어질고 자애한 마음을 지닌다.

덧붙여 다투지 않음(不爭, 부쟁)으로써 다툼으로 삼을 줄 알고, 사심이 없음(無私, 무사)으로써 사심으로 삼을 줄 알아야 한다. 다투지 않음으로써 다툼으로 삼는다고 경쟁 자체를 부정하는 것이 아니다. 이른바 적자생존(適者生存)을 따르는 부쟁(不爭)의 도리다. 자리에 집착하거나 이익을 얻으려고 싸움닭처럼 양탈(攘奪, 위협이나 폭력 등을 동원하여 남의 것을 빼앗는 행위)을 부리지 않는다. 새가 수만 리 날 수 있는 기류를 탈 줄 알고, 물고기가 수천 리 거슬러 물살을 가를 줄 아는 것처럼 자연의 법칙에 순응하며 적응해 나가는 것이다. 이것이 바로 남과 다투지 않고 나와의 다툼으로 얻는 것이다.

앞에서 사심이 없음으로써 사심으로 삼을 줄 알아야 한다고 말했는데, 혹여 궤변으로 여길까 봐 걱정스러워 다시 노자의 도덕경 제7 무사장(無私章)의 한 대목을 빌려오기로 한다.

非以其無私耶! (비이기무사야)
故能成其私。(고능성기사)
그것은 사사로움이 없기 때문이 아니겠는가!
그래서 자신의 이상(理想)을 성취하는 것이다.

이 문장을 얼핏 읽으면 마치 사기술(詐欺術) 같다. 왜냐하면, 자신의 사사로움을 이루기 위해서 사심이 없는 것처럼 행동해야 하기 때문이다. 하기야 사람들은 늘 자신을 말할 때 사심이 없고 이타적인 삶을 산다고 말들 하곤 하지만, 실제로는 이기적으로 행동하지 않는 사람은 거의 없다. 인간은 모두 이기적인 천성을 지니고 있다. 자신이 존재하지 않으면 이 세상은 아무런 의미가 없기에 태어나서부터 자신을 보호하려는 본능이 발동되는 것이다. 하지만 이기심이 천성이라고 인정하더라도 그것이 제멋대로 발동되어 사회질서가 문란해지도록 방임할 수 없는 일이다.

그래서 노자가 말하기를 예로부터 성인들은 일부러 사적인 것을 추구하지 않지만, 그렇다고 사적인 것을 이루는 것도 피하지 않는다고 했다.

이 말은 곧 무엇이든 도리에 따라 행하면 그 결과로 본의 아니게 사적인 것이 이뤄진다는 의미다. 이것이 바로 자연의 섭리다.

바꿔 말하자면 양심에 따라 살면 저절로 선량한 결과가 얻어진다. 그것은 다시 양심에 따라 본래 자리로 돌아가니 누구도 그 결과를 인정하지 않을 방도가 없는 것이다. 예컨대, 남을 먼저 배려하고 자기를 도외시하면 오히려 자신이 돋보일 수 있다. 이것은 이타(利他)와 이기(利己)가 서로 전환될 수 있다는 것을 의미한다. 나만 잘되게 해 달라고 간절히 기도하는 것보다 남들도 다 같이 잘되게 해달라고 기도해야 자신의 기도 발원이 성취될 수 있다는 것은 아닐까? 그러면 하늘도 땅도 심금을 울리니 어찌 만물이 감동하지 않겠는가? 만물이 감동하는데 어찌 자기의 이상이 성취되지 않으며, 해코지하는 이들이 존재할 수 있겠는가?

이러한 마음가짐을 갖는 것만이 화를 다스릴 수 있는 것은 아니다. 화를 다스리는 방법에는 무수히 많은 방법이 존재하고 다수의 전문가가 각자의 의견에 따라 여러 방법을 제안하고 있다. 그중에서 자신의 상황과 감정에 적합한 방법을 선택하여 화를 다스리는 것이 중요하다.

무엇보다 처음부터 화근(火根)이 되는 일을 만들지 않는 것이 가장 좋은 방법이다. 예컨대, 사람을 사귀되 내가 이롭기를 바라지 않는 것이다. 내가 이익을 추구하면 상대와 의리가 상하게 되고 화가 난다. 따라서 남과 사귀되 순결로서 관계를 맺어야 한다. 또한, 남을 도와주되 어떤 보답도 바라지 않는 것이다. 내가 보답을 원하면 상대와 믿음이 느슨해지고 서운함이 생긴다. 따라서 남을 도와주고 도움을 받겠다는 생각, 심지어 도와줬다는 생각 자체를 하지 않으면 화가 날 일이 없다.

그리고 어차피 화가 일어나면, 그 화가 자신을 시험하고 성숙시키는 하나의 시련으로 여기고 극복해야 할 대상이라 긍정적으로 생각한다. 땅을 아무리 판 듯 흙이 없어질까? 허공에 물감을 칠한다고 칠해질까? 아무리 남을 미워한들 미움이 사라지지 않고 내 몸만 아프고, 허공에 칠한 물감이 내 얼굴에 떨어지듯 나 자신을 미워하게 되고 병이 드니 손해나는 장사가 아니겠는가? 이처럼 미움과 화는 인생에서 손해나는 장사라 여긴다.

또 화를 만나지 않았더라면 자신을 돌아볼 기회조차 없었을 테니 그저 감사하게 생각한다. 감사한 마음은 남 탓을 하지 않게 하고, 원망이 스며들어 무너실 제방을 처음부터 쌓지 않게 한다. 모두가 다 존귀한 존재로 생각하고 공경하니 화의 뿌리가 사라진다. 그러니 어떤 세찬 바람이 불어와도 화가 생기는 일이 없다. 삶을 고달프게 하는 화를 물처럼 자애심으로 다스려서 화의 뿌리가 마음속에 내리지 않도록 한다. 이것이 바로 '나답게 사는 행복'을 찾아가는 지혜가 아니겠는가?

화를 억누르지 말고 다스리자

화는 애당초 일어나는 원인을 소멸하는 것이 가장 바람직하지만, 성인(聖人)이나 도인(道人)이나 선사(禪師)가 아닌 다음에야 우리는 어쩔 수 없이 화를 달고 함께 살아갈 수밖에 없다. 하루에도 수없이 성난 푸른 파도가 밀려와 방파제에 부딪혀 하얗게 산산조각으로 부서지듯이, 내 마음속에서 불끈 솟아나는 화를 억지로 참거나, 그렇지 않으면 목소리를 높여가며 격한 감정 표현으로 말다툼을 벌인다. 그러나 다툼은 상대방과 나 자신 모두에게 쓰라린 상처만 남길 뿐 근본적인 해결책이 될 수 없다. 이처럼 화나는 감정을 제대로 제어하지 못하면 대인관계가 나빠지고 그로 인해 스스로 심한 스트레스로 시달릴 수 있으므로 화를 다스리는 방법을 익혀야 한다.

그렇다고 화를 억누르고 '참을 인(忍)'을 세 번씩 써 가며 무조건 참는 것이 좋은 것일까? 그건 좋은 방법이 될 수 없다. 감정이나 생각은 억누르면 누를수록 점점 더 강해져서 나중에는 '참을 인' 자를 수십 번씩 써 가며 더 강하게 억눌러야 한다. 이러한 악순환은 내면의 스트레스를 키울 뿐이다. 심한 스트레스는 우울증을 일으키고 면역체계를 약하게 하여 정신과 신체 건강에 매우 좋지 않은 결과를 초래한다. 예컨대, 직장에서 상사의 망동에 화가 났는데도 억지로 참으면, 상사는 자신의 행동이 남에게 피해를 주는지 알아채지 못하고 계속 같은 행동을 반복하거나 더 강해질 수 있다. 그럴 때마다 스트레스는 누적되고 그것을 억누르기 위해 '참을 인' 자를 수십 번이 아니라 수백, 수천 번을 써야 참을 수 있다. 이로 인해 짜증이 늘어나고 대인기피증이 생길 수도 있다. 건강은 점점 나빠지고 사회생활에 곤란을 겪게 된다. 참는 데 한계에 봉착하면 회사를 퇴직하거나, 심지어 목숨을 잃는 경우도 발생한다.

화를 억누르는 것은 물풍선과 같아서 부풀어 오른 풍선을 억지로 누르게 되면, 나중에는 폭발해 모두에게 물방울이 튀는 것처럼 나와 상대방에게 좋지 않은 영향을 미친다. 따라서 화는 억누르지 말고 잘 다스려야 한다. 일단 어떤 일로 인하여 화가 났다면, 가장 먼저 코로 숨을 크게 들이쉬고 잠시 멈춘 후 천천히 입으로 숨을 내쉬며 화도 같이 내뱉는다고 생각한다. 그리고 화에 집중하기보다 내가 지금 화가 난 전체적인 맥락에서 그 원인을 객관적으로 냉철하게 관찰한다.

그 결과 내가 화를 내야 할 만큼의 원인이 아니라면 스트레스를 받으면서 마음속에 담아 두지 말고 물처럼 바람처럼 그냥 흘려보낸다. 만일 내가 화를 낼 수밖에 없는 상황이라고 판단되면 차분한 어투로 상대방에게 '나는 지금 당신의 이런 행동 때문에 무척 화가 났습니다.'라고 확실히 말하고 관계 유지를 위해서 자제를 요청한다. 이런 말을 하기가 용기가 안 난다면, 용기가 나지 않는 원인을 찾아야 한다. 만일, 미운털이 박힐까 봐? 직장생활이 어려울까 봐? 이런 걱정이라면 이렇게 생각하자. 직장보다 나 자신의 건강이 우선이라고 말이다. 건강을 잃으면 모든 것을 다 잃는다. 내가 존재하지 않으면 세상이 존재할 의미가 없다고 말이다.

혹여, 내성적인 성격 때문이라면 연습을 통해 감정을 적절하게 표현하는 능력을 배양하자. 매일 한 번씩 화를 나게 한 가상의 상대방에게 차분한 어조로 '나는 지금 당신의 이런 행동 때문에 화가 났습니다.'라고 속으로 말하지 말고 밖으로 말을 내뱉는다. 내성적인 성격 때문에 직장에서 화로 인한 스트레스를 도저히 해결할 수 없다면 이런 방법도 쓸 만하다. 화장실에 들어앉아 화를 나게 한 상사의 이름을 거론하며 '저는 아무개 부장님의 이런 말씀 때문에 화가 났습니다.'라고 한다. 썩 바람직한 방법은 아니지만, 낮말은 새가 듣고 밤말은 쥐가 듣는다는 속담이 있듯이 우회적으로 말을 전달하는 방법을 택한다. 등산할 때도 도저히 넘을 수 없는 암벽은 우회하여 진행하듯이 말이다. 이때 주의할 것은 명예훼손에 저촉되지 않도록 각별하게 주의해야 한다.

화를 적절하게 다스리고자 할 때 노자의 도덕경 제8 약수장(若水章) 중의 한 구절을 화두로 삼아 본다.

夫唯不爭 故無尤。(부유부쟁 고무우)
무릇 물처럼 다투지 아니하니, 허물이 없게 된다.

이 말을 곱씹어 보면, 물은 항상 낮은 곳으로 흐르며, 일찍이 역류한 적이 없다. 물은 흙과 섞이면 흙탕물이 되고 흙이 침전되면 맑은 물이 된다. 물은 만물의 자양분으로 만물을 차별하지 않고 공평하게 생명력을 준다. 물은 장애물을 만나면 돌아가거나 기다렸다가 채운 다음에 넘어간다. 물길이 좁으면 물이 빠르게 흐르고 물길이 넓으면 물이 느리게 흐른다. 물은 담기는 그릇의 모양에 따라 그 형상을 각양각색으로 달리한다. 물은 자연의 이치에 따라 때에 맞춰 오고 가고, 얼고 녹고, 생겨나고 없어진다. 이처럼 물은 어떤 경우에도 다투는 일이 없으니 세상 어느 것도 물과 다툴 수 없다. 다투지 않으니 어찌 허물이 있을 수 있겠는가!

손으로 물을 움켜쥐면 물이 얼마나 남을 것이며, 남을지언정 그 물이 언제까지 손바닥에 머물 수 있겠는가? 이처럼 물은 세상에서 가장 부드럽고 약하다. 그러나 물은 불처럼 뜨겁지 않지만 불을 끄고, 물은 바위처럼 강하지 않지만, 물방울은 바위를 뚫으며, 빗방울이 모여 강력한 큰물이 되어 홍수를 일으킨다. 이처럼 물은 연약하지만 강력한 에너지를 가지고 있다. 이것이 바로 다투지 않고 자신을 지키는 길이며, 부드러움이 강함을 이기는 물의 유덕(柔德)이다.

만일 우리가 물과 같은 품성을 닮는다면 무주상보시(無住相布施, 집착 없이 베푸는 보시)를 즐기며, 화광동진(和光同塵, 빛을 부드럽게 하여 속세의 티끌과 함께함)을 즐길 것이고, 물욕(物慾)에서 벗어난 자연스러운 삶 속에서 다투지 않으니 환득환실(患得患失, 물건이나 지위 따위를 얻기 전에는 그것을 얻으려고 근심하고, 얻은 후에는 잃지 않으려고 근심함)의 정신적 고통을 받지 않을 것이다.

이것이 바로 자연의 도와 조화를 이루는 삶이고 만물과 다투지 않아 고통과 번뇌에서 벗어나는 삶이며, 소요자재(逍遙自在, 천천히 거닐며 어떠한 속박 없이 마음 가는 대로 사는 삶)와 안빈낙도(安貧樂道, 가난한 생활을 하면서도 편안한 마음으로 도를 즐겨 지킴)의 삶이다.

어찌 열반(涅槃)을 찾아 머나먼 곳으로 떠나는가? 그저 다투지 않고 자애한 삶 속에 있는 것을…. 열반과 극락은 살아 있는 한 자신의 마음속에 있다. 미처 어둠에 가려 그곳을 발견하지 못하고 있을 뿐…. 물처럼 부드

러운 힘을 발휘하고 다투지 아니하며, 바라는 바가 없는 마음으로 화를
다스려야 한다. 그러면 반드시 나답게 사는 행복한 삶을 누릴 수 있을 것
이다.

슬픔(哀) 편

슬픔은 신체와 정서에 그다지 좋지 않은 영향을 미치기 때문에 슬픔을 적절하게 다스릴 수 있는 지혜를 지녀야 나답게 사는 행복한 삶을 누릴 수 있다.

슬픔은 신체와 정서에 영향을 끼친다

　나는 이 글을 쓰면서 언제 슬픔을 느꼈는지를 곰곰히 생각해 본다. 지금까지 살아오면서 슬펐던 일이 참으로 많았겠지만, 뇌리에 남아 있는 것이 별로 없는 듯하다. 그만큼 즐거운 일이 많았던 걸까? 그것보다는 쥐뿔도 없는 집에서 태어나 치열하게 살았고, 성공했는가 싶더니 실패와 좌절을 겪으면서 오뚝이처럼 다시 일어나 나답게 살려고 발버둥 치는 롤러코스터 같은 삶의 여정 속에서 슬픔을 느낄 겨를이 없었기 때문일지도 모른다. 그래도 기억의 파편을 억지로 맞춰 가며 그때 그 시절로 깊게 회상하며 스며들어 가 본다.

　국민(초등)학교 시절에 가출했다가 돌아왔는데 엄마와 아버지가 나를 투명인간 취급하며 안 보이는 척 연기를 하셨을 때 이불을 뒤집어쓰고 서럽게 울었던 기억이 어슴푸레하게 떠오른다. 그 당시 나는 집에서 20리 밖에 떨어진 깊은 산중턱에 있는 사찰을 다녀왔었는데 이미 엄마와 아버지는 상황을 다 알고 계셨다. 그 절의 주지스님이 이모이셨기 때문이다. 이처럼 어린 시절의 슬픔은 엄밀하게 말해서 슬픔보다는 서러움에 더 가깝지 않았나 싶다.

　슬픔다운 슬픔을 느꼈던 기억은 대학 4학년 1학기 때 아버지가 돌아가

셨다는 소식을 들었을 때다. 수업을 받다가 뛰쳐나와 집으로 가는 버스 속에서 엄청나게 눈물을 펑펑 쏟아 내며 슬퍼했던 기억이 살아난다. 왜냐하면, 그때 와병 중이셨던 아버지께서는 나의 학위수여식을 학수고대(鶴首苦待, 학의 목처럼 목을 길게 늘여 빼고 기다린다는 뜻으로, 애타게 기다림을 이르는 말)하고 계셨기 때문이었다. 그리고 지금으로부터 약 5년 전에 엄마가 세상을 떠나셨을 때 슬픔이 최고조에 달했다. 그것은 아마도 나이가 들어서 부모를 더 많이 이해하게 되었고, 늙어 가는 모습에서 애틋함을 더 느끼며, 죽음으로 가는 시간 열차가 빠르게 달려가고 있다는 것을 알았기 때문이다. 그리고 결혼하면서부터 엄마를 모시고 살았기 때문에 좀 더 건강하게 모시지 못했다는 죄책감과 다시는 볼 수 없는 엄마의 모습, 동시에 의지할 곳이 없어진 천하의 고아가 되었다는 현실로부터 돌아가신 엄마를 천계(天界)로 보내 드리지 못하고 가슴에 담고 얼마 동안 깊은 슬픔에 잠겨 시간을 보냈다.

그 후, 태어남은 죽음을 피할 길이 없고, 어떤 사람도 죽음에 굴복하지 않을 수 없다는 사실에 인간의 나약함을 느꼈다. 그 누구도 죽음에 잡혀가는 사람을 구하지 못함을…. 나도 반평생이 넘어 늙어 가고 죽음으로 향하고 있다는 것을…. 그러나 늙음을 서러워하고, 죽음을 부질없이 슬퍼한다고 해결될 일은 하나도 없다. 근심과 두려움을 바람에 솜을 날리듯이 날려 버리고, 앞으로 얼마의 시간이 주어질지 모르지만, '오늘이 마지막 날'이라는 생각으로 늙음의 아쉬움을 새로운 일에 도전하는 것으로, 죽음의 공포를 지금에 최선을 다하는 것으로 승화한다. 나에겐 늙음도 죽음도 행복의 여신이며 삶의 동반자다.

이제 내가 겪었던 슬픈 이야기를 마치고 슬픔의 본질이 무엇이며, 어떻게 극복할 수 있는지 생각을 적어 본다. 슬픔은 불행과 애도의 느낌, 일반적인 낙담의 느낌으로 드러나는 복잡하고 보편적인 인간의 감정이다. 슬픔은 상실, 실망, 실패 또는 이별 등과 같은 다양한 상황이나 사건에 반응하여 종종 발생한다. 앞서 나의 사례처럼 사랑하는 사람의 죽음이나 애완동물을 잃었을 때, 목표 달성에 실패했거나 나 자신이나 다른 사람의 기대에 부응하지 못했을 때, 좌절을 경험했거나 사랑하는 이들과 관계가 끝났을 때 등등에서 진한 슬픔을 느낀다.

이외에도 삶의 의미, 죽음, 존재의 본질에 대한 심오한 철학적 질문은 실존적 슬픔으로 이어질 수 있고, 학대나 폭력과 같은 과거의 트라우마(trauma, 재해를 당한 뒤에 생기는 비정상적인 심리적 반응) 경험은 지속적인 슬픔과 괴로움으로 이어질 수 있다. 만성질환 또는 신체적 불편함도 슬픔의 감정에 영향을 줄 수 있으며, 어떤 사람들은 특정 계절에 계절성 정서장애(SAD, Seasonal Affective Disorder)라고 알려진 일종의 슬픔을 경험하기도 한다.

이와 같이 사람마다 다양한 상황, 사건, 경험에 반응하여 정도의 차이가 있겠지만 슬픔을 느낄 수 있다. 슬픔은 육체적으로나 정신적으로도 나타날 수 있으며, 생각과 행동, 전체적인 안녕과 행복에 영향을 미칠 수 있다.

육체적으로 나타나는 슬픔은 가슴이 답답한 느낌, 피로, 활력 부족, 식욕 변화, 심지어 눈물 등과 같은 증상이 있을 수 있다. 예컨대, 황당한 일로 애지중지 키운 자식을 잃은 부모가 가슴을 치며 통곡하고 식음을 전폐하며 슬픔에 잠긴 모습이다.

정신적으로 나타나는 슬픔은 부정적 생각, 자기 의심, 자기 성찰, 한때 즐거웠던 활동에 관한 관심 저하 등이 있을 수 있다. 예컨대, 사랑하는 부모를 떠나보내고 나면 이제 다시는 뵐 수 없다는 안타까움에 줄곧 부모에게 잘못한 일이 먼저 떠오르거나 자신이 목표에 달성하지 못했을 때 자신의 능력 부족에 심한 좌절감과 슬픔을 느끼는 경우다.

슬픔은 인간이 경험하는 정상적이고 자연스러운 부분이지만, 강렬하거나 장기적인 슬픈 감정은 때때로 우울증과 같은 질병으로 이어져 일상생활을 방해할 수 있다. 이런 경우에 가족 또는 정신 건강 전문가에게 도움을 구하는 것이 좋다.

그런가 하면, 슬픔은 감정의 원인에 대한 자기 성찰을 촉진하고, 감정을 다스릴 수 있는 개인적 성장을 이끈다. 또 다른 사람의 고통을 목격하거나 비극적인 사건에 대해 동정심을 불러일으키는 공감의 기능이 있다. 그리고 자신의 감정과 다른 사람의 감정에 대해 이해를 증진하는 데 도움이 되는 심리적인 기능도 한다.

장기간 또는 강렬한 슬픔에 잠기게 되면 면역체계가 약화하고 질병에 더 취약하게 될 수 있으며, 코르티솔과 같은 스트레스 호르몬 수치를 증가시킨다. 또 수면 패턴을 방해하여 잠들기 어렵거나, 잠들지 못하거나, 편안한 잠을 잘 수 없는 수면 장애를 겪을 수 있다. 그리고 자신의 감정에 사로잡혀 집중하거나, 결정을 내리거나, 업무를 처리하는 데 어려움을 겪게 되고, 한때 즐거웠거나 흥미로웠던 활동에 매력을 잃게 될 수도 있다. 그런가 하면, 슬픔의 원인을 반추하거나 자기 비판적인 생각을 하게 되는 부정적인 생각의 소용돌이로 이어질 수 있다. 심지어 사회적 교류를 중단하고 고독을 추구하게 할 수 있다.

이처럼 슬픔은 신체와 정서에 그다지 좋지 않은 영향을 미치기 때문에 슬픔을 효과적으로 관리하고 슬픔에 대처할 필요가 있다. 슬픔을 적절하게 다스릴 수 있는 지혜를 지녀야 '나답게 사는 행복'을 누릴 수 있다.

슬픔은 우리의 삶에서 일종의 환난이라 볼 수 있다. 이 환난을 대하는 자세를 노자의 도덕경 제13 총욕장(寵辱章) 중의 한 구절에서 지혜를 배운다.

何謂貴大患若身? (하위귀대환약신)

吾所以有大患者, 爲吾有身, (오소이유대환자 위오유신)

及吾無身, 吾有何患? (급오무신 오유하환)

'귀대환약신(貴大患若身)'이란 무슨 뜻인가?

내게 큰 근심이 있는 까닭은

나에게 몸이 있기 때문이고,

내가 내 몸이 없는 자리에 이른다면

나에게 무슨 걱정거리가 있겠는가?

이 말을 곱씹어 보자. '貴大患若身(귀대환약신)'이란, 큰 환난(患難)을 내 목숨과 같이 소중하게 여긴다는 뜻이다. 내가 큰 재앙과 재난을 겪고 근심과 슬픔에 잠긴 까닭은 내가 존재하고 있기 때문이다. 내 몸이 실존하기에 내 마음이 있고, 내 마음이 있기에 환난의 고통도 느낀다. 만일 내 몸이 존재하지 않는다면 곧 내 마음도 없을 것이고, 내 마음이 사라지니 근심과 슬픔도 하나도 없게 된다. 지금 큰 환난(또는 슬픔)에 직면해 있다는 것은 이전에 총애(또는 기쁨)를 받았다는 것이다.

예컨대 왕년에 자신의 화려하고 도타운 삶을 살았다고 열렬히 자랑하는 사람은 지금 십중팔구 환난을 겪고 있으면서도 자신이 처한 상황을 도저히 인정할 수 없다고 현실을 강력하게 부정하면서 세상을 탓하고 있는 경우다. 자신이 지금껏 걸림이 없이 받아 오던 총애가 사라지면 제일 먼저 행동의 제약을 받게 된다. 마음대로 행동할 수 없으면 심한 스트레스와 고통에 시달리고 마음의 문이 닫히고 피폐해지면서 우울해지고 슬퍼진다. 그러면서 몸과 마음으로 근심과 슬픔, 재난과 재앙을 온통 맞게 된다. 만일 예전에 누렸던 총애에 마음을 두지 않고 생각조차 하지 않았다면 지금 환난을 겪지 않을 것이다.

근심과 슬픔은 마음속에서 생겨나니 마음이 없으면 근심과 슬픔도 사라지고 근심과 슬픔이 없으면 몸도 없는 것이다. 결국, 모든 근심과 슬픔, 재난과 재앙의 집은 몸이고, 모든 근심과 슬픔, 재난과 재앙의 주인은 마음이다.

인간 세상에서는 어엿하게 몸이 실존하니 근심이 있어야 앞으로 살아갈 희망도 보이고, 걱정이 있어야 나태하지 않고 근면한 삶을 살아갈 수 있다. 그러나 지나친 근심과 걱정은 문제의 본질 파악을 가로막는 장애일 뿐 근본 대책이 되지 못한다. 오히려 몸과 마음이 병들어 자칫 인생을 망칠 수도 있다.

나고 늙고 병들고 죽음으로 가는 것은 내 몸에서 일어나는 변화고, 총애와 치욕, 이익과 손해는 밖에서 넘나들어 오는 것이니 삶 속에서 환난이 아닌 것은 하나도 없다. 마음을 비우면 환난의 원인이 사라지고 몸이 편해진다. 마음을 비운다고 환난 자체를 버리고 삶도 포기하라는 것은 결코 아니다. 마음을 비운다는 것은 환난을 일으키는 원초적인 마음, 즉 환득환실(患得患失, 물건이나 지위 따위를 얻기 전에는 그것을 얻으려고 근심하고, 얻은 후에는 잃지 않으려고 근심함)과 이해득실(利害得失, 이로움과 해로움 및 얻음과 잃음)을 따지는 마음을 버리는 것이다.

내 몸이 없다는 것은 명예와 이익을 멀리하여 영욕(榮辱, 흔히 세월의 흐름에 따라 점철되는 영광과 치욕을 아울러 이르는 말)이 사라졌다는 것이니 환난의 원인이 사라진 것이다. 따라서 '나'라고 하는 마음과 몸을 귀중하게 여긴다면 환난은 죽어서도 떠나지 않을 것이다. 그러나 몸과 마음을 귀중하게 여기지 않고 버리고 없앤다면 환난에서 벗어날 것이다.

앞서 언급한 "큰 환난을 내 목숨과 같이 소중하게 여긴다."라는 문장은 몸(영광과 치욕)과 마음('나라고 하는 생각)이 환난의 근본 원인이므로, 그 환난에 부딪히게 되면 몸과 마음을 버리는 것을 스승으로 삼으라는 것이다. 보이지 않는 마음에 티끌 하나 없이 텅 비워서 더 비울 것이 없게 한다. 사라지지 않는 몸을 홀연히 잊어버리고 새털구름처럼 가벼이 한다. 그리고 세상과 이별을 고한 후 세상으로 돌아가니 나에게 닥친 환난이 사라지더라. 이것이 이른바 선계(仙界)의 선인(仙人)처럼, 재앙과 재난의 슬픔을 저버리고 '나답게 사는 행복'의 세계에서 나답게 사는 방식이라 하겠다.

나답게 사는 행복

슬픈 감정을 인정하고 나를 바로 본다

슬픔을 다스리는 데 도움이 되는 여러 가지 전략과 기술이 있다. 사람마다 슬픔을 대하는 태도가 다양하므로 자신에게 적합한 방법을 찾아서 슬픔을 다스리는 것이 효과적이다. 슬픈 감정을 느끼는 이유를 스스로 판단하지 않고, 지금 자신의 감정을 온새미로 인식하고 받아들인다. 이것이 슬픔을 극복하기 위한 첫 단계다. 예컨대, 슬픈 감정을 느끼고 있다면 '나는 지금 슬프다.'고 알아차린다. 내가 슬픔을 느끼고 있다는 것은 어려운 상황에 놓여 있다는 것이고, 이는 매우 자연스럽고 인간적인 감정이다. 슬픔을 느끼고 있는 감정을 자연스럽게 받아들이는 것이 중요하다.

그렇지 않고 슬픈 감정의 원인을 분석하고 판단하여 슬픔을 극복하려 한다면 슬픔의 물결에 휩쓸려 떠내려가거나 슬픔의 바닷속으로 침몰하게 될 수 있다. 예컨대, 사랑하는 가족과 이별이나 사별 때문에 슬픔을 느끼는 경우, 그 원인이 나에게 있다면 죄책감이 커져서 오열하게 된다. 반면 그 원인을 남에게 있다고 생각이 들면 슬픔을 넘어 분노와 증오의 소용돌이 속으로 빠져들어 걷잡을 수 없는 감정의 폭풍에 시달린다. 업무와 학업, 가정에서의 스트레스와 압박, 그리고 자아 이미지나 자존감이 낮아서 유발되는 감정적인 불안과 슬픔에 대해서도 마찬가지다. 따라서 '지금 슬픈 감정을 느끼는 나는 누구인가?'를 생각하며 자기를 이해하고 다독이며 슬픔을 이겨 낸다.

그러나 자신을 안다는 것은 다른 사람을 아는 것만큼 그리 쉽게 얻어지지 않는다. 오죽하면 노자의 도덕경 제33 진기장(盡己章)에 이런 말이 있을까.

知人者智 自知者明。(지인자지 자지자명)

타인을 아는 사람은 지혜롭고,

자신을 아는 사람은 명철하다.

이 말의 의미를 곰곰이 생각해 보자. 강과 바다, 그리고 산골짜기를 육안(肉眼)으로 보아 그 깊이나 험준함을 정확하게 가늠하기란 낙타가 바늘구멍을 통과하기보다 어렵다. 자연도 이러할진대 하물며 시시각각 요동치는 사람의 마음을 잘 이해하고 인식하기란 더더욱 녹록하지 않다.

내가 보는 것은 다른 사람의 모습과 행동이고, 내가 듣는 것은 다른 사람의 말소리이기에 다른 사람에 대한 감정을 느끼며 그들과 어울린다. 이런 까닭에 나 자신을 잘 아는 것보다 남을 아는 것이 훨씬 쉽다. 그래서 남을 잘 아는 사람을 '지혜롭다'라고 일컫는다.

그런데, 다른 사람의 장단점을 속속들이 잘 아는 사람에게 '당신은 자신에 대해 얼마나 알고 있나요?'라고 묻는다면 아마 십중팔구는 '글쎄요?'라고 대답할 것이다. 이처럼 자신을 안다는 것은 그만큼 어려운 일이다. 그래서 자신을 잘 아는 사람을 '명철하다'고 일컫는다.

여기서 지혜와 명철에 대해 생각해 보자. 다른 사람이 현명한지 그렇지 않은지를 분별하는 능력을 '지혜(智慧)'라고 말하고, 자신이 현명한지 현명하지 못한지를 아는 것을 마음에 티끌이 한 점도 없는 밝음, 즉 '명철(明哲)'이라 한다.

우리는 가시밭길 삶보다 이왕이면 잔잔한 바다를 순항하는 배처럼 순탄하면서 행복한 삶을 원한다. 그러나 살아온 나날을 돌이켜보면 순연(順緣, 착한 일을 하는 좋은 인연)을 맺어 치즈 늘어지듯, 하는 일마다 쭉쭉 잘나갈 때가 있었고, 악연(惡緣, 좋지 못한 인연)을 만나 모래알을 씹듯, 쪽박을 찰 때도 있었다. 그러고 보니 남을 잘 알 수 있는 지혜가 순연의 삶이냐, 악연의 삶이냐를 결정했던 것 같다.

그렇다면 어떻게 해야 지혜롭고, 명철할 수 있을까? 지혜는 사물 간의 미세한 차이를 구별하는 능력이다. 예컨대, 사랑을 사랑으로 알고, 이별을 이별로 아는 것이다. 다시 말해 사물의 차이를 분별하는 마음을 지닌 상태로 세상의 도리를 잘 알아 일을 바르고 옳게 처리하는 것이다. 반면 명철함은 바깥의 일이나 사물을 통해 자신을 성찰함으로써 생명의 본래 모습을 세심하게 살피는 것이다. 예컨대, 사랑과 이별을 별개로 하는 것이 아니라 사랑이 있기에 이별이 있고, 이별이 있기에 사랑이 생겨나는 것과 같이 그것들을 하나로 아는 것이다. 그러기 위해서는 자신의 인식과 이해를 방해하는 요소들, 예를 들자면 사리사욕(私利私慾)과 선입견(先入見), '나'라고 하는 집착 등을 없애면 사물들 사이에 본질적인 차이가 없어지게 된다. 즉, 분별심이 사라지면 자신을 명료하게 꿰뚫어 볼 수 있다. 이것은 거울에 비추어진 자신의 모습뿐만 아니고 그 거울 속에 보이지 않는 생각과 마음을 밝게 비춰 드러내어 자신을 올바르게 아는 것이다.

이처럼 자신을 잘 알면 다른 사람도 바깥 사물도 그리고 지금 느끼는 슬픔까지도 명료하게 알 수 있는 큰 지혜를 얻게 된다. 따라서 지혜로운 사람이 되려면 자신을 먼저 알아야 한다.

그리스 델포이(Delphoe)에 있는 아폴로 신전(Temple of Apollo)에도 "너 자신을 알라(Know thyself.)"라고 적혀 있지 않았던가? 소크라테스(Socrates, B.C. 470~399)는 이 격언을 자신의 철학적 활동의 출발점으로 삼았다. 그가 남긴 명언 중에는 "내가 아는 건 아무것도 모른다는 것이다.(All I know is that I know nothing.)"라는 말이 있다. 다른 무엇보다 먼저 자기의 무지(無知)를 아는 철학적 반성이 중요하다는 것이다.

그리스 최초의 철학자 탈레스(Thales of Miletus, B.C. 640~546)는 "자기 자신을 아는 것이 어려운 일이며, 남을 충고하는 것이 쉬운 일이다(It is difficult to know yourself; it is easy to give advice to others.)"라고 말했다.

이처럼 나 자신을 찾아가는 길은 쉽지 않지만 '나는 누구며, 어디서 와서 어디로 가고 있는가?'에 대해 꾸준히 사유(思惟)하고 명상(冥想)한다면, 삶에서 겪게 되는 어떤 슬픔도 극복할 수 있고, 그 슬픔을 나 자신의 행복을 배달하는 집배원으로 삼을 수 있다.

슬픔을 표현하면 말없이 들어 준다

　슬픔을 다스리는 또 다른 방법으로는 자신이 겪는 슬픔을 믿을 수 있는 친구, 가족 또는 정신 건강 전문가에게 자신의 감정을 공유하는 것이 있다. 감정을 표현하면 안도감과 지지를 얻을 수 있기 때문이다. 자신의 슬픈 감정을 표현할 때는 솔직하고 구체적으로 표현하는 것이 좋고 자신의 슬픈 감정을 이해해 달라고 부탁하는 것이 좋다. 또 자신의 이런 감정 상태에 대한 비밀을 지켜 달라고 요청한다.

　만일 슬픔을 느낄 때 혼자 있게 되면 고독하게 느껴져서 더욱 심각한 슬픔이나 우울감에 빠질 수 있다. 또 부정적인 사고나 감정이 더 증폭될 수 있다. 이럴 때 나의 슬픈 이야기를 들어 줄 누군가가 옆에 있는 것만으로도 의지가 되고 위안이 되며 슬픔이 가벼워진다. 슬픈 감정을 밖으로 표출하지 않고 혼자서 삭이려 하면 가슴이 답답해지는 화병에 걸리게 된다. 병원에 가도 원인을 알 수 없는 두통과 소화불량, 불면증과 우울증에 시달리게 된다. 따라서 슬픔은 누군가와의 공유를 통해 다루는 것이 현명한 방법이다. 매우 드문 경우이지만, 개중에는 자신만의 공간에서 슬픈 감정을 혼자 다루면서 감정을 회복하는 이들도 있다. 이런 사람은 슬픔을 혼자 경험하면서 자신과 대화를 하고 자아를 강화하며 자기 회복을 추구한다.

슬픈 감정을 표현하는 것을 받아 주는 상대방은 슬픈 사람을 위로하려 하지 말고, 그런 감정을 존중하지도 말며, 자신의 의견을 강조하지도 말아야 한다. 그냥 조용히 슬픈 사람의 이야기를 경청하는 것이 좋다. 들어 주는 것만으로도 슬픔을 느끼는 사람은 큰 위로가 될 수 있기 때문이다.

따라서 슬픈 사람의 말을 들어 주는 사람은 노자의 도덕경 제24 부처장(不處章)에 나오는 이 구절을 마음에 잘 새겨 두어야 한다.

自是者不彰。(자시자불창)
자기가 옳다고 여기는 사람은
옳고 그름이 명백하지 못하다.

이 말을 곰곰이 생각해 보자. 대개 자기 분야에서 최고라고 자부하는 사람들은 간혹 자기만의 세상 틀 속에 갇혀서 자기의 앎이 세상에서 전부인 양 잘난 척하며 살아가기 일쑤다. 이렇게 살아온 사람들의 특징은 대개 대화를 나눌 때 '나 때는 말이야'라며 자기주장을 펼치기 시작한다는 것이다. 그래서 그들은 다른 사람들의 생각이나 의견이 자기와 다르다고 인정하지 않고 틀렸다고 무시하는 경향이 짙다. 자기가 말하는 것이 곧 어려운 문제를 풀 열쇠고 어지러운 세상을 구할 올바른 지침이라고 주장한다. 이러한 편견과 독선적 사고는 지혜의 한쪽 눈을 덮어 사물의 본질을 일그러진 모습으로 조작하기 때문에 일의 옳고 그름을 명확하게 밝힐 수 없게 된다.

그럼 어떻게 하면 자기가 옳다는 생각에서 벗어날 수 있을까? 내 의견이 옳을 수도, 그를 수도 있다는 너그러운 생각을 지녀야 한다. 내가 아는 것이 정답이 아니라는 사실로부터 인정하는 법을 배운다. 먼저 모른다고 인정할 줄 알면 앞으로 한 발짝 더 나아갈 수 있다. 이런 사고의 유연성을 지니면 자만이 누그러지고 겸손해진다. 또 자신의 의견에 대해 억지로 사람들의 동의를 얻어 내려는 조바심을 버리고, 시간이 소요될지라도 이해와 설득의 과정을 거친다. 이러한 과정에서 자신의 의견이 다른 사람의 생각과 조화를 이뤄 궁극에는 동의를 얻어 낼 수 있다. 이러한 과정에서 마음의 평정심이 찾아오고 자신의 의견을 먼저 내세우기보다 다른 사람들의 말에 귀를 내어 주는 경청의 미덕이 생겨난다. 이와 같은 사고의 유연성과 경청의 미덕을 지닌 사람이 되어야 비로소 슬픈 감정을 표현하는 사람의 대화 상대가 될 자격이 있다.

그렇지 않은 사람에게 슬픈 감정을 표현했다가 오히려 슬픔이 질풍노도의 분노로 뒤바뀌게 된다. 그러면 고통의 짐을 짊어지는 양상이 되어 몸과 마음이 더 힘들어진다. 따라서 슬픈 감정을 표현하려면 대화 상대를 잘 선택해야 하고, 대화 상대자로 선택된 사람이라면 슬픈 사람의 말을 경청하고 그의 슬픔과 함께 있어 주는 배려의 마음을 지녀야 한다.

자기 연민으로 슬픔을 다스린다

우리는 대개 나와 절친한 사람이 곤경에 처해 있을 때 그에게 친절하게 대하고 그런 상황을 이해하려 한다. 예컨대, 분위기 좋은 카페에서 함께 차를 마시며 음악을 듣고 슬픈 사람의 이야기를 들어 준다. 또는 슬픈 감정을 온새미로 표출하도록 술집에서 함께 소주잔을 부딪치며 그와 시공간을 함께 한다. 자신이 슬픔이나 시련의 시기를 겪고 있거나 결점이 드러나고 실패에 직면했을 때도 절친한 사람에게 대하는 것처럼, 자신에게도 그대로 적용하는 것이 필요하다. 이것이 바로 자기 연민(憐憫)이다.

비유하자면, '바보처럼 내가 왜 그랬을까?'라며 비판적으로 자신을 질타하기보다 '괜찮아, 다음에 잘하면 돼, 아직 수많은 기회가 기다리고 있으니까.'라며 자신을 위로하고 격려하며 사기를 북돋는다. 또 '너만 그런 실수를 하는 것은 아니야! 너의 실패는 반드시 새로운 성공의 기회 창출이될 테니까.'라며 성공도 실패도 인생의 풍경화를 구성하는 자연스러운 점경(點景)이라고 구슬린다. 예컨대, 산행에서 숨이 턱까지 차오르고 종아리는 뻐근하여 발걸음이 늦어지고 남보다 뒤처질 때가 있다. 이런 자신에게 '너는 어찌 기초체력이 그 모양이니?'라며 타박하고 질타하면 그때부터 짊어진 배낭의 무게는 물먹은 솜덩이 같고, 발걸음은 모래주머니를 매단 것처럼 천근만근 무겁게 느껴진다. 산행은 갈수록 점점 힘들어지기 시작하고 심지어는 가던 산길에 주저앉아 휴식을 취하다가 고민 끝에 산행을 포기하고 되돌아가는 경우가 있다.

그러나 '아, 네가 좀 힘들어하는구나! 그럼 조금 쉬었다가 갈까?'라며 발걸음을 멈추고는 '너는 너답게 너의 페이스대로 가면 되는 거야. 빨리 가도 늦게 가도 다 정상에서 만나게 될 테니깐. 그리고 빨리 올라가면 빨리 내려가야 하고. 늦게 올라가면 늦게 내려가면 되니 서둘 필요 없어!'라고 관대한 위로와 함께 충분한 휴식시간을 갖는다. 그래도 자신감이 점점 떨어지면 '넌 할 수 있어! 이까짓 것쯤 이길 수 있어.'라고 용기를 준다. 그리고 '중요한 것은 꺾이지 않는 마음이야!'라며 되뇌면 없던 힘도 저절로 생기고 활력을 되찾을 수 있다.

이러한 자기 연민과 더불어 슬픔을 다스릴 때는 동시에 자신의 슬픔을 악화시킬 수 있는 부정적인 유발 요인의 접근을 제한할 필요가 있다. 왜냐하면, 개인의 성향과 감성에 따라 다를 수 있으나, 슬픈 가사나 감정적인 음악, 감동적이고 감정적인 내용을 다룬 영화나 드라마, 소셜 미디어의 부정적인 콘텐츠, 비판적이고 부정적인 뉴스, 자살이나 우울증 및 외로움을 다룬 콘텐츠 등을 접하면 슬픔이나 우울한 감정 및 고독감이 더욱 깊어질 수 있기 때문이다.

미디어를 접하게 된다면, 가능한 슬픔을 극복하고 긍정적인 감정을 증폭시킬 수 있도록 자신의 상황과 취향에 맞는 미디어를 활용하는 것이 바람직하다. 예컨대, 밝고 희망적인 곡들이나 긍정적인 가사를 갖춘 음악을 감상하거나, 웃음을 유발하는 유쾌한 영화나 코미디 드라마를 시청한다. 용기를 주는 이야기를 다룬 책을 읽거나, 자연의 소리나 명상 음악을 듣는다. 긍정적인 에너지를 전하는 인플루언서(Influencer), 블로거(Blogger), 또는 소셜 미디어(Social media) 계정을 팔로우하면 긍정적인 영감과 안정감을 얻는 데 도움이 될 수 있다.

이쯤에서 자기 연민과 관련되는 내용으로 노자의 도덕경 제69 용병장(用兵章)에 있는 이런 말을 인용해 본다.

抗兵相若 哀者勝矣。 (항병상약 애자승의)
대적하는 병력이 엇비슷하다면
자애심을 가진 사람이 승리한다.

이 말을 곱씹어 보자. 엇비슷한 상대를 대적하고 있다면 누가 승리할까? 상대보다 더 애절하고 비분강개(悲憤慷慨, 슬프고 분하여 의분이 북받침)한 사람이 반드시 승리할 것이고, 그렇지 않으면 실패할 것이라는 뜻이다.

즉, 승리에 대한 간절한 기도는 하늘과 공명을 일으켜 그 기운이 다시 자신에게 돌아와 강한 에너지로 작용한다. 이것은 '해낼 수 있을 거야!'라는 막연한 기대감이나 '꼭 해내야 해!'라는 강한 강박관념도 아니다. '꼭 할 수 있어!'라는 자신감과 열정, 그리고 자연의 법칙에 순응하는 강한 정신력이 성공의 원동력이다.

그러면 목적을 달성했다고 최종 승자일까? 우리의 삶은 경쟁이라는 단어를 떼어 놓고 말할 수 없다. 남들과는 물론 자신과도 끊임없이 경쟁한다. 그래서 불가피하게 성공도 하고 실패도 겪는다. 성공한 자에겐 기쁨을 주고 실패한 자에겐 슬픔을 준다. 성공한 자에겐 교만을 주고 실패한 자에겐 좌절을 준다. 성공한 자에겐 자멸을 주고 실패한 자에겐 희망을 준다. 성공한 사람은 마땅히 성공의 기쁨을 누릴 자격이 충분하다. 그러나 교만하여 실패한 자의 슬픔과 좌절을 보듬지 않으면 자멸할 수 있다. 실패한 사람은 성공에 대한 희망을 안고 이를 악물고 재도전할 기회가 있다.

진정으로 성공한 사람은 자신의 기쁨보다 실패한 사람의 마음을 위로하고 관대하게 포용하여 그들에게 희망을 불어넣어 주는 자애로운 사람이다. 이것은 남들과 관계뿐만 아니라 자신에게도 마찬가지다. 이런 행동은 도덕적이며, 상호 이해와 협력을 촉진하는 중요한 가치 중 하나다. 예컨대, 어떤 스포츠 경기에서 승자가 패자를 안아 주고 보듬는 모습은 매우 감동적이다. 이는 스포츠의 정신과 예의를 나타내는 진정한 스포츠맨십이다. 한 예로 톱클래스 축구선수로서 인정받는 손흥민 선수가 경기가 끝나면 패배한 상대 팀의 선수들을 안아 주며 위로해 주는 모습을 떠올릴 수 있다. 또 성공한 기업이 소수의 경쟁사에게 조언이나 협력의 기회를 제공하여 전반적인 산업이 발전할 수 있도록 돕는 것 등이다. 이러한 자애심과 연민의 정을 지닌 사람은 하늘이 저절로 도우니 성공하지 않을 수 없다. 이것이 바로 부드러움이 딱딱함을 이기고, 약함이 강함을 이기는 도리다.

지금까지 이야기한 것처럼 내가 슬픔이라는 환난(患難)에 부딪혔을 때, 남에게 대하듯 자신에게도 연민의 정을 갖도록 하면 슬픔을 슬기롭게 극복할 수 있다. 슬픔을 극복하는 과정을 통해 생겨난 믿음과 간절함은 한 단계 성숙한 '나답게 사는 행복'의 밑천이 된다.

단계적 목표로 슬픔을 이겨 낸다

앞서 슬픔을 느낄 수 있는 상황이 매우 다양하고 사람마다 제각기 다르다고 말했다. 내가 경험한 바로는 여러 슬픔 중에서 실패나 좌절 또는 실직이나 퇴직으로 느끼는 슬픔이 가장 크게 느껴졌던 것 같다. 왜냐하면, 갑자기 들이닥친 상황을 현실로 받아들이기가 어렵고, 불안과 혼란이 슬픔과 동반되기 때문이다. 미래에 대한 불확실성이나 걱정이 크게 느껴지면서 슬픔이 증폭된다. 그런가 하면, 그동안 차곡차곡 정리해 두었던 수천 장의 명함들이 시간이 흐르면서 가을날의 갈색 나뭇잎으로 변해 가며 하나둘씩 떨어져 가는 것이 추풍낙엽(秋風落葉, 어떤 형세나 세력이 갑자기 기울어지거나 흩어지는 모양을 비유적으로 이르는 말)을 실감케 한다. 더욱이 위로를 받고 싶은 마음에 전화를 걸면 전화를 받지 않거나 통화 거부를 당할 때, 친하게 지냈던 지인을 찾아가 도움을 청했으나 쌀쌀맞게 외면당했을 때 자아 정체성의 위기를 겪기도 한다. 이처럼 사람에게서 추가로 상처를 받으면서 슬픔은 더욱 깊어져만 간다.

한편 이렇게 사람에게서 상처받는 슬픔은 또 다른 사람에게서 위로를 받기도 한다. 예상치 못한 지인이 찾아와 아무 말 없이 밥 한 끼를 사 주면서 함께해 주고, 기꺼이 새로운 일거리를 제공해 주고 격려해 주는 지인

나답게 사는 행복

들로부터 새로운 삶의 희망을 발견하기도 한다. 이러한 과정을 거치면서 활활 불타오르기 직전에 모락모락 피어오르는 연기처럼 슬픔을 딛고 일어설 용기가 유연히 솟아나기 시작한다.

이때, 정신적 용기가 육체적 행동으로 이어지게 하려면 가능한 몸을 움직이는 것이 좋다. 규칙적인 운동이나 등산을 하면 좋겠지만, 여의치 않다면 짧은 산책이나 가벼운 스트레칭도 좋다. 이렇게 육체를 움직이면 엔도르핀이 방출되어 몸의 변화를 일으키고 자연스럽게 기분이 향상된다. 작심삼일(作心三日, 결심이 사흘을 지나지 못함)이 되지 않도록 하기 위해서는 자신의 상황에 맞는 성취 가능한 작은 목표를 단계별로 세우고 차근차근 실천해 달성하도록 한다. 몸과 마음을 움직일 수 있는 활동이라면 하기 싫어도 적극적으로 참여하여 슬픔을 잊도록 한다. 그러면 자연스럽게 성취감을 느끼고, 기분이 좋아지고, 인생은 오직 슬픔만으로 이뤄져 있지 아니하고, 행복, 기쁨, 사랑, 흥미로운 경험 등 여러 가지 감정과 순간들이 함께 어우러진 다양한 삶이 존재한다는 것을 새삼 알아차리게 된다. 그리고 지금 내가 겪는 슬픔은 일시적이며 변화하는 감정 중 하나일 뿐이라 여기게 된다. 또 슬픔은 자신을 성장시키고 변화시키며 새로운 관점과 새로운 인생을 열어 가는 교두보라고 긍정적으로 생각하게 된다.

나는 예전에 겪은 슬픔과 우울을 극복하기 위해 등산을 선택했다. 흔히 말해 저질 체력으로 등산이 버겁게 느껴졌지만, 매일같이 앞산, 뒷산 산책길을 걷기 시작하면서 체력을 키웠다. 지도를 펴 놓고 내 주변의 나지막한 산들, 주로 고도 500m 이하의 산들을 목록화 작업하고, 매주(每週) 일산(一山) 등산 일정 계획을 세웠다. 그리고 하나하나씩 정복해 가면서 목록을 지워 갈 때의 희열을 맛보기 시작했다. 등산한 후에 블로그 포스팅을 하면서 산에서 느낀 소감이나 감정을 정리하고 앞으로 나갈 삶의 방향을 설정하기도 했다. 하나의 목록 체크가 완료되면서 체력도 향상되고 정신도 맑아지면서 삶의 활력을 되찾기 시작했다. 다음 단계의 목록화 작업은 내 주변의 명산(名山)을 목표로 목록화하여 하나씩 등산 계획을 수립하고 실천해 나갔다. 하나의 산을 다녀올 때마다 내 사유도 깊어지고 삶도 행복해지기 시작했다. 이렇게 나를 위해 시작한 산행일기는 우연히 인터넷 신문사의 '진경수의 山 이야기' 칼럼으로 발전하였다. 현재까지 나는 게재 횟수가 100회를 훌쩍 넘긴 '山 이야기'를 쓴 칼럼니스트로 활동하고 있다. 처음에는 나의 슬픔을 딛고 일어서기 위해 작은 목표를 세우고 실천했던 것이 다른 사람에게도 산에 대한 유익한 정보를 제공하는 사회활동으로 전개되고 있다. 이제 그 결과를 자연에서 배우는 삶의 여행이라는 이야기로 엮어 보려는 한 단계 발전된 목표를 설정하고 있다. 그러나 계획은 계획일 뿐, 지금껏 살아온 것처럼 예상치 못한 상황이 발생할 수 있기에 언제든지 변경될 수 있다는 여지를 남게 둔다.

이쯤에서, 나에게 정신적 용기에서 육체적 용기로의 전환을 이끌어 준 노자의 도덕경 제64 보물장(輔物章)의 일부 내용을 소개한다.

合抱之木, 生於毫末; (합포지목 생어호말)

九層之臺, 起於累土; (구층지대 기어누토)

千里之行, 始於足下。 (천리지행 시어족하)

아름드리 큰 나무도 여리고 가냘픈 작은 싹에서 자라나고,

9층 높이의 누대도 한 광주리씩 흙을 쌓아서 세워지며,

천리 길의 머나먼 여정도 내딛는 첫발에서부터 시작된다.

이 말을 곱씹어 보자. 우공이산(愚公移山, 어리석은 영감이 산을 옮긴다는 뜻으로, 어떤 일이든 꾸준하게 열심히 하면 반드시 이룰 수 있다는 말)이란 말이 있듯이, 삼태기에 담긴 적은 흙이라도 한 번, 두 번 퍼 나르다 보면 그 흙이 모여 모여서 태산을 이룰 수 있다. 또한, 빗방울이 모여서 계류를 이루고 계류들이 모여서 개천을 이루며, 개천들이 합류되어 강을 이루고 마지막으로 바다를 이룬다.

이처럼 모든 일이 최종 목적지에 도달할 수 있었던 것은 작은 실행 단계를 부지런히 비지땀을 흘리며 누적한 덕택이다. 자고로 큰일은 작은 일에서부터 시작되며 소소한 것들이 차곡차곡 쌓여서 이뤄진다. 첫 숟가락에 배부를 수 없듯이 묵묵히 목표를 향해 성실히 달려가다 보면 우공이산처럼 결국엔 성취를 맛보게 된다.

그러나 로또 당첨되듯이 홀연히 성공하기를 바란다면 그것은 허망한 도깨비의 꿈이며, 한낱 물거품에 지나지 않는 것이고, 찰나에 불과한 아침 이슬과 같고 순간 왔다가 사라지는 번개와 같은 것이다. 천리 길도 한 걸음부터 시작되는 것이니, 조급한 마음의 공간에 여유를 심어 두어야 한다. 그러면 내 삶에서 보이지 않던 존재들이 보이기 시작한다. 마치 산을 바쁘게 오를 때 보이지 않던 초목이 잠시 멈추거나 천천히 이동할 때 보이기 시작하고, 산에서 내려올 때는 그것들이 행복한 미소를 지어 보이는 것처럼….

남보다 늦었다고 의기소침하지 말고, 남보다 가진 것이 적다고 불평하지 말고, 성공이 보이지 않는다고 조급하게 굴지 말며, 작은 것에 만족하고 작은 성취에 감사한다. 새는 큰 바가지보다 표주박에 내 인생을 담아 본다.

마음을 가라앉히고 작은 것부터 시작해야 빛을 볼 수 있다. 포기하지 않고 꾸준히 노력하면 쇠와 돌에도 새길 수 있고, 정성이 지극하면 돌 위에도 꽃이 피어날 수 있다. 반드시 성취한다는 신심(信心)을 세우고 강인한 의지를 통해 인내심을 갖고 성취가 기다리는 곳으로 한 발씩 다가가야 한다.

산행은 정상에 도착해야만 즐거움을 느끼는 것이 아니다. 산마루를 잇는 능선을 따라 오르락내리락하면서 봉우리를 넘고 또 넘는 도전에서 산행의 즐거움을 맛볼 수 있다. 이와 마찬가지로 도전의 결과가 성공이냐 실패이냐가 중요하지 않고, 그것을 이루기 위해 최선을 다하는 과정에도 충분한 가치와 의미를 부여하는 것도 바람직하다. 이러한 변화의 과정이 반복되면서 서서히 좋은 결과가 얻어진다.

종두득두(種豆得豆), 즉 콩을 심으면 반드시 콩이 나온다는 말이 있다. 어떤 씨앗을 뿌리느냐에 따라서 수확할 열매가 결정된다. 성공의 씨앗을 뿌리면 성공의 열매가 열리고 실패의 씨앗을 뿌리면 실패의 열매가 열린다. 여유의 씨앗을 뿌리면 유연의 열매가 열리고 감사의 씨앗을 뿌리면 나눔의 열매가 열린다. 이렇듯 어떤 생각의 종자(種子)를 뿌리느냐에 따라 삶의 열매도 달라진다. 이를 알면 슬픔을 극복하는 슬기로운 지혜를 지니고 '나답게 사는 행복'을 향해 앞으로 나갈 수 있다.

만물은 1년 내내 맑은 날, 흐린 날, 비 내리는 날, 눈 내리는 날, 바람 부는 날, 추운 날, 더운 날 등등 다양한 자연의 변화에 적응하면서 산다. 이처럼 우리도 짧다면 짧고 길다면 길다고 할 수 있는 인생길을 무시로 이런 일, 저런 일 등 갖가지 수많은 사연을 지으며 걸어간다. 지금 겪는 혹독한 슬픔은 그 숱한 사연 중의 일부다. 마치 짙푸른 하늘에 떠 있는 조각구름처럼 긴 인생의 한 부분을 가리는 작은 조각일 뿐이다. 짙푸른 맑은 하늘을 뒤덮고 있는 먹구름이 힘없이 불어오는 바람에도 서서히 걷히듯이, 앞에서 언급한 슬픔을 다루는 지혜를 이해하고, 서두르지 말고 뚜벅뚜벅 실천해 가다 보면 어느새 슬픔의 구름은 걷히게 된다. 이처럼 내 삶이 자연의 한 조각으로 인식하고 자연의 흐름을 탈 수 있는 지혜를 얻게 되면, '나답게 사는 행복'을 향해 앞으로 나갈 수 있는 힘찬 용기가 솟아난다.

마음 챙김으로 마음을 안정시킨다

주의를 집중하고 현재의 순간에 대해 깊이 인식하며, 그 순간에 일어나는 감정, 생각 및 경험에 대해 더 큰 인식을 가지는 '마음 챙김(Mindfulness)'을 해 본다. 이렇게 하면 과거나 미래에 대한 걱정과 논리적이든 과학적이든 따져서 서로 가르는 것에서 벗어나 현재 순간에 집중함으로써 내면의 평화와 인내력을 증진하는 데 도움이 된다. 이러한 훈련 과정을 통해 슬픔을 다스릴 수 있다.

다시 말하자면, 숨을 깊게 들이마시고 내쉬는 현재의 순간에 집중하거나, 걸으면서 발걸음 또는 주변의 소리 등을 자세히 관찰하면서 마음을 진정시킨다. 예컨대, 자연 속에서 나무, 하늘, 새 소리, 바람 소리 등을 자세히 살펴보고 들으면서 마음을 안정시킨다. 생각하고 있으면 생각하고 있구나 하면서 그저 지금 상황을 알아차리는 연습을 하면 자기 인식의 능력이 높아진다. 이는 슬픔을 극복하고, 더 나은 삶의 질을 추구하는 데 도움이 된다. 이러한 마음 챙김은 주로 꾸준한 명상과 정신적인 연습을 통해 증대시킬 수 있다.

복잡한 생각이나 경험, 자극들이 '알아차리는 나'를 덮고 있다면, 내가 뭘 하고 있는지, 어디로 가고 있는지를 모르는 상태에서 살아가는 것과

나답게 사는 행복

같다. 이 상태는 내가 주도권이 없는 것이다. 마음 챙김을 통해 내가 주인이라 사실을 알아차려야 한다. 복잡한 생각의 구름을 걷어 내고 온전히 현재 깨어 있는 상태를 유지해야 한다. 늘 뭔가를 하는 '행위 모드(doing mode)'에서 행위로 인한 영향을 받지 않는 알아차림의 '존재 모드(being mode)'로 돌아서는 것이다. 마음 챙김은 나의 모든 문제를 해결해 주는 것이 아니라 문제를 바라보는 '창(window)'을 깨끗하게 닦는 과정이다.

이러한 마음 챙김을 통해 마음이 안정되면, 재앙이든 슬픔이든, 행복이든 기쁨이든 자연적으로 순환하는 하나의 객체로 인식하게 된다. 이를 도와주는 문장으로 노자의 도덕경 제58 찰정장(察政章) 중의 한 구절을 살펴본다.

禍兮, 福之所倚; (화혜 복지소의)

福兮, 禍之所伏。(복혜 화지소복)

孰知其極? 其無正也。(숙지기급 기무정야)

재앙이여, 행복이 그 안에 기대어 있고,

행복이여, 재앙이 그 속에 숨겨져 있다.

누가 그 결말을 알겠는가?

그것은 정해진 기준이 없다.

재앙과 행복이란 무엇인가?

재앙이란, 행복이 기대고 서 있는 것과 같아서, 재앙이 사라질 무렵이면 반드시 행복이 찾아온다. 행복이란, 재앙이 엎드려 있는 것과 같아서, 행복이 다할 때 반드시 재앙이 서서히 일어난다. 이처럼 세상은 행복과 재앙의 굴레 속에서 돌아간다. 그 누가 길흉화복(吉凶禍福, 좋은 일과 나쁜 일, 행복한 일과 불행한 일을 아울러 이르는 말)과 이해득실(利害得失, 이로움과 해로움 및 얻음과 잃음)이 순환하는 그 결말을 알 수 있는가? 그것은 하나의 확정적인 기준이 없다.

그래서 '회남자(淮南子)'에서 인생의 길흉화복이 변화가 많아 예측하기 어렵다고 하여 새옹지마(塞翁之馬, 인생의 길흉화복은 변화가 많아 예측하기 어렵다는 뜻으로 이르는 말)라는 말로 설명하고 있다. 그런가 하면, 일체유심조(一切唯心造, 모든 것은 오직 마음이 지어낸다는 뜻으로, 모든 일에 마음가짐이 중요함을 이르는 말)라는 말이 있다. 즉, 세상사 모든 일은 마음먹기에 달려 있다는 뜻이다.

이처럼, 찾아온 행복을 더 오래 머물게 하고 맞닥뜨린 재앙을 얼마나 더 빨리 떠나게 하느냐는 것은 초로(草露) 같은 삶을 바라보는 지혜에 달려 있다. 예컨대, 빈 생수병을 보고서 마실 물이 없다고 불평하기보다 새로운 물을 채워 마실 수 있다고 긍정적으로 생각하면 어떨까? 이것은 모든 사물을 바라보는 마음가짐에 따라 그것이 긍정적 요소일 수 있고, 부정적 요소일 수도 있다는 의미이다.

재앙과 행복의 끝은 어디인가?

이를 판단하는 절대적인 기준은 없다. 범중엄(范仲淹)이 쓴 '악양루기(岳陽樓記)'에 이런 말이 있다.

不以物喜 不以己悲。(불이물희 불이기비)

나답게 사는 행복

외부 환경이 좋다고 해서 즐거워하지 않고

자신의 처지가 나쁘다고 해서 슬퍼하지도 않는다.

이처럼, 재앙과 행복으로 슬퍼하거나 즐거워하는 것은 모두 현명하지 못하다. 재앙과 행복을 대할 때 일희일비(一喜一悲, 한편으로는 기뻐하고 또 한편으로는 슬퍼함)하지 말고, 태연자약(泰然自若, 심리적으로 충격을 받을 만한 상황인데도 전혀 태도의 변화가 없이 평소 그대로임)할 줄 알아야 한다. 지금 자신이 재앙의 슬픔에 처해 있다면 재앙 극복에 대한 확고한 신념과 희망을 지니고 행복이 문을 두드리기를 기다린다. 지금 자신이 성공의 행복에 젖어 있다면 겸손하고 겸허한 마음으로 늘 자신을 경계하고 재앙이 홀연히 닥치지 않도록 해야 한다. 지난 행복이나 불행은 흐르는 강물을 따라 말없이 두리둥실 떠내려가는 낙엽과 같아서 시간이 흐르면 눈앞에서도 마음에서도 사라진다. 그러니 과거의 화복(禍福)에 집착할 필요가 없다. 또 다가올 행복의 기대감과 불행의 걱정거리는 정처 없이 떠도는 창공의 구름과 같아서 어디선가 불어오는 바람에 홀연히 사라질 수 있다. 그러니 미래의 화복에 기뻐하거나 걱정할 필요가 없다.

그러므로 지금 행복하다면 아직 오직 않은 다가올 불행을 미리 걱정하지 말고 지금에 만족하면 된다. 지금 재앙이나 슬픔을 겪고 있다면 그것에서 어떻게 벗어날까 근심하고 궁리하느라 허송세월하지 말고, 지금 자신이 할 수 있는 일에 충실한 군더더기 없는 지혜로운 삶을 살아가면 된다.

이처럼 지금에 집중하면 내가 왜 슬픈지를 이해하고 인식하는 데 도움이 된다. 이러한 마음 챙김은 슬픔을 극복하고 '나답게 사는 행복' 속으로 한 단계 더 들어갔음을 의미한다.

감사한 마음이 위없는 행복이다

슬픔을 다스리는 방법 가운데 하나의 방편으로 갖가지 모든 일에 감사한 마음을 갖도록 실천한다. 감사한 마음은 정신적·감정적·사회적 심지어 생리적인 측면에서 다양한 긍정적인 효과를 가져올 수 있다.

감사한 마음을 가지면 관점을 바꾸고 기분을 개선하는 데 도움이 된다. 즉 자신의 주변에서 긍정적인 측면을 찾아보는 습관이 생겨난다. 왜냐하면, 감사한 마음은 '그건 아니라고 봐.'라고 하는 부정적인 생각이 들면 순식간에 사라진다. 그러나 횡단보도를 건너다가 바닥의 푸른 불빛을 보고 '어! 이게 괜찮은데!'라고 하는 긍정적인 생각이 들면 이런 안전시설을 설치한 것에 대해 감사한 마음이 우러나오기 때문이다. 이런 감사하는 마음은 스트레스 감소, 우울증 완화, 자신감 증진 등의 긍정적인 심리적 효과를 불러올 수 있다.

또한, 다른 사람들의 기여와 도움에 대해 진정으로 인정하고 감사한 마음을 표현하는 것은 친밀한 관계를 유지하고 신뢰가 구축되므로 사회적 관계가 강화된다. 그러나 어느 식당에서 사장이든 종업원이든 고개도 숙이지도 않고 심지어 바라보지도 않고 의례적으로 성의 없이 던지는 '감사합니다!'라는 인사말은 오히려 상대방에게 기분을 언짢게 할 수 있다. 감사한 마음의 표현은 잘 숙성된 구수한 된장 맛이나 긴 세월 켜켜이 묵은 씨 간장처럼 짠 듯하면서 단맛이 나듯 마음속 깊은 곳에서 찐하게 우러나야 한다.

그리고 나 자신에게 아무리 힘든 고난이 닥쳐도 그런 역경을 딛고 일어선 경험을 통해 얻을 수 있는 교훈과 성장에 감사하며 긍정적으로 받아들이는 태도는 자기 발전과 계발에 도움이 된다. 더욱이 이러한 긍정적인 태도는 문제를 더 쉽게 대처하고 해결할 수 있는 능력을 키워 줄 수 있다. 그런가 하면, 매사에 긍정적인 감정을 유지하면 스트레스 호르몬의 분비가 줄어들고, 이로 인해 심혈관질환의 위험이 줄어들어 심장 건강과 면역체계를 높인다. 이처럼 감사한 마음은 어려운 상황에서도 긍정적인 태도를 유지함으로써 슬픔을 극복하는 데 도움이 된다.

성경에는 감사의 중요성을 강조한 구절이 있다. 즉 "항상 기뻐하라 쉬지 말고 기도하라 범사에 감사하라"(데살로니가전서 5:16~18)다. 감사하는 마음을 통해 걱정이나 탈도 없이 기쁨을 얻을 수 있다고 한다.

불교 경전 '숫타니파타(Sutta-nipata)'에서는 "존경과 겸손과 만족과 감사와, 때로는 가르침을 듣는 것, 이것이 위없는 행복이다"라고 한다. 이는 모든 존재에 대한 사랑과 관심을 표현하며, 이를 통해 평화와 행복을 찾을 수 있다고 한다. 또 절을 함으로써 우주의 모든 것에 대한 경의를 표하고, 살아 있는 것에 감사를 표현한다.

기원전 6세기에 집필된 노자의 도덕경 제63 무난장(無難章) 중에는 이런 말이 있다.

大小多少, 報怨以德。(대소다소 보원이덕)

그 크기가 얼마든 덕으로 원한을 갚는다.

이 말을 곰곰이 생각해 보자. 우리가 자연의 법칙에 순응하며 살아가려 하지만 속세는 자신의 의지대로 살아가게 내버려 두지 않는다. 세상에서 완전무결한 것이 하나도 없는지라 자신이 인식하지 못하는 흠결이 다른 사람에게 드러나게 된다. 자신의 흠결은 다른 사람에게 원한의 씨앗이 되고, 다른 사람의 흠결은 자신에게 고통의 멍에가 된다. 크고 작은 원망(怨望)과 많고 적은 고난(苦難)은 모두가 스스로에서 비롯된 것이니 그 누구를 탓할 수 있는가?

다른 사람의 결점이 크다면 오히려 눈을 작게 떠서 조금만 보려 하고, 자신의 결점이 헤아릴 수 없이 많다면 덜어 내고 닦아 내어 적게 하는 수행을 한다. 큰 것을 작게 보려 하고, 많은 것을 적게 보려 하면 나중엔 작아지고 적어져서 티끌로 변하여 바람에 휘날려 허공으로 사라지게 된다. 한편, 다른 사람의 장점이 적다면 오히려 눈을 크게 떠서 더 많이 보려 하고, 자신의 장점이 그다지 내세울 것이 없다면 자신이 잘할 수 있는 어떤 하나를 눈덩이처럼 굴린다.

다른 사람에게 가능한 원한을 적게 주려 노력하고, 다른 사람에 대한 원한이 있다면 작게 하여 사라지게 한다. 그 원한을 보복하여 징벌한다고 해도 분풀이가 완전하게 해소되어 마음이 결코 편해질 수 없다. 그럴 바에야 원한이 사라질 때까지 기다렸다가 오히려 덕을 베풀어 그 원한을 갚는 것이 더 낫다. 비근한 예로, 내 승용차 앞으로 옆 차선의 승용차가 방향 지시등도 켜지 않은 채 갑자기 끼어들었다고 응징하는 차원에서 보복 운전하면 결국 나만 처벌받는 것이 요즘 세상이 아닌가? 그냥 '저놈!' 하며

나답게 사는 행복

용서해 주는 것이 마음 편하다.

　이처럼 원망과 고난은 지성과 인격을 바람직한 방향으로 형성시킨 스승이라 여긴다. 그러면 이해하는 마음, 감사한 마음이 생기고, 사람들이 모두 공감하고 바라는 것을 따르는 덕행이 된다. 태산은 흙과 돌이 좋고 나쁨을 가리지 않고 다 받아들여 높은 산을 이룬 것처럼, 바다가 작은 시냇물을 버리지 않고 다 품어 그 깊이를 능히 이룬 것처럼, 만물을 다 포용하는 넓은 마음을 갖는다. 이렇게 무심하게 남을 도와주고, 감사의 마음으로 인사하고, 받은 만큼 이웃에게 나누는 봉사의 마음은 슬픔을 다스리는 좋은 방안이 될 수 있다. 이것이 지금 내가 겪는 슬픔에서 벗어나 '나답게 사는 행복'의 한 방편이 아닐까 싶다.

긍정적인 생각이 만병통치약이다

긍정적인 생각은 자신이나 주변의 환경에 대해 긍정적인 시각이나 태도를 나타내는 것을 의미한다. 이는 주로 여러 상황이나 경험에 대한 긍정적인 면을 강조하고, 부정적인 측면에 대해서는 주의를 덜 기울이는 마음가짐을 나타낸다.

나는 긍정적으로 생각하면 이에 사물들도 반듯이 응하게 된다는 사실을 홀연히 깨닫게 된 계기가 있었다. '진경수의 山 이야기' 칼럼을 작성하기 위해 청주시 상당구 문의면에 위치한 작두산과 양성산을 올랐다. 그때 매서운 추위에도 다 얼어붙지 않고 조잘대며 계곡물이 흐르고 있었다. 그 계곡 물길의 신비로움에 빠져 요리조리 방향을 바꿔 가며 관찰하고 사진 촬영하느라 주머니 속에서 스마트폰이 슬그머니 나와 계곡물로 들어가는 것을 알아채지 못했다. 그리고 한참 산행한 후에야 알아차리고 그곳으로 되돌아가 물속에서 스마트폰을 꺼내니 작동이 멈춰 버렸다. 그 순간 나는 이런 생각을 했다. '주인을 잘못 만나 한시도 쉬지 못하고 달려왔으니 얼마나 힘들고 지쳤으며 일탈을 했을까?' 그러자 아쉬움보다 스마트폰과 함께 멈출 수 있어 다행이라고 여겼다.

그리고 이틀 연휴 동안 스마트폰을 사용하지 않고 자유로운 나로 지냈다. 아니, 솔직히 말하자면 스마트폰 고장으로 어쩔 수 없이 홀로 지낼 수밖에 없었다. 연휴가 끝나고 서비스센터를 찾았다. 수리기사는 "스마트폰이 물에 오랫동안 침수된 상태라면 거의 복구가 불가능할 수 있습니다."라고 말했다. 그 말을 듣는 순간, '아! 이제 이 친구가 나를 떠나는구나! 아무리 그래도 떠날 때 떠나더라도 내 목소리는 한 번 듣고 떠나야지!' 하며 마음을 달래며 30분 정도를 기다렸다.

"진경수 고객님!" 하고 나를 부르는 소리에 얼른 창구로 달려갔더니, 수리기사분은 "천만다행으로 전원이 작동합니다. 그러나 내구성이 떨어질 수 있으므로 데이터 백업이 필수입니다. 사용 중 갑자기 고장이 날 수 있으니 이 점을 알고 계셔야 합니다."라고 말했다. 그 소리를 듣자마자, 반가운 웃음을 머금고, "감사합니다!"라고 말했다. 그리고 스마트폰에게 "다시 나에게 와 주어서 고맙다!"라고 전했다. 그리고 스마트폰에게 약속을 했다. "얘야! 내가 가끔은 네가 쉼의 여유를 갖게 해 줄게." 이후로 스마트폰을 고장 없이 잘 사용하고 있다.

이처럼 살아 움직이는 생물이든 고정된 사물이든 나와 다를 것이 없는 모두가 하나로 통한다는 것을 실생활에서 체험하면서 소스라치게 놀라지 않을 수 없었다. 이런 긍정의 힘은 하늘을 아름답게 감동시키고, 하늘의 기운이 만사, 만물에 작용해 다시 기적적인 결과를 만들어 냄을 확신하게 되었다.

긍정적인 생각을 가지면 어떤 상황이나 문제에 대해 긍정적 시각을 유지하고 미래에 대한 낙관적 시각을 갖는다. 그리고 일상적인 것들에 대한 감사의 태도를 가지며, 부정적인 경험에서도 긍정적인 측면을 찾아내어 자기 성장과 발전을 위해 노력하게 된다. 이외에 어려운 상황에서도 긍정적으로 문제를 해결하기 위해 유연하고 창의적인 사고를 적용하게 되고, 자신의 능력과 가치를 긍정적으로 평가하여 자기 자신에 대한 자신감이 생긴다.

긍정적인 생각은 정신 건강과 좋은 감정을 촉진하는 데 도움이 된다. 이는 스트레스 수준을 감소시키고 내적 안정감을 증가시킨다. 이로 인해 슬픔이나 마음의 상처를 치유하는 마법의 연고(軟膏)와도 같은 역할을 한다. 또 면역시스템을 강화하여 다양한 질병으로부터 몸을 보호하는 역할을 한다. 그런가 하면 긍정적인 에너지는 주변 사람들에게 전해져 긍정적인 상호작용을 유도하고, 이는 마치 인간관계의 튼튼한 다리와도 같은 역할을 한다. 또 목표 달성과 성공에 크게 기여한다. 즉 낙관적인 마음가짐은 어려운 도전에도 불구하고 용기를 가져다주며, 어떤 난관에 부딪혀도 극복해 내는 마법의 힘과도 같다. 그래서 흔히 긍정적인 생각이 만병통치약이라고도 한다. 그러나 중요한 점은 긍정적인 생각이 모든 상황에 완벽한 해결책을 제공하는 것은 아니다. 때로는 현실적인 판단과 함께 감정을 다양하게 받아들이는 것이 중요하다.

이처럼 긍정적인 생각은 우리의 마음, 몸, 관계, 그리고 성공에 좋은 영향을 미치며, 우리의 삶을 더 풍요롭고 만족스럽게 만들어 주는 마법의 열쇠와 같은 역할을 한다.

긍정적 생각은 슬픔을 완전히 없애는 것은 아니지만, 긍정적인 마음가짐은 슬픔을 더 적극적으로 다루고 삶의 어려움을 극복하는 데 도움을 준다. 예컨대, 긍정적인 생각은 자신감을 생기게 하고, 새로운 도전과 어려움을 더 적극적으로 받아들이게 되므로 슬픔을 다루는 데 도움이 된다. 마치 산행에서 밧줄을 잡고 가파른 암벽을 오를 때 '난 할 수 있어.'라는 긍정적인 생각을 가지면 없던 용기도 힘도 저절로 생겨나지만, '내가 할 수 있을까?' 하고 의구심을 품게 되면 결국 포기하고 마는 것과 같다.

또 긍정적인 생각을 가지면 삶에 대한 불만보다 만족감이 높아지고 자존감도 높아져서 불행이 닥쳐도 행복으로 전환하려는 적극적인 노력과 네 탓보다는 내 탓이라 여기며 자기의 삶을 즐기게 되므로, 슬픔을 극복하는 데 도움이 된다.

많은 사람이 어려운 시기나 상황에서 긍정적인 마음가짐을 통해 슬픔을 극복했다. 나 역시 슬픔과 우울증을 항상 긍정적으로 생각하고 지속적인 운동과 계획적인 등산을 통해 극복한 경험이 있다.

긍정적 태도로 얻어지는 효과에 관한 대표적인 사례로 물리학자인 알버트 아인슈타인(Albert Einstein, 1879~1955)을 소개한다. 그의 막내아들인 에드워드는 정신질환을 갖고 태어나서 일상생활의 활동에 어려움을 겪었다. 에드워드의 상태는 가족에게 큰 스트레스를 주었지만, 알버트 아인슈타인은 긍정적인 마음가짐을 유지하고 가족을 지지하였다. 그는 막내아들을 사랑하며 그의 능력을 가능한 최대로 존중하고자 노력했다. 아인슈타인은 자신의 과학적 업적을 위해 노력하는 동시에 가족과의 교류와 사랑을 중요시했다. 이처럼 아인슈타인은 어려운 상황에서도 긍정적인 시각을 유지하고, 가족과의 연결을 강화함으로써 슬픔을 극복하고자 했다. 그의 긍정적인 마음가짐과 노력은 그가 어려운 시기를 통과하는 데 도움이 되었다.

이러한 사례는 각 개인의 상황에 따라 다를 수 있으므로 단일한 해결책은 존재하지 않는다. 그러나 긍정적인 생각과 태도는 어려움에 대처하는 다양한 방법 가운데 하나로서 매우 유용할 수 있다.

여러 분야에서 성공한 사람 중에는 긍정적인 사고방식을 채택하고 자신의 목표를 추구하는 인물들이 많다. 대표적인 사례로 미국의 텔레비전 제작자, 토크쇼 호스트, 배우, 기업인 및 자선가로서 활동한 오프라 게일 윈프리(Oprah Gail Winfrey, 1954~)를 꼽을 수 있다. 그녀는 자신의 어려운 경험과 고통을 이겨 내며 긍정적인 사고방식을 갖추었다. 어린 시절 가정 폭력과 가난에 직면했지만, 긍정적인 사고를 지니고 자기 계발에 힘쓰며 성공을 찾았다. 자기 계발과 독서에 열중하며, 특히 긍정적이고 영감을 주는 책들을 선호했다. 자신의 토크쇼 '오프라 쇼'를 통해 수많은 독자와 시청자에게 긍정적인 메시지를 전하고 있다. 자신이 가진 인지도를 활용하여 탄탄한 사업 기반을 만들었고, 자선활동과 교육지원을 통해 다양한 분야에서 긍정적인 영향을 끼치고 있다. 그녀의 삶과 경험은 자신의 어려움을 긍정적인 힘으로 바꾸어 성공으로 이끄는 예시로서 주목받고 있다. 이처럼 긍정적인 사고와 자기 계발, 목표 추구는 성공의 핵심적인 요소로 여겨지고 있다.

이쯤에서 긍정적인 사고를 높이는 데 도움이 되는 노자의 도덕경 제72 외위장(畏威章) 중의 한 구절을 소개한다.

夫唯不厭, 是以不厭。(부유불염 시이불염)
무릇 내가 누구를 압박하지 않을 때만이
그 누구도 나를 혐오하는 일이 없다.

이 말을 곱씹어 보면 다음과 같다. 자신에게 어떤 위해(危害)나 방해를 하지 않는 사람을 아무런 이유 없이 혐오하는 경우는 없다. 또한, 자신이

나답게 사는 행복

다른 사람에게 피해나 위협을 주지 않는다면 그 어떤 사람도 나를 혐오하는 일도 없다.

이 말에 이렇게 반문할 수 있다. "그럼 요즘 빈번히 발생하는 무차별 폭행을 어떻게 설명하지?" 그런 사건, 사고가 발생하면 우리 사회는 그런 불행한 사태에 대한 책임을 통감하기보다 그들의 잘못된 행동으로만 원인을 돌린다. 그러나 그들의 그런 병적인 행동은 사회로부터 소외되고 은둔형 외톨이 생활로부터 비롯되는 경우가 많다. 그들에게 더 관심을 기울이고 꼼꼼한 사회복지시스템을 통해 보듬고 포옹했더라면 하는 아쉬움이 있는 대목이다. 그랬더라면 더 안전한 사회에서 우리 모두 행복한 삶을 누릴 수 있지 않을까?

이처럼, 만일 자신이 타인에게 전혀 피해를 준 것 같지 않은데 사람들로부터 자신이 혐오의 대상이 되었다고 한다면 자신도 모르는 사이에 타인의 도덕적 기준에 미치지 못한 어떤 행동을 하였을 것이라고 곰곰이 생각해 봐야 한다.

자신을 소중하게 여긴다면 다른 사람도 소중하게 여겨야 하고, 자신을 미워하지 않는다면 세상을 미워하지 말아야 한다. 내가 세상을 미워하지 않는다면 세상 그 누구도 나를 미워하지 않는다. 만일 용서할 수 없을 만큼 미운 사람이 있다면, 그 사람을 부처나 예수로 생각하거나 자기를 가장 사랑하는 사람으로 연상하는 연습을 한다. 그러면 하루 이틀에 나아질 수는 없지만 조금씩 미움이 시들해진다. 이처럼 매사 긍정적으로 생각하면 슬픔을 다루는 데 상당히 효과적이다.

'삼잘'이 답이다

슬픔을 다스리는 방법 중에는 여러 가지가 있지만, 균형 잡힌 식단을 선택하고(잘 먹는다), 흥미로운 취미와 활동을 즐기며(잘 논다), 규칙적인 수면 패턴을 유지하는 것(잘 잔다)이 중요하다. 이렇게 노력하면 건강하고 행복한 삶을 살아갈 수 있기에 슬픔을 느낄 겨를이 없을 것이다.

'잘 먹는다.'라는 말은 미식가들의 식도락(食道樂, 여러 가지 음식을 두루 맛보는 것을 즐거움으로 삼는 일)을 일컫는 것이 아니고, 먹방을 즐기는 유튜버를 의미하지도 않는다. 다양한 식품을 골고루 섭취하여 몸에 영양소를 균형 있게 공급하는 것이고, 규칙적인 식사로 충분한 에너지를 공급하며, 적절한 식사 속도로 소화에 도움을 주는 식사 행위를 말한다.

'잘 잔다.'라는 말은 온종일 방구석에서 잠을 자는 것도, 평상시 부족한 잠을 주말에 몰아서 한꺼번에 장시간 잠을 자는 것도 아니다. 매일 같은 시간에 잠들고 일어나는 규칙적인 수면 시간을 지키도록 노력하는 것이고, 수면 1시간 전부터 블루라이트를 방출하는 스마트폰과 같은 전자기기를 사용하지 않는 것이며, 조용하고 어두운 환경 및 편안한 잠자리를 마련하는 등 쾌적한 수면 환경을 조성하여 수면의 질을 높이는 것을 말한다.

나답게 사는 행복

'잘 논다.'라는 것은 하는 일이 없이 빈둥거리며 백수로 지내는 것을 의미하지 않고, 송년회 자리에서 술을 잔뜩 마시고 목청 높여 노래를 부르고 현란하게 춤을 추며 즐기는 것도 아니다. 관심 있는 활동이나 취미 생활을 통해 즐거움과 만족을 느끼도록 하는 것이고, 운동을 통해 체력을 키우고 건강을 유지하는 것이며, 문화 활동을 통해 새로운 경험과 감동을 하는 것을 말한다.

이처럼 '삼잘'(잘 먹고, 잘 자고, 잘 노는 것)은 건강과 웰빙을 유지하기 위해 중요한 요소다. 이들 중에서 어느 한 가지라도 균형이 깨지면 정서적으로나 신체적으로 건강하지 않게 되며, 이와 반대로 감성적이나 생리적으로 불균형이 발생하면 소위 '삼잘'에도 문제를 일으킨다. 예컨대, 슬픔과 우울을 겪는 상황에서 입맛도 없고, 불면에 시달리며 의욕도 없어지게 된다. 그러면 '삼잘'을 즐긴다는 것은 그리 말처럼 쉽게 될 수 없다.

맞는 말이다. 실제로 말처럼 그리 쉽지 않다. 또한, 억지로 한다고 해서 그렇게 되지도 않는다. 그렇다고 마냥 손 놓고 모르는 체 방임할 수도 없는 일이다. 만일 그렇다면 자신을 사랑하지도 않는 것이고 자신을 망치는 일이다. 그러면 남을 사랑할 수 없고 미움과 원망, 그리고 남 탓으로 일관하게 된다. 그래서 한 생각을 돌이키고 한마음 바꿔서 자신을 아끼고 사랑하는 마음으로 잘 먹고, 잘 놀고, 잘 자려고 노력해야 한다.

그러다가 '삼잘'이 어느 정도 잘 유지되고 있는 자신의 상태를 알아차리게 되면, 그것을 더욱 강화하면 하루하루가 나답게 사는 행복한 삶이 된다. 그러나 아무리 노력해도 개선의 여지가 보이지 않더라도 자기 자신을 나무라지 말고 탓하지도 말며 '나는 안 돼!'라는 부정적 생각을 하지 말아야 한다. '아직 내 생각이 바뀌지 않았구나!' 하고 인정하고, '조금만 더 노력해 보자. 너는 변할 수 있어!'라며 자신을 격려하고 다독인다. 그러면서 서서히 생각을 바꾸려는 노력을 멈추지 않는다. 자신의 상황을 알아차리는 일을 게을리해서는 안 되고, 매일같이 꾸준히 삼칠기도(三七祈禱)하듯이 해야 한다. 이렇게 자신을 알아차리다 보면 규칙을 벗어났다가 다시 돌아오고, 돌아오면 다시 벗어나기를 반복하면서 조금씩 자리를 잡아 간다. 반복하는 횟수가 늘어날 때마다 벗어나는 정도가 작아지면서 점점 개선되고 있음을 알게 된다. 그러다 보면 어느새 슬픔에서 벗어나 정상적인 일상생활을 누리고 있는 자신을 발견하게 된다.

그럴 때마다 프랑스 심리학자인 에밀 쿠에 드 라 샤테네레(Émile Coué de La Châtaigneraie, 1857~1926)의 명언을 되새겨 보자. "나는 날마다 모든 면에서 점점 더 좋아지고 있다(Day by day, in every way, I'm getting better and better.)"

모든 일은 내 생각대로 또는 원래 계획대로 순조롭게 진행되는 경우는 별로 없다. 그렇다 할지라도 원대한 목표를 세우고, 언제까지 달성하겠다는 시점도 설정해 놓고 의욕이 넘치게 도전하는 것은 대견한 일이다. 설사 피치 못할 사정으로 계획이 수정되더라도 너그러이 수용하는 자세를 취하는 것이 좋다. 그러나 달성 불가능한 목표를 세우고 도전하는 것은 넘지 못한 파도를 넘겼다고 허세를 부리는 것과 같고, 산악보호장비를 갖추지 않은 채 깎아지른 절벽을 맨손으로 오르려는 무모한 짓과 같다.

대개 말이 생각보다 앞서고, 생각이 실천보다 앞선다. 왜 그럴까? 말이란 공기 중에 소밀파 형태로 전달되는 소리로 바람처럼 가볍게 날아다니지만, 생각이란 공기보다 상당히 무거운 뇌 속에서 생겨나는 것이니 말처럼 가볍게 움직일 수 없다. 그런가 하면 실천이란 생각보다 매우 무거운 몸뚱이를 움직이는 것이니 가장 늦게 반응한다. 그래서 말의 속도만큼 몸은 쉽게 따라갈 수 없고, 이전의 상태에 익숙해져 새로운 것에 대해 원래 습관으로 되돌아가려는 관성과 변화를 거부하려는 반작용이 일어난다. 오죽하면 작심삼일(作心三日)이란 말이 생겨났겠는가?

처음부터 과분한 목표를 설정하는 것은 실패를 초래할 확률이 높아 오히려 좌절감과 자존감만 더 떨어지게 한다. 따라서 목표도 단계적으로 실행 가능한 것부터 차례로 세우고 달성하면서, 자신감과 자존감을 서서히 높여 가며 실천해 나가야 한다.

슬픔을 슬픔으로 보지 않고 내가 살아가는 세상에서 어쩔 수 없이 생겨났다 사라져 가는 자연스러운 것으로 생각하는 데 도움이 되는 노자의 도덕경 제29 자연장(自然章) 중의 한 구절을 소개한다.

> 聖人無爲, 故無敗, 故無失。(성인무위 고무패 고무실)
> 성인은 무위(無爲)로 행하니
> 실패할 것도 없고, 잃어버릴 것도 없다.

이 말을 곱씹어 보면, 세상은 대자연의 신기하고도 신성한 것이어서, 자연의 의향과 본성을 어기면서 자기가 하고 싶은 대로 함부로 행패를 부리는 사람을 감히 허락하지 않을뿐더러, 자기가 원하는 방향으로 통제하려는 사람도 허용하지 않는다. 그러므로 현명한 사람은 무위(無爲)를 행한다. 여기서 무위라는 것은 하는 것이 없는 것이 아니라 물처럼 바람처럼 자연의 순리에 어긋나지 않으면서 자신에게 주어진 삶에 충실하게 사는 것을 말한다. 그러나 간혹 무위를 할 일이 없는 것으로 오해하고, '노인들이 무위하다'라고 표현하는 소위 전문가들이 있다는 것이 안타깝다.

앞서 말한 잘 먹고 잘 자고 잘 노는 이른바 '삼잘'을 언제까지 성취하겠다고 목표를 설정해 놓고, 억압하거나 강제하지 않고 단지 그렇게 되려고 노력할 뿐이니 어찌 실패가 있을 수 있겠는가? 혹여 입맛이 돌아와서 잘 먹고, 마음이 편안해져서 잠을 잘 자고, 긍정적인 마인드셋(Mindset)으로 활발하게 활동하게 되었다고, 다시는 그런 힘든 불균형 상태로 돌아가지 않겠다고 의식적으로 꽉 붙잡을 필요가 없다. 이전의 상태로 돌아가면 그냥 그것을 알아차리기만 하면 되니, 잃어버릴 것이 없다. 따라서 실패할 일도, 잃어버린 것도 없으니 마음 상할 것도 없다.

모든 사물은 오면 가고, 가면 오는 것이 당연하다. 이런 것이 바로 무위의 삶이다. 이렇게 생각하면 슬픔이라는 놈은 마치 비구름이 바람에 밀려와서 높고 푸른 맑은 하늘을 덮고 한차례 억수를 퍼붓고 홀연히 떠나가는 자연현상 중의 일부로 느끼게 된다. 그러면 슬픔도 내 삶의 일부라는 것을 알아차린 후, '나답게 사는 행복'을 찾아 떠나는 여행을 시작할 수 있게 된다.

즐거움(樂) 편

삶의 질 향상에 도움이 되는 즐거움을 잘 다루는 '칠법(七法)'을
소개한다. 그 방법은 개인의 성향에 따라 다양할 수 있으므로,
자신에게 맞는 방법을 찾아 실천하는 것이 중요하다.

좋아한다는 것이 즐기는 것일까?

즐거움이란, 일반적으로 만족감과 행복을 느끼는 긍정적인 감정으로 다양한 활동이나 경험에서 발생하며 삶의 질을 높이는 데 도움이 된다. 이 즐거움은 매우 주관적인 경험이어서 개인의 성격, 경험, 환경 등에 따라 사람마다 제각기 다르게 느낄 수 있다.

예컨대, 어떤 사람은 등산할 때, 어떤 다른 사람은 낚시할 때 즐거움을 느낀다. 또 패러글라이딩, 윙수트, 암벽이나 빙벽 등반과 같이 거의 극한의 스릴을 경험할 수 있는 익스트림 스포츠와 함께할 때 즐거움을 느낀다. 또는 미술품, 우표, 피규어 등과 같이 자신의 흥미와 관심이 있는 것을 수집하면서 즐거움을 느낀다. 그런가 하면 어떤 변화보다는 익숙한 일상적인 경험에서 -식도락 취미나 소셜 미디어를 이용하여 타인과 소통하고 정보를 공유하거나 가족 및 친구와의 교류- 즐거움을 느낀다. 또 어떤 사람은 새로운 장소를 방문하고 새로운 문화를 경험하는 여행이나 새로운 언어를 배우는 것, 새로운 취미나 기술을 습득하고 새로운 진로를 탐험하고 새로운 산업이나 분야로 이동하는 것 등에서 즐거움을 느낀다. 그런가 하면 자신과 관련된 행위에 국한하지 않고 다양한 사회 문제에 직접 참여하고 이바지하는 사회 봉사활동을 하면서 즐거움을 느낀다.

한편, 즐기는 형태에 있어서 어떤 사람은 혼자서 즐기는 것을 좋아하고, 어떤 사람은 다른 사람들과 함께 즐기는 것을 좋아한다. 또 취미나 여가 활동을 넘어서 자신만의 사업을 경영하거나 창업에 참여하는 등 경제 활동에서 즐거움을 느낀다.

그럼 즐거움은 언제 느낄 수 있을까?

우리가 즐거움을 느끼는 순간은 매우 주관적인 경험에 따라 달라질 수 있으나 대개 가족이나 친구와 함께 시간을 보내면서 재미있는 이야기를 나눌 때 즐거움을 느낀다. 또 음악, 운동, 등산 등 다양한 취미 활동이나 관심에 몰두하면서 시간을 보낼 때 즐거움을 느낀다. 그리고 목표를 달성하였거나 무엇을 성취하였을 때, 그런가 하면 자연 속에서 휴식을 취하며 자연의 이치를 깨달아 가는 과정 자체에서 즐거움을 느낄 수도 있다.

이외에 다른 사람의 고통이나 불행을 보면서 즐거움을 느끼는 사람도 있을 수 있다. 이는 인간의 본능적인 욕구 중 하나인 사디즘(Sadism)이다. 이러한 성향은 개인의 성격, 환경, 경험 등에 따라 다양한 원인이 있을 수 있다. 다른 사람의 고통을 보면서 즐거움을 느끼는 것은 타인에게 큰 상처를 줄 수 있으므로 삼가는 것이 좋다. 만일 미워하는 대상에게 한정하여 사디즘의 감정을 느낀다면 미움의 대상을 존경이나 감사의 대상으로 생각을 바꾸면 사라진다. 그러나 불특정 다수를 대상으로 그런 감정을 느낀다면 전문가의 도움을 통해 자신의 성향을 파악하고 이를 개선하는 방법을 배우는 것이 좋다.

즐거움과 쾌락은 같은 것일까?

즐거움이란, 인간이 느끼는 감정 중의 하나로 행복하고 만족을 느끼는 긍정적인 감정이다. 반면 쾌락이란, 즐거움과 유사한 개념이지만 감성의 만족이나 욕망의 충족에서 오는 유쾌한 감정이다. 즐거움은 일상생활에서 일반적이고 일시적으로 느끼는 작은 행복이나 만족감이라 할 수 있지만, 쾌락은 일시적인 즐거움뿐 아니라 물질적이고 활동적이며 지속적인 즐거움을 포괄한다고 말할 수 있다. 쾌락을 추구하는 것은 항상 좋은 것만은 아니며, 때로는 고통이나 어려움을 감수해야 할 수도 있다. 따라서 적절한 균형을 유지하면서 삶의 만족도를 높이는 것이 매우 중요하다.

종교에서도 쾌락을 좇는 행위를 경계하도록 하고 있다. '숫타니파타'에서는 "세상의 유희나 오락이나 쾌락에 만족하지 말고 관심도 가지지 말라. 꾸밈없이 진실을 말하면서, 무소(코뿔소)의 뿔처럼 혼자서 가라"고 말한다. 쾌락의 만족을 경계하고 진실을 추구하라는 법문이다. '디모데후서' 3장에서 그리스도 예수의 사도 바울은 사랑하는 아들 디모데에게 쓴 편지에 "말세에는 쾌락을 사랑하기를 하나님 사랑하는 것보다 더하다"라며 육신의 정욕을 좇는 쾌락에 대해 엄중히 경계했다.

좋아하는 것은 즐기는 것일까?

"내가 좋아하는 것을 나는 즐기고 있는 것일까?"라는 의문이 생긴 적이 있다. 그래서 좋아한다는 것과 즐긴다는 것을 생각해 본다. 어떤 대상에 대해 긍정적인 감정을 느끼고 관심을 갖는 것을 좋아한다고 말한다. 예를 들어, 어떤 종류의 음식을 좋아한다고 말하면, 다른 음식보다 그 음식을 더 선호할 확률이 높다. 이는 개인적인 취향과 관련이 있으며, 감정적으로 연결되어 있다. 반면에, 어떤 대상에 적극적으로 참여하고, 그것을 통해 만족감과 행복을 느끼는 것을 즐긴다고 말한다. 이는 특정한 순간 또는 활동을 경험하면서 느끼는 긍정적인 감정을 나타낸다. 예를 들어, 가족이나 친구와 함께 차를 마시며 대화를 나누거나 영화를 보면서 시간을 즐겁게 보내는 것 등이다.

정리하자면, '좋아하는 것'은 개인적인 취향이나 선호도를 나타내고, '즐기는 것'은 특정한 순간이나 활동을 경험하면서 만족감과 즐거움을 느끼는 것이라 정의할 수 있다. 예를 들어, 축구를 좋아하는 사람이 있다고 가정하자. 이 사람은 축구 경기를 보는 것을 좋아하는 것은 물론 축구 선수들의 경기력에 관해 관심을 지닌다. 하지만 이 사람이 축구를 즐기는 것은 아니다. 축구를 즐기는 사람은 축구 경기에 직접 참여하고, 그것을 통해 만족감과 즐거움을 느끼는 사람이다. 따라서 좋아하는 것과 즐기는 것은 서로 다른 개념이지만, 밀접한 관련이 있다. 좋아하는 것은 즐기는 것의 기초가 되며, 즐기는 것은 좋아하는 것을 더욱 발전시키는 것이라 할 수 있다.

우리가 어떤 일을 좋아하면 그 일을 즐기게 될까?

어떤 것을 좋아하다 보면 그것에 관한 관심과 열정이 생기고, 자연스럽게 그 활동을 즐기게 된다. 예컨대, 음악을 좋아하는 사람은 음악을 들으면서 느끼는 감정과 감동 때문에 음악을 즐기게 된다. 이는 각종 가요교

실에서 노래 배우기 또는 각종 악기동호회에 가입해 다양한 악기 연주 기술을 습득하는 취미 활동 등이다. 그러다가 노래와 악기 연주의 실력이 일정 수준에 도달한 사람들은 음악그룹을 형성해 연주회라든가 자선음악회 등의 봉사활동으로 발전해 간다. 그들은 음악 자체를 즐기면서 자기 나름의 행복한 삶을 꾸려 나간다. 이처럼 좋아하다 보면 즐기게 되는 것은 자연스러운 현상이지만 개인의 성향과 경험에 따라 다를 수 있다.

어떤 것을 좋아하더라도 그것에 관한 관심과 열정이 생기지 않을 수도 있고, 그 활동에 참여하여 즐기는 것이 어려울 수도 있다. 예컨대, 어떤 사람이 수려한 산수풍경을 보는 것은 좋아하지만, 등산하면서 산의 속살을 체험하고 즐기는 것을 선호하지 않는 경우가 많이 있다. 자신이 좋아하는 것을 즐기려 한다면, 자신이 좋아하는 것에 대해 끊임없이 탐구하고 그것에 대한 지식과 기술을 습득하고, 그 활동을 즐기는 방법을 찾는 것이 필요하다.

잘 알려진 말로, 어차피 하는 일이라면 그 일을 즐기라고들 말한다. 그러나 일을 즐기는 것은 그리 녹록하지 않다. 좋아서 하는 일은 자신이 원하는 일이기 때문에 동기부여가 잘 되고, 적극적으로 참여하며, 만족도가 높고, 성과가 좋으며, 미래에 대한 비전이 있다. 반면에 어쩔 수 없이 하는 일은 자신이 원하지 않는 일이기 때문에 동기부여가 잘되지 않고, 수동적으로 참여하며, 만족도가 낮고, 성과가 좋지 않으며, 미래에 대한 비전도 없다. 그럼, 일을 즐기려면 어떻게 해야 할까?

어쩔 수 없이 하는 일을 즐기려면 이렇게 해 보면 어떨까?

어떤 일을 시작하기 전에 단계적 목표를 설정하고, 그 목표를 향해 꾸준히 노력한다. 그렇게 해서 목표가 달성되면, 일의 성취감을 느낄 수 있고 하는 일에 대한 자신감과 만족도가 높아져 동기부여를 받게 된다. 목표를 달성하겠다는 강한 의지 와 의욕을 갖는 것은 좋으나, 그로 인해 일에 대한 노예나 워커홀릭(workaholic)이 되어서는 안 된다. 일하면서 취하는 적당한 휴식은 몸과 마음을 편안하게 하고 일에 대한 집중력이 높아져 성취도가 휴식을 취하기 전보다 훨씬 향상된다.

다른 방법으로 새로운 기술을 배우거나 새로운 프로젝트를 시도해 보는 것은 일을 더욱 흥미롭게 만들 수 있다. 이러한 도전에 자신이 잘하는 것을 통합하고, 그 일에 완전히 몰두하면 만족감을 느낄 수 있고 일이 즐거워질 수 있다. 예컨대, 드론 조정 기술이나 3D 프린터 기술 등 최신 기술을 습득하여 업무에 적절하게 활용하면 결과를 돋보이게 할 수 있다.

또한, 동료들과 소통하고 협력하면서 일의 진행 상황을 공유하고, 일의 흐름을 스스로 조절하고 개선 아이디어를 주도적으로 제안해 보면 일에 대한 열정이 높아진다. 이는 달리기에서 후미보다 선도주자로 달리는 것이 덜 힘든 이치다.

이러한 방법들을 시도하면서 자신에게 가장 적합한 방식을 찾는다. 일을 즐기면 업무 효율성뿐만 아니라 자신의 성장과 성숙에도 도움이 되고 일상적인 삶의 만족도도 높아진다. 이는 '나답게 사는 행복'이 웃으며 다가오게 하는 꽃향기와 같다.

10대 전략으로 일을 즐긴다

지금 자기가 직업으로 선택한 업종에서 수행하고 있는 일이나 업무를 죽도록 좋아하지는 않지만, 그럭저럭 좋아하고 즐기는 사람이 얼마나 될까? 아마도 일을 하지 않으면 경제적으로 어려움을 겪기 때문에 어쩔 수 없이 일을 해야 하는 경우가 대부분이지 않을까 생각한다. 일부는 자신의 적성에 맞지 않아 전직을 고려하고 있는 사람들도 제법 있다.

그러나 조상으로부터 물려받은 유산이 많거나, 어쩌다 쓸모없을 것 같은 땅이나 아파트가 재개발 같은 게 되어서 벼락부자가 되거나, 로또나 복권 등이 당첨되는 행운으로 일확천금(一攫千金, 단번에 천금을 움켜쥔다는 뜻으로, 힘들이지 아니하고 단번에 많은 재물을 얻음. 또는 그 재물을 이르는 말)이 생겨 갑작스럽게 부자가 된 졸부들이라면, 구태여 일을 하지 않고도 어려움 없이 지낼 수 있을지도 모른다.

그렇다 해도 일하지 않으면 사회적 관계를 형성하기 어렵고 사회적으로 소외될 수 있다. 또한, 자신의 능력을 발휘할 기회가 없으므로 개인의 발전을 기대할 수 없을뿐더러 자신의 가치를 인정받을 수도 없다. 따라서 경제적인 이유를 떠나 사회구성원으로서 사회적 책임을 갖고 사회에 기여하는 것은 물론 자아발전을 위해서라도 일을 하는 것이 바람직하다.

이처럼 일을 통해 자신이 도움을 얻을 수 있는 긍정적인 측면도 있지만, 일하면서 스트레스를 받거나 자신의 능력에 비해 과도한 업무를 맡게 되는 경우 오히려 자신에게 해가 미치는 부정적인 측면도 있을 수 있다. 그러므로 직업을 선택할 때 자신의 적성을 고려하여 신중하게 선택하는 것이 중요하다.

앞에서 어쩔 수 없이 하는 일이라면 즐기라고 말했다. 그렇게 일을 즐기기 위한 몇 가지 방법도 언급했다. 그것에 덧붙여 지금 내가 하는 업무를 즐기고자 할 때 어떤 전략이 필요할까 생각해 본다. 이것이 이른바 '일을 즐기는 10대 전략'이다.

첫째, 업무 중 어떤 부분이 자신의 강점과 흥미와 연결되어 있는지 찾아본다. 자신이 잘할 수 있고 즐길 수 있는 부분을 찾아 업무에 녹여 넣을 수 있으면 일이 즐거워진다.

둘째, 업무에 명확한 목표를 단계적으로 설정한다. 그 목표를 달성하는 과정에서 성취감을 느끼면 업무에 대한 즐거움이 커질 수 있다. 목표를 달성할 때마다 자신에게 스스로 보상을 주는 것도 좋은 방법이다.

셋째, 업무를 계획하고 업무의 흐름을 스스로 조절하며 주도적으로 일하도록 한다. 이는 자율성과 책임감, 그리고 일에 대한 만족도를 높일 수 있다.

넷째, 새로운 것을 배우거나, 새로운 것에 대한 도전과 시도를 한다. 이처럼 자기 발전에 집중하면 단조로운 일의 루틴을 깨고 새로운 일에 대처하는 능력이 생긴다. 이는 자신의 업무에 대한 흥미를 유지하는 데 도움이 될 수 있다.

다섯째, 자신의 업무에 대한 피드백을 수행한다. 이는 자신의 강점과 약점을 파악하고 개선하여, 더 나은 결과를 향해 계속 발전할 수 있게 한다.

여섯째, 동료들과의 긍정적인 소통과 협력을 한다. 이는 업무 환경을 개선하고 업무에 대한 즐거움을 증대시킬 수 있다. 팀원들과의 협업을 통해 새로운 아이디어를 공유하고 문제를 해결하는 과정에서 즐거움을 찾을 수 있다.

일곱째, 지나치게 업무에 몰두하지 않고 적절한 휴식을 취한다. 이는 업무에 대한 피로를 줄이고 더욱 즐겁게 일할 수 있게 한다. 예컨대, 자연과 함께하거나 독서, 명상 등을 통해 심신을 이완시킨다.

여덟째, 어떤 상황에서도 긍정적인 마인드를 유지한다. 그러면 업무의 어려움에 대처하기가 더 쉬워지고 일을 즐길 수 있게 된다. 긍정적인 태도는 주변으로 달콤한 꽃향기처럼 퍼져 나가 팀 전체의 분위기를 화사하게 개선한다.

아홉째, 자기가 잘할 수 있거나 적성에 맞는 일이나 업무를 한다. 그러면 관심과 열정이 생기고, 자연스럽게 그 일이 좋아지고 즐기게 된다.

열째, 일하는 직장에서 대인관계를 원만하게 잘 유지하고 관리한다. 일의 즐거움을 느끼기 위해서는 직장에서의 자신과 일은 물론이요, 대인관계도 잘해야 한다. 이를 위한 감정 조절 기법과 대인관계 기술을 습득해 두는 것이 좋다.

이러한 전략들을 통해 자기의 일이나 업무에 대한 태도와 관점을 조절하면 일을 더 즐길 수 있고 흥미롭게 할 수 있다.

여기서 인간관계를 잘 맺고 유지하는 방법을 배우기 위해 노자의 도덕경 제27 습명장(襲明章) 중에 나오는 다음과 같은 구절을 인용한다.

善結, 無繩約而不可解。(선결 무승약이불가해)

잘 묶은 매듭은 밧줄로 묶지 않아도 풀 수가 없다.

이 말을 곱씹어 보면, 노자가 말하는 '잘 묶은 매듭(善結)'이란 신발이 벗겨지지 않게 신발 끈을 야무지게 잘 매는 것이 아니고, 수레의 짐이 떨어지지 않게 밧줄로 꽁꽁 잘 묶는 것도 아니다. 이는 끈이나 밧줄을 사용하지 않고도 인연을 옴짝달싹 못 하게 묶을 수 있다는 말이다. 그렇다고 사이비 교주가 되라는 말은 결코 아니다. 예컨대, 사물을 꽁꽁 댕겨 맨 끈이라면 손으로 풀기 쉽지 않지만, 가위나 칼을 사용하여 끈을 끊으면 쉽사리 사물을 풀 수 있다. 또 사랑의 밧줄로 꽁꽁 묶은 남녀지간의 인연은 철석같지만, 강한 집착이 빚어낸 애정의 욕구가 충족되지 않으면 서로의 불만과 갈등 등이 누적된다. 이것이 사랑의 경계를 넘어서면 결국 꽁꽁 묶인 사랑의 밧줄도 스르르 풀어질 수밖에 없다.

그럼 어떻게 해야 일이든 사람이든 꽁꽁 묶을 수 있을까? 만일 묶을 대상 자체를 아예 없앨 수 있다면 이보다 더 잘 묶은 것은 세상 어디에도 없을 것이다. 그러나 사람들은 자신을 욕망이나 사랑의 밧줄로 옭매어 둔다. 차고 넘치는 바구니가 옆에 있어도 만족하지 못하고 더 큰 바구니를 가져다 다시 채우려는 끊임없는 욕망을 멈추지 않는다. 또한, 사랑하는 사람에 대한 기대감이 충족되면 더 큰 사랑의 결과를 확인하고픈 의구심이 꿈틀거린다. 그러다 애착이 만족되지 않으면 실망과 좌절을 겪게 되고, 끝내 이별의 고통을 맛보게 된다. 자신을 욕망과 사랑이란 밧줄로 옭매었지만, 그것은 봄날에 얼음 녹듯이 슬슬 풀리고 마는 부질없는 짓이 되고 만다.

'법구경(法句經)'에서 이르기를 "사랑하는 사람을 만들지 말고 미워하는 사람도 만들지 말라. 사랑하는 사람은 못 만나서 괴롭고 미워하는 사람은 만날까 두려움이 있다."라고 하였다.

그러하기에 이 세상에 태어나서 '내 것'이라고 할 만한 것이 하나도 없다는 것을 깨닫고 그저 내가 지금 생활하는 데 필요한 것만큼만 취할 줄 알아야 한다. 이것이 바로 진정한 무소유(無所有)다. 그리고 모든 만물에 대해서 구속하려는 헛된 마음을 품지 않고 아무런 구속 없이 그것들이 되어 가는 대로 내맡길 줄 알아야 한다. 그러나 오해하지 말아야 한다. 이는 '나는 모르는 일이야'라는 식으로 방임하고 방관하라는 것은 절대 아니다.

예컨대, 끈으로 물건을 묶어 두듯이, 그럴싸한 명분이나 인맥의 끈으로 많은 사람을 끌어 모아 두지 않는 것이다. 그냥 수많은 사람이 오가는 문을 활짝 열어 놓는 것뿐이다. 그러면 자유롭고 분주하게 오고 가는 마실이 이뤄지니 그것이 사람을 하나로 묶는 밧줄이 된다. 오는 사람 막지 않고 가는 사람 잡지 않는 바람처럼 물처럼 흘러가는 인연의 밧줄인 셈이다. 사람들의 마음에 걸림이 없어지니 그 조직은 평안하게 된다. 환희가 넘쳐나는 그 조직에서 어찌 사람들이 힘들고 괴로워서 떠날 수 있겠는가?

일이나 업무에 대한 집착, 그로부터 얻어지는 승진과 재물 획득 등에 대한 갖가지 기대와 욕망, 그리고 억지로 맺으려는 대인관계에서 홀연히 벗어나야 한다. 그래야 비로소 일이나 업무가 좋아지고 인간관계도 원만해져서 진정으로 자유롭고 즐거움다운 즐거움을 누릴 수 있다.

그러면 일도 업무도, 내 주변의 사람도 자신으로부터 떠나갈 수 없으니 이보다 속박에 능한 사람이 어디에 있을까? 이러한 넉넉함과 자유로움, 그리고 자연스러움은 '나답게 사는 행복'이 제대로 익어 가도록 하는 기초적인 환경이 된다.

즐거움을 다루는 '칠법'을 시작한다

즐거움을 잘 다루면 우리의 삶의 질 향상에 도움이 된다. 즐거움을 다루는 방법은 우리의 성격이나 관심사 및 상황에 따라 다를 수 있으므로, 자신에게 가장 적절한 방법을 찾아 실천하는 것이 중요하다.

여기서는 즐거움을 다루는 방법으로 행운의 숫자로 알려진 칠(7) 또는 수명장수를 기원하는 칠성(七星)의 개념에서 '칠(七)'과 물(氵)이 흘러가듯(去) 하는 법(法)을 도입하여 '칠법(七法)'을 이야기한다. 첫 번째 방법으로 단계적 목표를 설정하고 실천하기, 두 번째 방법으로 함께하는 삶을 누리기, 세 번째 방법으로 나를 기쁘게 하는 활동하기, 네 번째 방법으로 현재의 지금에 충실하고 집중하기, 다섯 번째 방법으로 자연과 함께하기, 여섯 번째 방법으로 나에게도 남에게도 베풀며 살기, 일곱 번째 방법으로 나를 아끼고 사랑하며 돌보기 등이다.

이제부터 즐거움을 다루는 '칠법'을 하나씩 짚어 가며 나답게 사는 행복에 관한 이야기를 펼친다.

즐거움을 다루는 첫 번째 방법으로 단계적 목표를 설정하기다. 목표를 설정하고, 그 목표를 향해 나아가는 과정에서 즐거움을 찾는다. 목표 달성은 자신감과 성취감을 높여 줄 뿐 아니라 긍정적인 감정을 불러일으킨다. 단, 작은 목표부터 시작해서 큰 목표로 단계적으로 설정하는 것이 바람직하다.

예컨대, 산악인의 간절한 소망은 히말라야산맥의 최고봉이자 지구에서 가장 높은 산인 해발 8,848.86m인 에베레스트산(Mount Everest) 등정일 것이다. 그렇지만 그들은 결코 마음만 먹으면 단박에 도전할 수 있는 산이라고 여기지 않는다. 사전에 철저한 준비과정을 거친다. 단계적 목표로 설악산, 한라산, 월악산 등등 높은 산을 산행한다. 이런 훈련을 통해 팀워크 향상과 체력 증진, 그리고 심폐기능을 강화한다. 그리고 그런 능력이 일정 수준에 도달했을 때 꿈에 그리던 에베레스트 등정에 나선다.

목표의 추진과 달성을 통해 느끼는 즐거움을 다루어 환희의 삶으로 승화시키기 위해 노자의 도덕경 제63 무난장(無難章) 중에 나오는 한 구절을 되새겨 본다.

> 爲無爲, 事無事, 味無味。(위무위 사무사 미무미)
> 무위(無爲)로써 행위를 하고,
> 무사(無事)로써 일에 종사하며,
> 무미(無味)로써 인생의 맛으로 삼는다

이처럼 목표를 향해 달려감에 있어 '함이 없이, 일없이, 맛없이' 하라는 것을 지표로 삼는다. 우리가 자연의 변화에 순응하면서 인위적으로 하지 아니하고 무탈한 방법으로 모든 일을 처리하며, 세상의 물욕(物慾)에 담담하게 처신한다면 어찌 우리의 삶이 즐겁지 않을 수 있겠는가?

그럼 "무위로써 행위를 한다."라는 말을 생각해 보자. 무위로써 행위란,

자연법칙에 순응하고 제멋대로 하지 않는 것이다. 즉, 욕망에 휩쓸려 억지로 일을 만들고 마구 못된 짓을 해서는 안 된다는 말이다. 욕망은 나에게는 재앙이고 종기고 화근이며, 병이고 화살이고 공포다. 이러한 두려움이 있는 것을 알고 욕망을 이겨 내야 한다.

여기서 무위는 아무것도 하지 말라는 것이 아니라, 자연에 순응하는 무위자연(無爲自然)의 삶을 말한다. 예컨대, 어떤 일을 할 때 주관적 의지를 강요하거나 주관적인 의지로 사물의 객관성을 바꾸려 하지 않는다. 즉, 자기 주관을 버리고 객관적인 것에 순응한다. 그러면 하지 못할 것이 없는 이른바 무소불위(無所不爲)가 된다.

다음으로, "무사로써 일에 종사한다."라는 말을 생각해 보자. 이는 괜히 일을 만들어서 나에게 위험을 초래하느니 아예 처음부터 일하지 않는 것이 아니다. 이는 사물의 발전 법칙을 준수하여 일을 처리할 뿐 문제를 일으켜 세상을 어지럽게 하지 않는 것이다. 예컨대, 세상을 변화시키는 도전은 시대적 과제다. 그러나 어떻게 변화시킬 것인지 구체적 목표가 없는 무모한 도전은 이룰 수 없는 꿈이며 고통일 뿐이다. 무모는 억지를 불러오고, 억지는 중도 하차로 이어져 좌절과 실망의 고통을 겪게 된다. 따라서 이런저런 부작용을 낳지 않는 이른바 무탈한 도전이야말로 아름다운 도전이고 큰일을 성공시킬 수 있다. 그러나 아이러니하게도 세상 물정에 무지하면서도 아만과 고집에 집착해 시대적 흐름에 역행하는 -예를 들자면 RE100(Renewable Electricity 100%, 2050년까지 기업 소비 전력의 100%를 재생에너지로 조달하도록 유도하는 민간 차원의 캠페인)을 강조하는 재생에너지의 시대적 대세를 원자력 에너지를 포함시킨 무탄소연합을 조직해 억지로 환경에너지의 시대적 흐름을 바꾸려는 무모한 짓- 일을 아무 거리낌 없이 저지르는 지도자들이 있으니 세상 사람들의 조롱거리이자 참으로 한심한 작태일 뿐이다.

마지막으로, "무미로써 인생의 맛으로 삼는다."라는 말을 곱씹어 보자. 무미는 무미건조(無味乾燥, 재미나 멋이 없이 메마름)함을 의미한다. 그런데 왜 이것을 인생의 맛으로 삼으라고 말하는 것일까? 참으로 아이러니하다. 인간의 욕망은 끝이 없다. 이런 마음은 세상을 바꾸는 심장이고 힘이다. 그러나 과도한 욕망은 분에 넘치는 욕심을 키운다. 지나친 욕심은 나를 잃어버리게 하고 경박 속으로 깊게 빠져들게 하여 자신을 파괴한다. 과욕은 용서받지 못할 길로 꾀는 악마다. 욕망은 실로 그 빛깔이 곱고 감미롭기에 나를 즐겁게 하고, 여러 가지 모양으로 마음을 산산이 흩트려 놓는다. 이 악마의 유혹이 불기둥처럼 퍼져 나가지 않게 하려면 집착을 넘어 집착이 없어야 한다. 집착에서 벗어나면 욕심이 사라지고 사리사욕에 담담해져서 마음이 편안해진다. 선과 악, 크고 작음, 많고 적음이 모두 하나로 묶어져 온 세상이 밝게 빛난다. 남들이 보기엔 비록 재미도 멋도 없는 메마른 삶과 같지만, 이 어찌 환희의 삶이 아닌가.

재물이든 권력이든 심지어 삶이든 그 모든 것은 하늘에 떠 있는 구름처럼 잠시 머물다가 떠나간다. 변화를 거부하거나 억지로 바꾸려 하는 것은 무모한 짓이다. 세상이 변해 가는 강물에 삶의 배를 띄우고 그 물결을 타고 가는 것이 다스림과 협조의 극치다. 이렇게 행할 때 '나답게 사는 행복'도 역시 극치에 이를 수 있지 않을까?

함께하는 삶을 누린다

　즐거움을 다루는 두 번째 방법은 함께하는 삶을 누리기다. 가족 및 친구들과 함께 시간을 보내거나 같은 공동체에 소속된 사회구성원들 또는 새로운 사람들과 소통하면 행복과 만족을 느낄 수 있다. 이는 즐거움을 높이는 데 도움이 된다.

　우리가 혼자 있을 때 어떤 느낌을 받게 될지, 어떤 난처한 상황에 놓이게 될지를 상상해 보자. 아마도 가장 먼저 생각나는 것은 다른 사람들과의 소통 단절로 인한 고독감을 느끼고 정서적으로 어려움을 겪고 있는 모습일 것이다. 이는 코로나바이러스 감염증-19로 인해 지난 2년 동안 너무나 고통스럽게 경험했다. 이 질병은 2019년 12월 중국 후베이성 우한시에서 원인 불명의 폐렴이 집단 발병하면서 전 세계를 감염시켰다. 코로나바이러스 감염증-19의 집단 감염을 예방하기 위한 재택근무, 화상회의, 온라인 강의 등의 비대면 조치는 사이버 공간에서의 활동을 촉진했다. 이로인해 비대면 사회, 원격 사회로의 급속한 전환이 이뤄졌다. 이러한 거리두기의 새로운 일상으로 혼밥이 친숙한 사회 풍조가 되었다. 우울증 환자나 은둔자의 수가 증가하는 등 수많은 사회적 부작용도 일으켰다.

　또 우리가 혼자 있게 되면 모든 문제를 스스로 해결하거나 결정을 내려야 하는 심리적 부담으로 스트레스와 불안을 겪는다. 더욱이 물리적 위험에 노출될 경우는 매우 치명적이다. 그런가 하면 가정일, 일상적인 작업, 금전적인 문제 등 생활의 다양한 측면에서 어려움이 생긴다. 이러한 어려움 역시 공동체 의식 및 사회적 자본을 약하게 만든 코로나바이러스 감염증-19를 거치면서 경험했다. 꼼꼼하게 국민을 챙기지 못하는 정부의 각종 정책 등은 민초(民草)들이 각자도생(各自圖生, 제각기 살아 나갈 방법을 꾀함)의 길을 가게 했다. 이 때문에 복지와 권리의 사각지대에서 고통에 신음하는 소외계층은 더 많이 증가했다. 재난은 사회적 약자에게 더 큰 피해와 고통으로 다가오기 마련이다.

이러한 어려움을 극복하기 위해 우리는 다양한 방식으로 다른 사람들과 소통하고 협력하면서 관계를 형성하며 생활해야 한다. 그런데 지금 우리의 현실은 어떠한가? 사이버 공간의 핵심 인프라로 등장한 인터넷 덕분에 다양한 정보 교류가 손쉽게 이뤄지고, 소셜 미디어의 활동이 활발하게 전개되고 있다. 이로 인해 직접적인 대면 활동이 줄어들고, 사회적 약자에 관한 관심은 감소하고 있다.

OECD(Organization for Economic Co-operation and Development, 경제협력개발기구)가 2018~2020년 통계를 바탕으로 발표한 내용에 따르면, 우리나라의 자살률이 OECD 회원국 중 가장 높은 것으로 나타났다. 아울러 노인 자살률 역시 압도적으로 1위라는 사실은 우리를 더욱 슬프게 한다. 준비가 되지 않은 초고령사회에서 나타나는 어두운 현상이다. 그런가 하면 소외계층 일가족 사망이나 홀로 사는 노인의 사망이 뒤늦게 발견되었다는 뉴스는 사회적 자원의 수준을 지금보다 강화해야 한다는 것을 시사한다. 따라서 우리 사회는 가족처럼 동행(同行)하는 끈끈한 사회 공동체가 필요하다.

우리는 사회 공동체를 통해 다른 사람과 상호작용을 한다. 서로 정보를 교환하고 지식을 습득하며 다른 사람들로부터 지지와 지원을 받기도 한다. 또한, 기쁨, 슬픔, 분노, 즐거움, 사랑 등의 감정을 다른 사람들과 함께 나누며 감정적 공감대를 형성하기도 한다. 이제 서로의 처지를 이해하고 인정하며, 관심과 배려를 실천하여 다정다감(多情多感)하게 동행하는 사회관계를 형성하는 데 앞장서야 한다.

이처럼 다른 사람과 함께할 때 느끼는 즐거움을 환희의 삶으로 승화시키기 위해 노자의 도덕경 제23 동도장(同道章) 중에 나오는 다음의 말을 삶의 지표로 삼는다.

同於道者, 道亦樂得之; (동어도자 도역락득지)

同於德者, 德亦樂得之; (동어덕자 덕역락득지)

同於失者, 失亦樂得之。 (동어실자 실역락득지)

도(道)에 함께하는 사람은 도(道) 역시 얻어서 즐겁고,

덕(德)에 함께하는 사람은 덕(德) 역시 얻어서 즐거우며,

잃음(失)에 함께하는 사람은 잃음 역시 얻어서 즐겁다.

이 글귀를 얼핏 읽으면 뚱딴지같은 말이고 궤변처럼 느껴진다. 그래서 이 글귀 하나하나를 곱씹어 보기로 한다.

먼저, "도(道)에 함께하는 사람"이란, 자연의 섭리를 깨닫고 순응하며 살아가는 사람이다. 다시 말해, 자연의 이치에 따라 양심적으로 행동하며 자신이 하기 싫은 일을 남에게 시키는 일이 없고, 남이 하기 싫은 일을 솔

선수범(率先垂範, 남보다 앞장서서 행동해서 몸소 다른 사람의 본보기가 됨)하는 생활을 즐기는 사람이다. 사람들은 이러한 사람을 싫어할 까닭이 없고 오히려 함께하고자 자연스럽게 그에게 다가간다, 그를 알아보고 다가간 사람들 역시 양심적으로 행동하는 사람이다. 따라서 그가 도에 함께하는 사람을 얻은 것과 같으니 어찌 즐겁지 않겠는가! 그래서 예로부터 유유상종(類類相從, 같은 동아리끼리 서로 왕래하여 사귄다는 뜻으로, 비슷한 부류의 인간 모임을 비유한 말)이라 하지 않던가.

그러나 이른바 양심에 털 난 사람, 즉 사람의 도리를 알지 못하고 망동하는 사람에게는 절대 양심적으로 행동하는 사람이 곁에 있을 수 없다. 따라서 사람과 소통하고자 한다면 양심을 지녀야 관계가 계속되고 즐거운 삶이 된다.

"덕(德)에 함께하는 사람"이란, 양심을 근본으로 삼고 그것이 청정한 마음과 참된 말, 그리고 올곧은 행동이 겉으로 드러난 사람이다. 즉, 도에 함께하는 사람은 덕에 함께하는 사람이며, 덕에 함께하는 사람은 도를 실천하는 사람이다. 왜냐하면, 도가 겉으로 드러나는 것이 덕이기 때문이다. 후덕한 사람에게는 그윽하고 달콤한 향기가 퍼져 나와 주변 사람들에게 착한 영향을 미친다. 반면 부덕한 사람에게는 겉으론 후덕한 것처럼 보일지라도 눈에 보이지 않는 구린내가 진동하니 똥파리만 모여들어 시끌벅적하고 훗날 좋지 않은 결과만이 기다릴 뿐이다.

도에 함께하는 사람은 얻음이 있으면 잃음이 있고, 잃음이 있으면 얻음이 있는 진리를 알아차린다. 덕과 함께하는 사람은 하는 바 없이 행하고, 행하고도 했다는 사실조차 잊고 사니 이 또한 얻음도 잃음도 없다.

그러나 "잃음에 함께하는 사람"은 도를 어기고 덕을 저버리며 살아간다. 오직 사물의 현상에만 집착할 뿐 그 본질을 추구하지 않는다. 욕심이 많아 물욕(物慾)에 쉽게 빠져 본성을 잃어버리고 많이 더 많이 챙기기에 급급하여 실수를 범하니 화(禍)를 자초한다.

이들은 얻음의 즐거움과 잃음의 슬픔의 현상에만 연연하지 결코, 얻음과 잃음의 본질을 알아차리지 못한다. 예컨대, 비도덕적인 사람은 비양심적 행위로 얻어진 것에 대한 어떤 양심적 가책도 없이 그런 행위의 반복을 서슴지 않는다. 그것은 얻음이 있는 것처럼 보이지만 절대 그러하지 않다. 자신의 본성과 명예를 서서히 잃어버리는 것이다. 그러니 어찌 잃음이 비도덕적 사람의 비양심적 행위와 함께하는 것을 반갑게 즐기지 않겠는가? 이 또한 유유상종이 아니던가.

따라서 도가 있는 사람은 도의 포용에 이르는 도를 얻을 수 있고, 덕이 있는 사람은 덕의 비호를 받을 수 있지만, 도를 잃고 덕을 잃은 사람은 아무런 수확도 없고 잃음만 쌓이고 쌓일 뿐이다.

이처럼 세상에는 도가 있고 없는 사람, 덕이 있고 없는 사람, 잃음과 얻음이 있는 사람, 잘나고 못난 사람 등등 별별 사람들이 다 어울려 산다. 인간은 한평생 혼자서 살 수 없고 눈을 뜨고 숨을 쉬고 있는 한 남들과 함께 어우러져 살아갈 수밖에 없는 존재이다. 그러니 싫든 좋든 남들과 원만하게 교류하고 소통하며 살아야 한다.

그러나 '중용(中庸)'의 화이불류(和而不流, 화합하되 휩쓸리지 아니함), '논어(論語)'의 화이부동(和而不同, 남과 사이좋게 지내지만 무턱대고 한데 어울리지 아니함)이라는 말이 있듯이 비록 세상 사람들과 화합하여 살아가더라도 사물의 본질을 추구하지 않는 자들에 휩쓸리지 않아야 한다. 내 주변에서 훌륭한 사람을 가까이하여 그로부터 지혜와 학식을 배우고, 못된 짓을 하는 사람은 쌀겨처럼 그를 키질하여 쓰레기처럼 멀리 날려 버려야 한다. 그래야만 비로소 '나답게 사는 행복'의 계단을 밟고 올라 나의 우담발화 (優曇鉢華)를 만나게 될 것이다.

나를 기쁘게 하는 활동을 한다

즐거움을 다루는 세 번째 방법은 나를 기쁘게 하는 활동을 하는 것이다. 예들 들면 음악·미술·독서·요리·수집 등과 같은 취미나 새로운 기술 배우기, 창작 및 탐구 활동하기 등과 같은 자신의 흥미와 관심사를 찾아 그것에 참여하여 적극적으로 활동하면 기쁨과 즐거움을 느낄 수 있다. 이러한 활동은 자연스럽게 새로운 공동체 활동으로 이어져 함께 누리는 기쁨과 즐거움으로 확대되어 삶의 의욕이 유연히 솟아난다.

이러한 기쁘고 즐거운 활동을 통해 얻어지는 환희의 삶을 적절하게 제어하고 관리해야 한다. 기쁨과 즐거움에 도취하면 자칫 흥분되어 이성을 잃고 본분을 망각할 수 있기 때문이다.

이를 위해서 노자의 도덕경 제12 위복장(爲復章) 중에 나오는 다음 구절을 그 지표로 삼는다.

難得之貨, 令人行妨。(난득지화 영인행방)
얻기 어려운 재화(財貨)는
사람으로 하여금 행위를 방해받게 한다.

여기서 '얻기 어려운 재화'란 세상에서 희귀하고 귀중한 물건일 수도 있지만, 자신의 처지에서 얻어지기 힘든 모든 것을 일컫는다. 자기에게 없는 것을 가진 다른 사람들을 보면 그들은 남부러울 것 없이 행복할 것이라고 막연히 생각한다. 그리곤 그들을 선망의 대상을 삼기도 하지만, 상대적 빈곤감으로 인해 자신의 삶을 비관하거나 허탈감과 무기력감에 빠지기도 한다. 선망이 대상에서 증오의 대상으로 전도되어 사회적 문제를 야기(惹起)하기도 한다.

그뿐만 아니라 소유욕이 강한 사람은 남부러울 것이 없는 풍요로운 삶을 살고 있으면서도, 갖고 싶은 대상이 생기면 남의 입장을 고려하지 않고 소유하려 든다. 하나가 충족되면 둘을 가지려는 탐욕을 그치지 못한다. 그들은 욕심을 채우는 것을 자연스러운 일상으로 삼기에 무소유와 무욕(無欲)의 삶을 추구하는 사람을 이해하지 못한다. 아예 이해하려 들지 않고 오히려 무능하다고 얕잡아보고 비하하는 거만과 교만을 부리기도 한다. 하기야 서 있는 사람이 어찌 달리는 사람을 따를 수 있겠는가?

견물생심(見物生心, 어떠한 실물을 보게 되면 그것을 가지고 싶은 욕심이 생심)이라, 여태껏 경험해 보지 못한 희귀한 사물을 보게 되면 그것이 자신한테 당장 필요하지 않은 것임에도 단순히 가지고 싶은 충동적 욕심이 생긴다. 이런 경우는 일상다반사(日常茶飯事, 차를 마시고 밥을 먹는 일이라는 뜻으로, 보통 있는 예사로운 일을 이르는 말)다.

이러한 물욕이 드러나는 까닭은 내면적 가치보다는 외면적인 가치를 추구하기 때문이다. 이른바 정신적 아름다움보다는 외모적 아름다움에, 사물의 무형적 가치보다는 유형적 가치에 치중하기 때문이다. 사람들은 자신의 물욕을 충족시켜 줄 새로운 길이 생기면 주저할 겨를 없이 가던 길을 멀리하고 그 길로 쉽게 들어선다. 왜냐하면 물욕의 유혹에 자신의 근본을 잃어버렸기 때문이다. 가던 길은 재미는 없지만, 정도(正道, 올곧은 길)이며 편한 지름길이고, 샛길은 흥미롭지만 사도(邪道, 삿된 길)이며 가시밭길인데도 말이다. 삿된 길의 여정은 고초의 연속이며 그 끝은 파국에 이른다. 그래서 얻기 어려운 재화가 '사람의 올곧은 행위를 방해한다.'라고 말한 것이다.

오늘날 많은 사람은 물욕에 빠져서 삶의 가치관과 도덕관이 매우 왜곡되어 살아가지만, 그것을 제대로 인식하지 못하고 있다. 이 때문에 자신의 행위가 정당한 줄 착각하고 지내는 경우가 흔하다. 그래서 노자의 도덕경 제44 지지장(知止章)에 있는 한 구절을 소환하여 나에게 경각심을 불러일으키고자 한다.

知足不辱 知止不殆。(지족불욕 지지불태)
만족할 줄 알면 모욕당하는 일이 없고
적당히 멈출 줄 알면 위태로움이 생기지 않는다.

어떤 재화나 권력의 유혹에서 벗어나는 길은 양심을 잃지 않도록 늘 깨어 있어야 한다. 그윽하고 기묘한 도(道)의 세계에 머물러 있어야 한다. 그러하지 않으면 푼돈의 이익을 얻는 재미에 미혹되거나 불투명한 미래에 대해 막연한 기대에 부풀어 경험도 밑천도 미천하면서도 전 재산을 주식이나 가상코인 등에 다 걸기를 하여 쪽박 차는 신세가 된다. 그런가 하면 깜도 능력도 부족하면서 순진한 사람들을 미혹하여 정치권력을 잡은 후에 제멋대로 권력을 남용하다가 임기가 끝나자마자 나락으로 전락하여 생명까지도 위태롭게 된다.

　그리하기에, 필요한 만큼만 갖고, 가진 것에 만족할 줄 알며, 많음을 덜어 부족함을 채울 수 있는 여유를 가져야 한다. 만족할 줄 알면 만사, 만물에 감사하게 되고 흘러넘치기 전에 덜어 내어 베풀 줄 아는 삶을 살게 된다.

　이처럼, 나를 기쁘게 하고 즐기는 활동을 열심히 하되 결과에 연연하지 말고, 남들과 비교하여 우열을 가리지 말며, 본성을 잃지 않고 나의 행위에 만족할 줄 알아야 한다. 이러한 것들은 '나답게 즐기려는 마음'을 '나답게 사는 행복'으로 연결하는 지혜다.

현재의 지금에 집중하고 즐긴다

즐거움을 다루는 네 번째 방법은 현재의 지금에 충실하고 집중하며, 경험하고 최대한 즐기는 것이다. 과거에 대한 집착이나 미래에 대한 번뇌에서 벗어나 지금에 마음을 머물게 하면 즐거움을 더욱 느낄 수 있다. 예컨대, 배가 고프다고 느끼는 순간 밥을 먹으면 포만감이 생겨 스트레스가 해소되고 행복감을 느낀다. 더불어 몸에 필요한 영양소가 공급되어 건강을 유지할 수 있다. 졸릴 때 잠을 자면 스트레스가 해소되고 몸과 마음이 편안해져 행복감을 느낀다. 이로 인해 뇌가 휴식을 취하게 되어 집중력과 기억력이 향상된다.

미래는 아직 오지 않은 지금이고, 과거는 이미 지나 버린 지금이고, 현재는 이 순간 지금이다. 미래도 과거도 현재도 모두 지금의 결과다. 미래를 두려워하거나 과거에 집착하지 않으려면 그냥 현재의 지금에 충실하면 된다. 전생에 선근(善根)을 많이 쌓았으면 현세에 그 공덕을 받아 안락하고 행복할 것이고, 현세에서 전생의 공덕만 받아 빼먹고 선근을 짓지 않으면 미래세는 고난과 역경에 처하게 될 것이다. 반면 전생에 악업을 많이 지어 현세에 많은 고통을 받고 있다면, 과거의 업장을 소멸하기 위해 현세에서 선근을 많이 쌓으면, 미래세 또는 현세 말기에는 반드시 그 공덕으로 안락하고 행복하게 되는 것과 같다. 따라서 현재의 지금에 충실하여 양심껏 살면 된다.

예컨대, 흐르는 계곡물에 손가락을 꽂아 보자. 손가락을 향해 다가오는 물줄기는 미래의 시간이고, 손가락과 닿아 시원함을 전하는 물줄기는 현재의 시간이며, 손가락을 스쳐 흘러내려 가는 물줄기는 과거의 시간이다. 이처럼 과거, 현재, 미래가 분절된 시간이 아니라 연속적으로 이어져 연결 짓는 중요한 시간의 씨앗이다.

또 사람에게 가장 필요한 '금'이 세 가지가 있다. 이른바, '소금, 현금, 지금'이라 하는데 이 중에서 가장 중요한 것이 '지금'이다. 소금이 없으면 바닷가에서 구하면 되고, 현금이 없으면 현금자동인출기(ATM)에서 인출하면 되지만, 지금은 흘러가 버리면 돌이킬 수 없는 과거가 된다. 지금이 소중한 이유를 향으로 비유한 말도 있다. 미래는 타지 않은 향과 같고, 과거는 이미 타 버린 재와 같으며, 현재는 타고 있는 향과 같아 향기를 피운다. 향은 향 내음의 연기를 피워 공간을 그윽하게 채울 때 그 가치가 있다.

'지금'을 소중하게 여기는 한 사례를 들어 본다. 사람을 처음 만나 인사할 때 '출생을 묻지 말고 행위에 대해 질문'해야 한다. 고향이 어디고, 어느 학교를 졸업했고, 누구를 아느냐 등등의 질문은 과거를 소환하여 자신과의 강력한 연결고리를 만들려는 의도와 함께 자기과시의 속셈이 묻어 있다. 이렇게 연결된 관계는 자석이 뜨거운 열에 노출되면 자성을 잃어버리는 것처럼 처음에 잠깐 열렬했던 친근함은 점차 시들해져 간다. 온갖 섶에서 불을 일으키듯 자칫 환란의 씨앗이 되기도 한다. 따라서 묻고 싶은 것이 있거든 지금 그 사람이 어떤 일을 하고 있고, 어떤 삶의 가치를 지니고 살아가는지에 대해 초점을 맞추는 것이 현명하다. 왜냐하면, 천한 집에 태어난 사람도 도의 마음이 깊은 성인이 될 수 있고, 과거의 부끄러움을 뉘우치는 마음으로 행동을 삼가면 고귀한 사람이 될 수 있기 때문이다. 그래서 '나 때는~'이라는 자기 말보다 '지금 당신은~'으로 상대방에게 질문을 먼저 한다.

지금에 충실하여 즐거운 삶을 누리되, 자칫 아상(我相, 나에 대한 관념과 이를 중심으로 형성된 일련의 관념을 말함)에 빠질 수 있으므로 노자의 도덕경 제50 생사장(生死章) 중에 나오는 다음의 구절을 '지금'을 즐기는 그 지표로 삼는다.

> 生之徒, 十有三; (생지도 십유삼)
>
> 死之徒, 十有三; (사지도 십유삼)
>
> 人之生, 動之死地, 亦十有三。(인지생 동지사지 역십유삼)
>
> 夫何故, 以其生生之厚。(부하고 이기생생지후)
>
> 천명(天命)하는 사람이 열에 셋이고,
>
> 단명(短命)하는 사람이 열에 셋이고,
>
> 타고난 자기의 목숨을 사지(死地)로
>
> 몰아가는 사람 역시 열에 셋이다.
>
> 무슨 까닭인가?
>
> 그 삶으로 삶을 넉넉하게 하려고 집착하기 때문이다.

이 말을 곱씹어 보자. 전체 사람 중에는 타고난 수명을 다 사는 사람, 즉 장수하는 사람이 10분의 3이다. 이런 사람들은 태어나서 인간의 도리를 다하면서 천수를 누리는 삶을 산다.

또 타고난 수명을 다 살지 못하고 요절하는 이른바 단명하는 사람이 10분의 3이다. 이런 사람들은 도리를 저버리고 삶을 소중히 여기지 않아 죽음의 땅으로 들어간다. 예컨대, 행할 줄만 알았지 그칠 줄 모르고, 말할 줄만 알았지 침묵할 줄 모르고, 생각할 줄만 알았지 잊어버릴 줄 몰라서 많은 행위로 인해 자신이 가진 정력을 다 소모하여 결국 죽음의 지경에 이른다.

그리고 타고난 수명을 다 살 수 있는데도 자신의 탐욕과 분별과 집착하는 마음 때문에 고통과 번뇌의 흐름에 시달려 우울하고 깊은 시름에 빠져 스스로 죽음의 땅으로 들어가는 사람이 10분의 3이다. 이런 사람들은 늘 자신을 남들과 비교해 열등감을 느끼고 그로 인해 삶이 자신에게 불공평하다고 생각한다. 이런 부류의 사람들은 자신의 삶을 너무 소중하게 여기는 바람에 오히려 정반대로 삶을 거스르는 경우다. 예컨대, 장어는 깊은 연못이 아직 깊지 않다고 여겨 그 속에서 다시 구멍을 파고 살고, 매는 높은 산이 아직 높지 않다고 여겨 그 위에 둥지를 틀고 산다. 이러한 생물들은 화살을 쏘아도 닿을 수 없고, 그물도 닿을 수 없으니 그야말로 불사(不死)의 땅이다. 그러나 미끼로 유인을 당해 매와 장어는 '화살에 맞아 죽고, 낚시 미끼 바늘을 삼켜서' 결국 사지로 내몰리게 된다. 그것들은 자신의 삶을 소중히 여겼지만, 욕망 때문에 스스로 죽음의 땅으로 내몰린 것이다.

노자는 생사의 세 가지 길을 이야기했다. 제대로 삶을 사는 사람이 10분의 3이요, 삶을 경시하여 요절하는 사람이 10분의 3이요, 삶을 중시하면서도 사지로 들어가는 사람이 10분의 3으로 삶과 죽음의 길로 들어서는 것이 10분의 9다.

그런데 노자는 나머지 10분의 1에 대해 언급하지 않았고 사람들이 스스로 깨달음에 이르도록 하였다. 조금도 생각하는 바가 없이 남게 두는 것이 무위(無爲)의 오묘함이 아닌가! 그 남음이 바로 불생불멸(不生不滅, 생겨나지도 않고 없어지지도 않고 항상 그대로 변함이 없음)의 경지로서 삶도 없고, 죽음도 없는 이른바 무위적정(無爲寂靜, 인위적인 행위를 하지 않고 고요하고 평화롭게 살아가는 것)의 세계다. 욕망과 집착을 버리고 마음을 깨끗하고 맑게 하고, 고요하게 유지하여 내 앞에 주어진 것만을 '하는 바가 없이 행하는 것'이다. 그러니 걱정을 떠난 마음은 흐름이 없고, 모든 욕망을 벗어난 마음엔 근심이 없다.

삶이 있으면 죽음이 있기 마련이다. 삶에 의지하는 것이 두터우면 죽음의 길은 늘 10분의 9다. 그러나 자연의 이치를 깨달으면 이른바 적멸(寂滅, 번뇌의 세상을 완전히 벗어난 높은 경지)에 이르니 삶이 있는 곳 또한 없으니, 어찌 죽음이 있는 곳이 있겠는가? 다시 말하자면, 자기의 삶을 충실히 즐기면서 사는 사람, 자기의 삶을 경시하여 함부로 사는 사람, 자기의 삶을 너무 소중하게 여기는 사람, 이들은 삶이 끝나면 곧 죽음으로 들어간다. 그러나 내 삶의 행복과 이익뿐만 아니라 다른 사람의 행복과 이익을 위하는 자리이타(自利利他)의 마음으로 사는 사람은 자기에게 주어진 삶을 경시하거나 집착하지도 않으며 그저 하루하루 충실히 살아가는 산천초목처럼 순리에 따라 자신에게 주어진 일에 최선을 다할 뿐이다. 이런 이는 지나온 삶에 미련을 둘 여지도 없고 미래의 삶에 대해 안달복달하지도 않는다. 그러니 어찌 삶과 죽음의 경계가 드러날 수 있겠는가?

현재에 충실하되 마지막으로 생각해야 할 대목이 있다. 성과급제 근로계약을 한 경우를 제외하고, 내가 지금 하는 일을 열심히 하면 반드시 금전적 보상으로 얼마를 받을 것이라는 막연한 기대를 하지 않는 게 좋다. 왜냐하면, 보상을 예상하고 하는 일은 스트레스가 가중되고 힘들어질 수 있고, 혹여 내가 열심히 일한 것만큼의 보답이 주어지지 않았다고 느끼면 불만이 생겨나고 하던 일이 싫어지기 때문이다. 기대가 큰 만큼 실망도 크게 느낀다. 이렇게 되면 즐거움보다는 성냄을, 행복보다 불행을 느낀다. 그러므로 미래에 대한 막연한 보상의 기대와 현실에 주어진 보답의 정도를 따지는 행위를 초월해야 한다. 내가 하는 일과 현재를 즐기는 것에 더 주안점을 두는 그 시간부터 '나답게 사는 행복'이 시작된다. 그러면 자연히 하늘이 알아서 그에 응당한 천복을 내릴 것이니 말이다.

나답게 사는 행복

스스로 그러함과 함께 즐긴다

즐거움을 다루는 다섯 번째 방법은 자연(自然, 스스로 그러함)과 함께하기다. 자연환경 속에서 시간을 보내며 산책하거나 아름다운 풍경과 장엄한 모습을 감상하면 평화롭고 즐거운 순간을 경험할 수 있다. 예컨대, 들이나 강, 산이나 바다를 찾아 그것들이 연출하는 신비롭고 경이로운 풍광을 감상하거나 그 속으로 들어가 산책, 수영, 등산, 파도타기 등의 활동을 하면 즐거움을 얻을 수 있다. 이러한 활동은 신체 건강으로 이어져 삶이 더욱 즐거워진다. 끊임없이 변화하는 자연을 있는 그대로 관찰하고 생각을 가다듬어 내면의 평화를 찾을 수 있으면 즐거움을 높이는 데 더할 나위 없이 도움이 된다.

나는 주말이면 등에는 배낭을 짊어지고 목에는 카메라 끈을 걸고 가슴에는 카메라를 품고 산으로 떠난다. 남들은 내려갈 산을 왜 오르는가 말하는 이들도 있고, 왜 힘든 일을 사서 하느냐고 핀잔하는 이들도 있다. 그러면 나는 산행의 즐거움을 느끼며 '나답게 사는 행복'을 누리기 위해서라고 말한다. 어떤 즐거움이 있다고 그러는가? 자연과 하나가 되어 가는 순수하고 질박한 느낌과 자연 속에서 발견하는 오묘한 신비, 그 속에서 미처 깨닫지 못한 삶의 이치를 알아차릴 수 있는 즐거움이 있다. 이에 덧붙여 산객들에게 먼저 인사를 건네서 즐겁고, 응답을 들어서 즐거우며, 산객을 만나지 못하는 호젓한 산행에서는 초목과 인사와 대화를 나누는 즐거움이 있다. 두 다리의 근육이 튼튼하게 유지되고 폐활량이 좋아지며 두뇌가 명석해지는 건강 챙김의 즐거움도 있다. 그리고 힘든 고통을 겪으면서 내가 살아 있음을 알아차렸을 때 온몸으로 다가오는 삶에 대한 감사한 마음과 즐거움이 있다. 그래서 산행의 즐거움을 '나답게 사는 행복'으로 승화시키기 위한 산행원칙을 가지고 있다. 첫째로 산행을 위한 정보습득 및 준비를 철저히 한다. 둘째로 산행시간을 예상되는 산행시간보다 1~2시간 더 넉넉히 잡는다. 셋째로 낮은 산과 높은 산, 명산과 범산, 흙산과 돌산 등을 구별하지 않고 생각대로 느낌대로 산행지를 결정한다.

자연과 함께하면서 즐거운 삶을 누리되, 욕망의 향락에 미혹되지 않으려면 늘 생각이 깨어 있어야 한다. 욕망에 사로잡히게 되면 그릇된 행동으로 이어질 수 있다. 따라서 노자의 도덕경 제50 생사장(生死章) 중에 나오는 다음의 말을 마음속에 새겨 놓는다.

樂與餌, 過客止。(악여이 과객지)

道之出口, 淡乎其無味, (도지출구 담호기무미)

視之不足見, 聽之不足聞, (시지부족견 청지부족문)

用之不足旣。(용지부족기)

아름다운 음악과 맛있는 음식은

지나가는 길손을 멈추게 한다.

도(道)가 입에서 나오면, 밋밋하고 무미건조하다.

보아도 보지 못하고, 들어도 듣지 못하지만

그것의 작용은 다하지 않는다.

이 말을 곱씹어 보자. 인간은 본능적으로 향락을 추구한다. 그래서 감성을 자극하는 길거리공연의 감미로운 음악 소리가 들리거나 침샘과 코끝을 자극하는 맛집의 향기롭고 달콤한 음식 냄새를 맡으면 지나가는 사람의 대뇌에서 발걸음을 절로 멈추도록 명령한다. 이처럼 아름다운 선율의 음악이나 눈과 코와 혀를 감미롭게 하는 음식은 금방 마음의 희열을 느끼게 만든다. 그러나 아름다운 음악이 멈추고, 맛있는 음식이 다 떨어지면, 벌꿀이 다른 꽃을 찾아서 날아가듯 사람들은 그곳을 미련 없이 자리를 박차고 떠나갔다.

이에 비해 대도(大道, 사람이 마땅히 행(行)해야 할 바른길로 이 책에서는 양심으로도 표현함), 즉 무위자연(無爲自然)을 언어로 표현하자면 평담무미(平淡無味, 고요하고 깨끗하여 산뜻하며 맛이 없음)하여 밋밋하고 아무런 맛이 없으며 딱딱하다. 더욱이 대도라는 것을 설사 보고 들을 수 있다고 해도, 마음의 동요를 일으킬 만큼 아름답지 않으니 눈을 기쁘게 하는 데 부족하고, 들어도 특이한 것이 없어 그저 평범하니 귀를 즐겁게 할 방법이 없다.

그런데 대상(大象, 엄청나게 커서 크기를 가늠할 수 없는 커다란 마음(양심 또는 대도))을 장악하고 세상을 기다리면, 좋고 나쁨이 없고, 소유도 지배도 하지 않으며, 누구도 차별하지 않으니, 어찌 사람들이 오지 않으리. 대도는 어디에나 존재하지만, 형상도 소리도 없어 사람들은 볼 수도 종잡을 수도 없다. 그러나 아름다운 음악이나 맛있는 음식보다 더 사람을 끌어당기는 매력이 있어 사람으로 하여금 양심을 지향하고 양심에 만족하게 한다. 이러한 도의 작용은 무진무궁(無盡無窮, 끝이 없고 다함이 없음)하여 한계에 이르지 않는다.

도라는 것이 막연하여 혹여 이해가 잘 안 된다면 한 가지 방법이 있는데, '도'를 '양심'으로 이해해 보면 '아하~ 그럴 수 있겠구나!' 하고 동의하게 된다.

사람들을 성색(聲色, 소리와 색깔)으로 유혹하는 것은 오래가지 못하고 하루아침에 유혹이 끝나게 된다. 그러나 이치에 맞게 행동을 하는 사람, 즉 양심에 거리낌이 없는 사람들은 뭇사람들로부터 영원히 추앙을 받을 수 있다. 무위(無爲)로써 자기를 다스리면 귀순한 사람들에게 방해되지 않는다. 그러면 모든 사람이 평화롭고 화목하게 되니 어찌 그들이 등을 돌리고 떠날 수 있으리.

온갖 유혹이 난무하는 현실 생활 속에서 바람이 구름을 걷어 버리듯이 어떻게 해야 탐욕과 소유욕과 지배욕을 떨쳐 내고 대도를 추구할 수 있을까? 늘 생각이 깨어 있어야 하며, 사본추말(捨本逐末, 근본을 버리고 부수적인 것만을 좇는다는 뜻)하지 말아야 한다. 즉 무미건조한 것에 만족하고, 맛있는 음식과 감미로운 음악에 빠지지 않으며, 보고 듣는 즐거움으로 자신의 근본을 잃지 않아야 한다.

자연의 섭리에 따라 일을 하고 심평기화(心平氣和, 마음이 평온하고 태도가 온화하다는 뜻)를 유지해야만 도의 작용이 무한에 이를 수 있다. 땅을 딛고 선 사람이 도를 행하는 것은 하늘과 하나가 되는 길이고, 그 하나는 우주 공간으로 무수히 많은 에너지를 뿜어내며 자연으로 돌아가서 온 세상을 복되게 만든다. 이것은 마치 지극정성으로 기도하여 소원을 성취하는 것과 같다. 반면에 도를 행하지 않는 것은 몸은 있지만, 생각이 없고, 생각은 있지만, 실천이 없는 허수아비와 같으니 어찌 그 기운이 있으리. 도는 아무리 많이 행하였다 해도, 다함이 없고, 행함으로써 얻어지는 수익 또한 무궁무진함이 그지없다.

여기 잠깐, 그 유명한 18세기 프랑스의 철학자이자 사회학자인 장 자크 루소(Jean Jacques Rousseau, 1712~1778)가 쓴 저서 '인간 불평등 기원론'과 '사회 계약론'에서 "자연으로 돌아가라"는 주장을 되새겨 보자. 루소는 당시의 산업화와 도시화에 따른 인간의 인위적인 문명이 인간의 자유와 평등을 침해했고, 자연의 아름다움과 순수함을 파괴했다고 비판했다. 그리고 인간은 원래 자연 속에서 자유롭고 평등하게 태어났으나, 문명의 발전과 함께 불평등이 생겨났다고 주장했다. 그는 인간이 자연으로 돌아가 자연의 법칙에 따라 살아갈 때 진정한 자유와 평등을 누릴 수 있다고 주장했다. 또, 인간의 이성과 도덕적 능력을 강조하며, 이를 바탕으로 사회를 개혁해야 한다고 주장했다. 루소의 이러한 주장들은 현대에도 환경 보호와 생태주의 운동에 큰 영감을 주고 있다. 그뿐만 아니라 '나답게 사는 행복'을 추구하는 나에게도 깊은 감명을 주었다.

자연은 나에게 생명을 주었고, 환희의 즐거움을 누리게 하였으며, 시공간을 초월하여 삼세(三世)를 넘나드는 사유의 공간을 제공하였다. 그리고 내가 태어나서 힘들 땐 용기를, 넘칠 땐 지족을, 슬플 땐 위로를, 기쁠 땐 고요를, 즐거울 땐 멈춤을 주어 후회 없는 삶을 맘껏 펼치게 한다. 그리고 돌아가 쉴 곳에서는 영생(永生)의 즐거움을 누리게 한다.

나에게도 남에게도 베풀며 산다

즐거움을 다루는 여섯 번째 방법은 나에게도 남에게도 도움이 되는 것을 베풀며 살기다. 가장 손쉬운 방법으로 누구나 다 알고 있지만, 생각만큼 좀처럼 실천이 안 되는 것이 '미소'와 '웃음'이다. '웃다 보니 즐거워진다.'라는 말이 있듯이 웃음과 긍정적인 표정은 즐거움을 느끼게 해 주는 간단하면서도 매우 효과적인 방법이다. 내가 미소를 지으면 옆 사람들도 덩달아 미소를 짓고, 내가 웃으면 옆 사람들도 덩달아 웃는 경우가 많다. 왜 미소를 짓는지 왜 웃는지 따지고 묻지도 않고 말이다. 남을 모방하는 것은 인간이 지닌 속성 중의 하나다.

'웃는 얼굴에 침 못 뱉는다.'라는 속담도 있지 않은가. 화사한 낯으로 다가오는 사람에게 어찌 모질게 굴 수 있겠는가. 미소와 웃음을 습관화하여 주위 사람들과 함께 그것을 공유하면 다 같이 즐겁고 행복해질 수 있다. 이처럼 미소와 웃음은 즐거움의 바이러스다.

또 다른 방법으로 남을 돕는 봉사 활동을 하면 만족감과 함께 즐거움을 느낄 수 있다. 남을 돕는다는 것이 그리 거창한 것도 많은 돈이 드는 것도 아니다. 아니, 땡전 한 푼 없어도 몸과 마음만 있으면 가능한 일이다. 예컨대, 남에게 말을 건넬 때 '나라면, 나 때라면'이라는 내 입장을 내세우기보다 남의 입장을 배려하여 남에게 도움이 되고 기분 상하지 않게 좋은 말을 해 준다. 그렇지만 아부를 하라는 것은 아니다.

또 남이 힘든 일을 내 몸으로 도와주는 것이다. 길을 가다가 무거운 짐을 들고 가는 어르신에게 다가가 함께 짐을 들어 준다거나 불의의 사고로 위험에 처한 사람에게 다가가 도움의 손길을 서슴없이 내민다. 그리고 아주 사소하고 하찮아 보이는 것들이라도 남의 마음을 헤아려 남이 원하는 것을 도와준다. 남을 진심으로 생각하는 마음만 갖는다고 즐거움이 얻어지는 것은 아니다. 그러한 마음을 몸으로 실천하고 행동할 때 비로소 즐거워지고 행복하게 된다.

베풀며 즐거운 삶을 누리되, 자칫 자만해지거나 교만해질 수 있으므로 노자의 도덕경 제34 성대장(成大章) 중에 나오는 다음의 구절을 그 지표로 삼는다.

大道氾兮, 其可左右。(대도범혜 기가좌우)

萬物恃之以生而不辭, (만물시지이생이불사)

功成而不有。(공성이불유)

대도(大道)가 범난(氾濫)하도다!

사방천지(四方天地) 어디에나 존재한다.

만물이 의지해 생겨나도 사양치 않고,

목적하는 바를 애써 이루고도 갖지 아니한다.

이 말을 곱씹어 보면 이렇다. 대도(大道)는 마치 강물이 흘러넘치는 것처럼 그 능력이 도처(到處)에 두루 미치지 않는 곳이 없다. 그것은 만물의 생장(生長)에 필요한 자양분이다. 대도는 천지의 만물이 의지해 성장하고 발전하여도 결코, 어느 무엇도 차별하거나 사양하지 않는다. 대도는 만물을 낳고 길러 제각기 역할을 다하도록 공헌하여 큰 공적을 이루고도 이를 대가(代價)로 명성을 추구하지 않고, 이에 연연하지도 않는다.

비유컨대, 엄마가 자식을 사랑하는 마음은 생명을 잉태할 때부터 지극 정성이 시작된다. 배 속의 태아를 위해 태교를 하고, 낳고 기르면서 발끝부터 머리끝까지 어느 한 곳도 정성의 손길이 미치지 않는 곳이 없다. 자식이 엄마에 의지해 성장해 가지만, 이를 귀찮다고 뿌리치지 않고, 귀여운 자식, 미운 자식 구별하지도 않는다. 열 손가락 깨물어 안 아픈 손가락이 어디 있으랴! 혹여, 자식이 성공하여 온 세상에 이름을 크게 떨쳤어도 결코, 당신의 희생으로 여긴 적이 없으며 오직 자식의 무탈한 성공만을 간절히 기도한다. 어찌 치사랑이 크다 하나 내리사랑만 하겠는가? 이러한 엄마의 마음이 곧 대도와 같다.

엄마의 사랑이 나왔으니, 이참에 잠시 '부모은중경(父母恩重經)'의 한 대목을 읽으면서 서방극락세계에 계신 엄마와 아버지의 생각에 잠시 젖어 본다.

더러운 것들을 깨끗이 씻어 주신 은혜

생각건대, 그 옛날의 아름답던 그 얼굴과 아리따운 그 몸매는 곱기만 하셨네. 두 눈썹은 푸른 버들 가른 듯, 두 뺨의 붉은 빛은 연꽃을 닮으신 듯. 은혜가 깊을수록 그 모습 사라지고, 더러운 것 씻느라고 맑은 얼굴 상하셨네. 한결같이 아들딸만 사랑하고 거두시다 자비하신 어머니의 얼굴마저 시드셨네.

부모님의 크신 은혜, 깊고도 지중하네. 크신 사랑 잠시라도 그칠 새 없으시니, 일어서고 앉더라도 그 마음 따라가고, 멀더라도 가까워도 크신 뜻 함께 있네. 어머니의 나이 높아 일백 살 되었어도 여든 살 된 그 아들을 언제나 걱정하네. 이와 같이 크신 사랑 어느 때 끊기실까. 목숨이나 다하시면 그때나 쉬게 될까.

마땅히 큰 사람은 엄마와 같은 마음을 지닌다. 그는 도움이 필요한 사람들을 냉정하게 뿌리치지 아니하고, 그들을 도와주지만 절대 공치사하지 않으며 그 명성을 머물지도 않는다.

우리 주변에는 힘들고 어려운 사람들에게 따뜻한 손길과 마음을 전달해 주는 큰 사람이 많다. 이런 사람들은 몸이 커서 큰 사람이 아니고, 풍부한 재력을 소유한 자도, 위풍당당한 권력을 지닌 사람도 아니다. 단지 자신이 가진 재주와 능력을 나눔으로써 주변의 사람들이 행복해지고, 그들과 공감하며 함께 살아가는 존재의 가치를 공유하는 사람들이다. 이들은 자신의 공을 내세워 자랑하지도 헛된 명성을 추구하지도 않는다. 그래서 진정으로 큰 사람이 아닌가? 이처럼 순수하고 깨끗한 마음으로 나눔을 실천하는 큰 사람을 일컬어 '도(道)를 실천하고 덕(德)을 쌓는다.'라고 한다.

이에 비해서, 선거철만 다가오면 평상시 코빼기도 내밀지 않던 정치인들이 왜 이리도 자선 봉사를 많이 하는지, 온 세상을 활개를 치고 다니는 모습이 참으로 꼴불견이다. 그러다 선거가 끝나면 당선자든 낙선자든 그 모습을 쥐도 새도 모르게 감춘다. 당선자는 행사가 있을 때나 거들먹거리는 모습으로 사진촬영 이벤트만 연출한 뒤, 선거 전 고분고분했던 배꼽인사를 까맣게 잊고 목에 깁스했는지 고개를 뻣뻣하게 쳐들면서 바람과 함께 사라진다.

이런 이야기는 성공한 위치에 이를지라도 비록 남을 도왔다 할지라도, 성공했다는 생각이나 도왔다는 생각조차 버리고, 자만이나 과시, 교만하지 말며 겸손해야만 도리를 다하는 것임을 시사한다.

여기서 노자의 도덕경 제77 천도장(天道章) 중의 일부 문장을 불러와 하늘의 도와 인간의 도의 차이점을 알아본다. 그리고 이를 통해 우리가 '하늘의 도'를 닮아 가야 하는 이유를 발견한다.

> 天之道, (천지도)
> 損有餘而補不足。(손유여이보부족)
> 人之道, 則不然, (인지도 즉불연)
> 損不足以奉有餘。(손부족이봉유여)
> 하늘의 도는 여유가 있는 것을 덜어 내어
> 부족한 것을 채우는 것이다.
> 사람의 도는 그러하지 못하여
> 빈곤한 사람한테 빼앗아서 여유로운 사람에게 바친다.

이 문장을 곰곰이 생각해 보자. 하늘의 도는 균등하여 강한 세력의 것은 억누르고, 약한 세력의 것은 보충하여 일으켜 세운다. 여유가 있는 것은 덜어 내게 하고, 모자란 것은 얻어 채우도록 한다. 마치 보름달은 기울고, 초승달은 채워지는 것과 같다. 이처럼 자연의 법칙은 여유가 있으면 덜어 내어 모자란 곳에 보태 주어 채우도록 한다.

그러나 인간의 도는 그렇지 못하여 빈곤한 사람의 것을 빼앗아 여유 있는 사람을 섬긴다. 이처럼 사회의 법칙은 자연의 법칙과 정반대다. 그래서 인류사회는 빈부격차가 심화되었고, 그 악화의 진행이 극도를 향해 빠르게 치닫고 있다. 왜 그런가? 인간의 욕심 때문에 부의 편중은 권력의 편향으로 이어지고, 권력의 편향은 욕심 충족을 위해 생각할 수 있는 모든 것을 동원해 재물을 챙기기 때문에 부의 쏠림을 가속화한다.

소수의 권력과 재벌층이 다수 사람을 지배하는 상황에서 사회 하층의 많은 사람은 오롯이 사회에서 위험 부담이 큰 생산 업무만 담당할 뿐이다. 요즘 중대재해로 사망하는 노동자들이 속출하고 있는데도 경영자들은 중대재해처벌법 때문에 사업하기 힘들다고 아우성치면서 안전사고 예방에는 별 관심이 없다. 그런가 하면, 직원을 과중한 경쟁으로 내몰아 중압감을 견뎌 내지 못해 정신장애까지 얻게 만들어 죽음을 두려워하지 않는 경지에 이르게 할 때가 많다.

그러나 하늘의 도는 욕심이 없어 일시동인(一視同仁, 멀거나 가까운 사이에 관계없이 친하게 대해 준다는 뜻으로, 성인은 모든 사람을 똑같이 사랑함을 이르는 말)하며 균형(均衡)을 추구하는 세상이어서 장구(長久)하는 것이다. 인간의 도가 하늘의 도를 본받아 욕심을 버리고 인종과 성별 등 온갖 차별 없는 세상을 만들어 간다면 사람들은 안정을 찾고 갈등과 분쟁을 방지할 수 있을 것이다.

나에게도 남에게도 베풀 수 있을 만큼 베풀고, 나눌 수 있을 만큼 나누어 너, 나 할 것 없이 함께 즐거움을 누릴 수 있어야 한다. 이를 위해 베풀고 나눔을 전파하는 메신저로서, 동행자로서 역할을 충실히 수행한다. 그러면 나다움을 간직한 채 '나답게 사는 행복'을 향해 계단을 오르는 것이다.

나를 아끼고 사랑하며 돌본다

 즐거움을 다루는 '칠법' 중 마지막 방법은 나를 아끼고 사랑하며 돌보기다. 나를 사랑할 줄 아는 사람은 남을 사랑할 줄 알고, 사랑을 받은 사람만이 또 나를 사랑해 줄 수 있는 법이다. 이는 우리네 삶의 공동체를 즐겁고 행복하게 한다.

 우리는 흔히 이렇게 말한다. 재물을 잃으면 조금 잃는 것이고, 명예를 잃으면 많이 잃는 것이고, 건강을 잃으면 전부 잃은 것이다. 건강을 잃고 생사의 갈림길에 섰던 사람들은 이 말의 소중함을 뼈저리게 느끼고 공감하지만, 대부분 사람은 '그렇지'라는 정도로 인지할 뿐 범종의 그윽한 울림처럼 깊은 감명으로 남지 못한다. '건강'이란 말은 지겹도록 강조해도 절대 지나치지 않다.

 건강은 개인의 신체적, 정신적, 사회적, 그리고 감정적인 측면 모두를 포함하는 종합적인 상태를 나타낸다. 건강이라는 것이 단순히 질병이나 다른 건강 문제가 없는 상태를 의미하는 것이 아니라, 전체적인 웰빙과 생활의 질을 나타내는 개념이다. 그러나 여기서는 각 개인에게 직접적인 영향을 미치는 신체적 및 정신적 건강에 대한 자기 돌보기로 한정하여 생각해 본다.

신체 건강을 위해서는 당연히 건강한 식습관 유지, 충분한 운동, 정기적인 건강검진 및 예방접종을 통한 질병 예방이 중요하다. 충분한 잠을 자고 스트레스를 효과적으로 관리하는 것도 필요하다. 신체 건강은 정신 건강과 밀접한 연관성을 갖고 있다. 몸이 아프면 정신 건강에 부정적인 영향을 미치게 된다. 한 예로 만성질환자들이 우울증 등을 앓고 있는 경우다.

정신 건강은 몸이 튼튼해야 할 뿐 아니라, 일과 휴식을 균형 있게 유지해 스트레스를 줄여야 가능하다. 우리가 살면서 스트레스를 전혀 받지 않을 수는 없다. 또한, 스트레스를 받지 않으면 오히려 나태해지고 발전이 없다. 적절한 스트레스는 자아발전과 삶의 즐거움을 느끼게 하는 단초(端初, 일이나 사건, 생각 등을 풀어 나갈 수 있는 계기)가 된다. 그러나 과도한 업무와 강박관념에 사로잡혀 정신적 스트레스에 시달리면, 신체적 건강을 나쁘게 만들고 삶의 즐거움을 잃게 하는 원인이 된다. 따라서 일과 휴식의 적절한 조화, 나에게 알맞은 운동이나 활동 등을 통해 몸과 마음의 건강을 돌보는 것이 즐거움을 높이는 데 도움이 된다. 일과 휴식의 조화에 관한 대표적인 사례가 2000년대에 세계 각국에서 주목받으면서 정책화되기 시작한 '워라밸(Work and Life Balance)'이다. 이는 일과 생활의 균형을 뜻하며 일과 가정, 여가, 건강, 자기 계발, 사회활동 등의 삶을 조화롭게 하여 행복한 인생을 영위하기 위한 것이다. 국내 각 기업체는 2017년부터 직원들이 일에만 치우치지 않고 개인의 삶과 균형을 이루도록 돕기 위해 '워라밸 데이'를 채택하고 있다. 직원의 삶의 질 향상이 곧바로 기업 경쟁력으로 이어지는 효과를 거두고 있다.

그리고 나 자신을 받아들이고 나 자신을 이해하는 것이 중요하다. 완벽

하지 않아도 되며, 자신을 긍정적으로 평가하고 사랑하는 태도를 유지한다. 즉 나 자신에게 연민을 갖고 친절하게 대하고 자기비판을 줄인다. 나에게는 믿음이 있고, 노력이 있고, 지혜가 있다고 나를 세뇌한다. 예컨대, 열 사람은 열 사람, 백 사람은 백 사람 다 제각기 생김새도 다르고 생각도 다르고 능력도 다르다. 같은 공간에서 같은 시간에 함께 공부했는데도 시험을 치르면 사람마다 얻은 점수가 다르고 그에 따라 서열이 정해진다. 그러나 그 서열에 비례하여 그 사람의 됨됨이가 결정되는 것은 아니라는 사실을 모르는 이가 없다. 그런데도 사람들은 당장 눈앞에 주어진 결과에 연연하고 적이 고민하고 번민한다. 그럴 필요가 없다. 내가 못하는 부분이 있다면 노력해서 보완하면 되고, 그래도 도저히 진전의 기미가 없다고 판단되면 과감히 저버리면 된다. 그 대신 내가 잘할 수 있는 것에 집중하여 더욱 발전시키면 된다. 그러면 그 부문에서 오히려 남들보다 월등한 능력을 발휘할 수 있다. 밖에서 답을 구하려 하지 말고 안에서 나를 찾는 지혜를 발휘한다.

그리고 바쁜 일상에서도 자기를 돌보기 위한 시간을 확보하는 것이 중요하다. 다양한 취미와 관심사를 개발하여 나 자신을 발전시키고 즐거움을 찾는다. 예컨대, 명상, 독서, 산책, 여행, 등산 등을 통해 마음의 평화를 찾고 적절하게 스트레스를 해소하는 자기관리 시간을 갖도록 한다.

현대인은 제각기 개성이 뚜렷하고 취향도 삶의 방식도 매우 다양하다. 그러한 삶 속에서 자기다움의 즐거움을 누린다. 그러나 자기를 사랑하고 자신의 삶을 즐기는 것이 아니라 자기만을 사랑하는 자신만의 삶의 쾌락에 빠지는 경향이 있다. 복잡한 사회변화 속에서 오히려 단순하게 살아가려는 것은 당연한 일인지도 모른다. 특히 유튜브, 페이스북, 인스타그램

등과 같은 소셜 미디어의 출현으로 자극적이고 단편적인 짤막한 문장과 가짜 뉴스, 그리고 실시간으로 보고 듣는 것에 익숙해져 간다. 책을 읽는 사람은 점점 줄어들고 문 닫는 출판사는 늘어 가고, 직접적인 체험보다 가상적인 체험을 선호하고, 사색과 성찰을 즐기기보다 잘잘못을 가리고 남 탓하기에 정신이 없다. 이러한 쾌락과 단순함은 극단적인 사고로 치닫게 하고, 너를 위한 배려보다 나만을 위한 이기를, 선의의 경쟁보다 치열한 싸움을 부추긴다. 그러다 보니 늘 스트레스라는 안개에 휩싸여 앞이 보이지 않는 미래를 살아간다. 이런 악마의 늪에서 빠져나오기 위한 자기 관리에 관심을 가져야 한다.

자신을 돌보기 위한 가장 적절한 방편으로 나는 무위(無爲)의 삶을 사는 것을 꼽는다. 그래서 노자의 도덕경 제37 무위장(無爲章) 중에 나오는 다음의 구절을 삶의 지표로 삼는다.

道常無爲, 而無不爲。(도상무위, 이무불위)
도(道)가 영원한 것은 무위(無爲)하기 때문이지만
행하지 아니함이 없다.

이 말을 곱씹어 보면 다음과 같다. 노자는 도가 영원히 존재할 수 있는 것은 무위하기 때문이라고 한다. 무위란, 단순히 하는 일이 없고 아무런 생각도 없이 그저 빈둥거리며, 흐르는 시간에 파묻혀 사는 보잘것없는 하찮은 일상이 결코 아니다. 무위란, 언제나 자연에 순응하고 망상과 망행하지 않으며 매사 억지로 하거나 남에게 강요하지도 않는 것이다. 그래서 도를 얼핏 보면 아무 일도 하지 않는 백수처럼 보이나, 실제로 그는 무소

나답게 사는 행복

불위(無所不爲)하여 세상에서 하지 않는 일도, 하지 못하는 일도 하나도 없다.

도(道)와 종교 속의 신(神)은 다르다. 종교 속의 신은 인격을 가지고 있으며, 그는 의지도 있고, 욕망도 있다. 반면 도는 인격을 지니고 있지 않지만, 그는 만물을 창조하고 만물을 주재하며, 자연 만물의 번성, 발전, 도태, 신생에 순응한다. 도는 세상 만물의 근본이다.

자연의 순리를 따르는 환경은 무위여서 내가 자연의 도리에 순응한다면, 자연스럽게 최고의 삶을 누릴 수 있다. 그러나 자연의 섭리를 역행한다면 그가 제멋대로 할 수 있게 그냥 내버려 두지 않는다. 지금 고통스럽고 참담한 곤경에 처해 있다면 그것은 이전에 분명히 도리에서 벗어나 좋지 못한 어떤 행위가 있었기 때문이다. 그렇다고 현실의 고난을 숙명이라 여기고 삶을 포기한다면 그것도 또한 도리가 아니다. 따라서 고난을 탓하기보다 자연의 순리를 따른다면 지난 업장이 천천히 조금씩 소멸하게 되고 현재 쌓는 선근(善根)의 결과가 앞으로 서서히 드러날 것이다.

또한, 위기상황을 벗어나기 급급해 기교를 부리면 늪에 빠져서 허덕이다 더 깊은 수렁으로 빠지는 양상과 다르지 않다. 당장은 더 힘들고 더 고통스럽게 진행될지라도 자연의 순리를 따른다면 자신의 운명을 개척해 나갈 수 있는 지혜가 생긴다. 이것이 진정한 무위의 삶이다. 즉 발묘조장(拔苗助長, 억지로 싹을 뽑아서 성장을 도와준다는 뜻으로, 급(急)하게 서두르다 오히려 일을 망치는 것을 이름)하지 않고, 자연처럼 서두르지 않지만, 게으름 피우지 않는다. 꾸밈없고 순박하며 자연스럽다는 것은 억지로 치장하여 어색한 것보다 늘 돋보인다. 지금 이 순간부터 무위의 삶을 누려 보는 것은 어떨까? 이보다 더 큰 즐거움이 또 어디 있으랴.

나를 아끼고 사랑하고 돌보는 것이 진정한 삶의 즐거움이 되기 위해서 마음에 담아 두어야 할 것이 하나 더 있다. 그것은 나의 여유로움은 자칫 남의 고통이 될 수 있고, 나의 풍요로움은 자칫 남의 빈곤이 될 수 있으며, 나의 한가로움은 자칫 남의 격무(激務)가 될 수 있음을 알아야 한다. 즉, 내 삶의 가치가 소중한 만큼 남의 삶의 가치도 소중하다. 이러한 역지사지(易地思之, 남과 처지를 바꾸어 생각함)의 입장으로 남을 대할 때 내가 하고자 하는 행위에 대해 당위성을 인정받을 수 있으며, 남들도 나의 목숨을 소중하게 여기고 삶을 즐길 수 있다. 나의 삶의 향락만을 추구하지 않는 사람은 적극적으로 자기가 하고 싶은 일을 하거나 자신의 목숨을 지나치게 중시하며 사치를 선호하는 사람보다 더 현명하다.

이처럼 나를 아끼고 사랑하며 돌보는 데 있어서 대인관계를 효과적으로 관리해야 한다. 그러기 위해서는 먼저 상대방의 가치를 존중하고, 그들의 감정과 의견을 이해한다. 서로의 개인적인 경험을 존중하고 대화를 통해 소통하면서 감정을 공유하는 것은 관계를 강화하는 데 도움이 된다. 그리고 생각, 감정, 욕망 등을 열린 마음으로 솔직하게 나누는 원만한 소통은 건강한 관계의 기반이 된다. 상대방의 의견을 듣고 서로의 요구를 이해하는 것은 관계를 더욱 강화한다. 또 상대방에 대한 감사의 마음을 표현하는 것도 중요하다. 작은 일에 대한 감사의 말과 행동은 상대방이 얼마나 소중한지를 알려 주는 중요한 방법 가운데 하나다. 마지막으로 서로가 어떻게 도움을 주고받을 수 있는지를 이해하고, 상대방의 지원이 필요할 때 서로 도와주는 것이 중요하다. 이는 상호 의존성을 강화하고 긍정적인 관계를 유지하는 데 도움이 된다.

대인관계를 효과적으로 관리하는 이러한 방법들은 각각의 관계에 따라 다를 수 있다. 특정한 상황이나 개인의 특성을 고려하여 조절하는 것이 중요하다. 이러한 노력이 서로에 대한 이해와 연결을 증대시켜 더 건강하고 행복한 관계를 유지하는 데 도움이 될 것이다. 이는 바로 '나답게 사는 행복'과 다르지 않고 같은 선상에 놓여 있다. 나를 나답게 만들고, 나의 행복을 증진하는 데 크게 이바지할 것이다.

지금까지 즐거움을 다루는 '칠법(七法)'에 관해 이야기했다. 나답게 행복한 삶을 살아가는 한 방편으로 자신의 즐거움을 구하고자 한다면, 집에 불이 난 것을 물로 꺼 버리듯이, 바람이 솜을 날려 버리듯이, 무엇보다 슬픔과 성냄과 욕심과 걱정을 지워 버려야 한다.

나답게 사는 행복 누리기

'나답게 사는 행복'을 위한 방편으로 삶의 희로애락에 관련된 내용을 4편으로 나눠 36절에 걸쳐 나의 이야기와 생각을 펼쳐 놓았다. 각 편에는 기쁨, 성냄, 슬픔, 즐거움 등의 감정을 다루는 방법을 여러 사례를 들어 가며 실감 나게 적어 왔다. 이를 뒷받침하기 위해 노자 '도덕경'의 일부 내용을 인용하여 '나답게 사는 행복'의 지혜를 얻고, 그것을 삶의 지표로 삼았다.

희로애락은 각 개인에 따라 다양할 수 있으므로, 그것을 다루는 방법이 어떤 것은 좋고, 어떤 것은 나쁘다고 단정하여 말할 수 없다. 이것이 가장 좋은 솔루션이라고 확정하여 말하는 것은 위험 중에서 가장 큰 위험이다.

이 책은 내가 반평생 넘게 살아오면서 체득한 내용을 토대로 희로애락을 다루는 하나의 방편을 제시한 것이지 꼭 이렇게 해야 효과적이라는 것은 아니다. 독자에 따라 이러한 방편에 공감하는 이들도 있을 것이고, 터무니없는 이야기로 받아들일 수도 있을 것이다. 그러나 시시비비를 따지기에 앞서 그냥 '이런 방법도 있을 수 있겠구나!' 하고 '나답게 사는 행복'을 꾸려 가는 하나의 사례로 받아 주면 더할 나위 없이 감사하겠다.

그리고 당부하고 싶은 말은 이 책을 다 읽은 후엔 반드시 이 책을 없애서 이 책에 구속되지 말고 독자의 생각과 사상대로 나답게 사는 행복한 삶을 누리시기 바란다.

희로애락을 다루는 통합적 기법으로써 노자의 도덕경 제10 현덕장(玄德章) 중에 나오는 한 구절을 소개한다.

天門開闔 能爲雌乎? (천문개합 능위자호)

감관(感官)의 자연스러운 여닫음에

마음이 휘둘리지 않게 할 수 있는가?

이것을 좀 더 상세히 살펴본다. 하늘의 문(天門, 천문)을 여닫는다고 하니 뭔 말인가? 어찌 무변광대(無邊廣大, 끝이 없어 넓고 큼)한 하늘에 문이 있다는 말인가? 누가 하늘에 문을 만들어 놓았으며, 그 무엇이 하늘의 문을 드나드는가?

여기서 말하는 하늘의 문은 실제 하늘에 존재하는 것이 아니라 하늘이 인간에게 만들어 준 감각기관을 의미한다. 즉, 소리의 문을 위한 귀, 빛깔의 문을 위한 눈, 음식과 말의 문을 위한 입, 냄새의 문을 위한 코, 사물과 접촉하는 문을 위한 피부 등의 다섯 가지 감각기관이다. 따라서 하늘의 문을 여닫는 것은 인간이지만, 하늘의 문을 드나드는 것은 하늘의 기운이다. 하늘의 기운이 드나들면 살아 있는 사람이고, 하늘의 기운이 드나들지 않으면 죽은 사람이다. 마치 콧구멍을 통해 공기가 드나들면 살아 있는 것이고, 멈추면 죽은 것과 같다. 삶과 죽음은 눈에 보이지 않는 공기 흐름이다. 그래서 호흡만 잘해도 장수한다고 말하는 것이 아닐까?

사람은 귀, 눈, 입, 코, 피부 등 다섯 가지의 문을 여닫으며 끊임 없이 외부세계와 연결하며 산다. 칭찬하거나 비난하는 등 온갖 말과 소리를 듣고, 아름답거나 추한 것 등 여러 가지 모습과 행태를 보고, 달콤하거나 쓰거나 하는 갖가지 맛의 음식을 먹고, 향기롭거나 퀴퀴한 별별 냄새를 맡고, 부드럽거나 통증을 느끼는 다양한 감촉을 느끼며 삶을 유지한다. 말과 색과 맛과 냄새와 감촉에 도취하면 본성을 잃고 실상(實相)을 제대로 보지 못한다.

이러한 감관(感官)의 문을 통해 드나드는 것들을 인식함으로써 기쁘고 화나고 슬프고 즐거움을 느끼게 된다. 이러한 감정에 일희일비하며 마음이 파도처럼 출렁거리면, 지금의 이 흥겨운 시간이 영원히 지속하는 줄 착각할 뿐만 아니라 고통과 번민에서 벗어날 수 없을 것 같아 의기소침해질 수 있다. 그러나 감관의 문을 여닫을 때 드나드는 외물들이 단지 손님처럼 잠시 다녀가는 것이라 여긴다면, 얻은 것도 잃은 것도 없으니 기쁨도 성냄도 슬픔도 즐거움도 하나같다. 그것들이 잠시 들어오면 왔구나 하고 응하고, 떠나가면 떠나는구나 하고 인식할 뿐 먼저 나서서 마중하고 배웅하질 않는다. 나의 감각기관을 통해 들어오는 것들에 대한 욕망을 삼가고, 연꽃잎에 구르는 물방울처럼 미혹되지 않는다.

나를 공격하며 좁혀 오는 검은 악마의 포위망을 마치 굽지 않은 질그릇을 돌로 깨뜨리듯이 물리치고, 고요하고 평온하며 청정한 몸과 마음을 유지한다면 자연의 도를 얻는 것처럼 평화롭다, 그러나 이것은 말처럼 호락호락하지 않다. 초여름 더위가 숲속의 가지에 꽃을 피우듯이 각고의 노력이 수반될 때만이 가능한 일이다. 이처럼 감관을 통해 어떤 무엇이 드나들어도 세계는 무궁무진하고 자신의 능력은 제한적임을 인식하고 있다면, 마음속에서 경외심(敬畏心)이 자연히 우러날 것이다. 마음에 경의(敬意)를 품게 되면, 입으로 공손한 말과 몸으로 겸허한 태도가 드러난다.

계묘년을 보내고 갑진년을 맞이하면서 컴퓨터 자판의 두드림을 멈춘다. 처음 이 책을 쓰겠다고 마음먹은 동기는 마냥 욕망에 끌리어 물불을 가리지 못하고 동분서주하면서 살아온 삶 속에서 진정한 나의 모습을 찾아 여생을 가치 있게 보내고 싶은, 이른바 '나답게 사는 행복'의 길을 발견하려는 몸부림이었다. 그 당시에 마음에 지녔던 글귀가 '화엄경 법성계(華嚴經 法性偈)'의 한 구절인 "초발심시 변정각(初發心時 便正覺)"이다. 즉 깨달음을 이루려고 하는 맨 처음의 결심이 바로 깨달음을 이루게 되는 동기라는 말이다. 어찌 범부(凡夫, 번뇌에 얽매여 생사를 초월하지 못하는 사람)가 번뇌를 초월한 성인의 깨달음에 비유할 수 있겠는가. 그렇지만 나는 바른 깨달음을 '나답게 사는 바른길'이라 여기며 살기로 한다.

선을 행하고 덕을 쌓고 도를 얻고자 한다면, 아니 '나답게 사는 행복'을 누리고자 한다면 기쁨, 성냄, 슬픔, 즐거움에 마음이 휘둘리지 말아야 한다. 일구월심(日久月深, 날이 오래고 달이 깊어 간다는 뜻으로, 날이 갈수록 바라는 마음이 더욱 간절해짐을 이르는 말) 그렇게 할 것이고, 혹여 그런 마음에서 벗어날 때면 다시 초심(初心)으로 돌아가기를 반복할 것이다.

이 '나답게 사는 행복'은 요리책처럼 행복을 만드는 '행복책'이다. 행복한 삶을 산다는 것은 나답게 사는 길이다. 나다움이란, 물에 비친 달이 아니라 하늘에 뜬 달을 보듯 몸뚱이의 아바타가 아니라 그것을 움직이는 '참나'로 사는 길이다. 본래 꾸밈이 없고 순수하고 질박한 마음이 자연과 동화되어 살아간다. 산속의 바위와 거목들이 비록 벼락과 태풍을 맞아 갈라지고 부러져도 제자리를 굳건히 지켜 내듯 내게로 다가오는 온갖 기쁨과 성냄과 슬픔과 즐거움에 대해 내 마음자리가 초연하게 대응한다. 예컨대, 이 세상이 각자도생이 만연할지라도, 남들에게 관심을 가지고 그들과 교류하고 소통하면서 지낸다. 그러나 남에게 무리하게 맞추지도 않고, 남의 말을 앵무새처럼 따라 하지도 않는다. 태어나면서부터 남의 행동을 흉내 내면서 성장하는 것이 인간의 속성일지라도, 자신의 잃고 그 무리에 부화뇌동(附和雷同, 자신의 주관이 없이 남의 의견을 가볍게 좇으며 남이 하는 행동을 무작정 따라서 함)하지 않는다.

그렇다고 독불장군은 아니며 피갈회옥(被褐懷玉, 겉에는 거친 갈옷을 입었으나, 그 속에는 옥을 품고 있음)과 같이 세상의 티끌과 어울리되 보석같이 아름답고 소중한 마음을 품고 세상 사람들과 동행한다. 나의 깊은 가치를 남들이 이해하지 못하고 고개를 갸우뚱하더라도 그러려니 하며 당연하게 여긴다.

이처럼 주어진 환경 속에서 목인석심(木人石心, 의지가 굳어 어떠한 유혹에도 마음이 흔들리지 않는 사람을 일컬음)의 자세로 내 마음자리가 동요하지 않고 살아가는 것이 진실로 '나답게 사는 행복'이 아닐까?

사방으로 막힘없는 능선의 파노라마 조망, '감악산'*
- 고즈넉한 산사와 고요한 자연의 맛

백련사 뒤로 감악산 능선에 놓인 월출봉(좌)/일출봉(우)

감악산(紺岳山, 해발 945m)은 충청북도 제천시와 강원특별자치도 원주
시와의 경계에 우뚝 솟아 있다. 이 산을 오르기 위해 승용차 내비게이션

---

* 출처 : 뉴데일리 충청·세종(https://cc.newdaily.co.kr/site/data/html/2024/02/01/20240201
00413.html)

의 목적지를 백련사(제천시 봉양읍 명암로5길 414)로 설정하고 출발한다. 제천시 명암로5길의 2차선 도로를 따라 이동하다가 원주시 제원로14길로 이어지는 삼거리에서 명암로5길 1차선으로 들어선다. 삼거리 입구에는 '감악산 등산로 안내도'가 빛은 바랬어도 웃음으로 반갑게 맞는다.

이후 승용차로 약 2.5㎞를 이동해 해조음문화원(海潮音文化院)에 닿으니 통행차단기가 앞을 막아선다. 차단기 앞 넓은 공간에 승용차를 주차한다. 산행 기점을 백련사 주차장에서 이곳으로 변경하고 산행을 시작한다. 계획이 틀어져서 약간은 서운하고 야속한 마음이 잠시 파동을 일으킨다. 이런 옹졸한 마음은 조잘대며 흐르는 계곡의 청량한 물소리를 들으니 수그러든다. 그러다가 백설과 얼음으로 뒤덮인 구불구불하고 경사진 도로를 오르자 유연히 감사한 마음으로 바뀐다. 희비에 꺼들리는 마음을 다잡아도 또 흔들리니 어쩔 수 없는 범부(凡夫)다.

고도를 높이자 몸에 열기가 나기 시작한다. 차갑게 느껴지던 산속의 공기는 어느새 시원하고 맑은 공기의 느낌으로 살갗을 스친다. 코로 숨을 깊게 들이마시고 몸속의 찌든 욕심을 입으로 잔뜩 토해낸다. 백설이 아침 햇살을 받아 눈부시게 길을 밝히니, 그 모습이 마치 지혜의 상징인 문수동자가 길을 안내하는 듯하다. 모든 생명이 숨죽이며 조용히 기다리는 계절, 산바람마저 잠들어 고요를 더한다.

어디선가 적막을 깨는 딱따구리 소리가 스님의 목탁 소리처럼 산중에 울려 퍼진다. 이 울림처럼 "나답게 사는 행복"이 온 세상으로 퍼져나가길 기대한다. 하얀 눈길을 차근히 밟으며 구불구불하고 경사진 길을 오른다. 길옆 '감악산 샘물'도 갈색 낙엽을 이불 삼아 기나긴 동면 중이다. 주차장에서 2.1㎞를 이동하니 좌측으로 감악고개, 우측으로 백련사 입구인 세거

성벽 바위에 얼어붙은 고드름

리에 닿는다. 우측으로 이동하여 감악산 능선과 조화를 이룬 백련사(白蓮寺)를 만난다.

사찰의 지붕 위로 짙푸른 하늘을 가로지르는 감악산 능선이 하나의 획을 긋는다. 그 선상에 배꼽처럼 튀어나온 일출봉·월출봉과 시선을 마주치니 첫 맞선을 보는 듯 두려움과 설렘으로 가슴이 두근거린다. 백련사는 삼국시대 신라의 승려 의상이 백련암으로 창건했으며, 절 앞 연못에서 흰 연꽃이 솟아 피어났다고 하여 붙여진 이름이라 전한다. 일주문, 삼성각, 사천왕문을 지나 극락전에 들어 아미타불께 삼배하며 요동치는 가슴을 가지런히 한다. 무명을 벗어나지 못함을 참배한다. 세상 모든 사람이 "나답게 사는 행복"을 누리고, 우리의 안전산행을 기도한다. 경내를 나와 꽁꽁 얼어붙은 감로수가 있는 방향으로 이동한다. 그 옆으로 등산 리본이

달린 경사진 산길을 따라 감악산 정상으로 향해 간다.

선행자들의 발자국을 따라 하얀 눈길을 오른다. 산비탈에 세워진 돌탑을 바라보며 불쑥불쑥 솟아났던 욕심을 하나, 둘 내려놓는다. 나의 성근 머리털 사이로 반짝이는 두피를 드러내는 것처럼, 앙상한 활엽수 나무줄기 사이로 하얀 속살이 눈부시다. '성벽 바위'에 매달린 고드름이 호된 추위의 수행과정을 거쳐 득도한 노인의 백발수염처럼 고상하고 풍성하게 익었다.

백련사 갈림길의 조망점에서 바라본 풍경

백련사에서 0.8㎞를 오르니 백련사 갈림길에 닿는다. 이곳에서 감악산 정상까지는 0.2㎞, 석기암까지는 3.6㎞이다. 이정표에서 동쪽으로 조망 포인트에 서니 한 폭의 수묵화가 펼쳐진다. 묵묵히 걸어온 길이 주는 선

나답게 사는 행복

물이다. 그것을 감상하느라 아직 정상에 닿지 않았다는 사실조차 잊을 뻔했다.

정상을 향해 오르면서 이마에 그어진 삶의 흔적처럼 주름이 가득한 바위들을 만난다. 수많은 세월을 거치면서 온갖 풍파를 견디며 서 있는 저 바위들은 변화무쌍한 인간 세상을 가엾다고 묵묵히 내려다보고 있는 듯하다. 이곳을 다녀간 수많은 산객이 남겼을 사연들을 가슴에 담고 마냥 지켜만 보고 있다. 길을 오르면서 일출봉 바닥 틈새를 올려다보니, 마치 부처님 발바닥처럼 생겼다.

'감악산 정상' 이정표에 도착해 석기암 방향으로 몇 걸음을 이동한다. 그곳엔 갤러리에 걸린 다양한 동양화처럼 멋진 풍광이 펼쳐진다. 다시 이정표로 돌아와 정상석이 있는 '일출봉(선녀바위)'을 오른다. 눈과 얼음으로 뒤범벅이 된 암벽을 밧줄에 의지해 오른다. 어렵지 않게 첫 단계를 통과한다. 그러나 다음 단계가 난관이다. 좌측으로 징검다리 바위 3개를 건너 뛰어야 정상석에 닿을 수 있지만 동행한 아내가 포기한다. 우측으로 접시 바위를 기어올라야 일출봉 꼭대기에 오를 수 있지만, 백설이 그대로 남아 있어 위태롭다. 아내가 위험할 것 같아 그냥 내려가자고 했으나, 당신이 먼저 우측으로 접시 바위를 기어올라 꼭대기에 닿는다. 아내는 내가 산 정상에서 사진 촬영을 즐기는 마음을 잘 알고 있는지라 그 마음을 헤아려 말없이 먼저 큰 용기를 낸 것 같다.

산꼭대기에 오르니 널찍하고 평평한 암반과 척박한 환경에도 불구하고 천하를 지키는 장수처럼 한 그루의 소나무가 자리한다. 사방으로 내달리는 능선의 파노라마가 펼쳐지니 황홀하기 그지없다. 그 안에 하늘과 땅의 경계마저 꿈결처럼 아스라하다. 넋을 놓고 바라보다가 눈과 마음에 전경

감악산 정상에서 바라본 전경. 좌측으로부터 월출봉, 감악 3, 2, 1봉

을 담기 시작한다. 동쪽으로 석기암, 감암봉, 용두산 방향을 조망한다. 북서쪽으로 월출봉(동자바위), 감악 3, 2, 1봉, 그 뒤로 시명봉, 응봉산, 치악산을 바라본다.

　늘 산 정상에 서면 '아는 만큼 보인다.'라는 말을 실감한다. 그러니 뭘 조금 안다고 잘난 체하고 뽐내며 우쭐댈 여지가 없다. 장엄하게 펼쳐진 자연 앞에서 나는 아주 작은 티끌에 불과하니 저절로 겸손해진다. 하늘과 통하는 감악산 정상에서 천기(天氣)를 받고, 발아래 펼쳐진 안정한 땅에서 솟아오른 지기(地氣)를 가슴에 담아 또 내일을 향해 "나답게 사는 행복"을 꾸며간다. 꼭대기에서 내려다보이는 감악산 정상석으로 일출봉의

　　　　　　　　　　　　　　　　나답게 사는 행복

바위 주름을 발판 삼아 조심해서 암반을 내려간다.

정상석과 접선을 하고 일출봉 꼭대기 암반 위에 서 있는 소나무와 작별 인사를 나눈다. 이번엔 내가 아내보다 먼저 말없이 세 개의 징검다리 바위를 뛰어넘는다. 그리고 아내에게 할 수 있다고, 괜찮다고 용기를 북돋아 준다. 도약 거리가 짧아 간신히 발이 세 번째 징검다리 바위에 닿은 아내의 손을 붙잡아 이끈다. 이렇게 오늘도 둘이서 무사히 한 고비를 넘긴다. 삶이 다 이런 것이 아닌가? 이 모습이 늙어가는 부부의 이심전심(以心傳心)이 아닌가 싶다. 옛날 엄마와 아버지처럼 비록 주고받는 말이 투박해 보일지라도 서로를 존중하는 끈끈한 정이 통하는 그런 모습을 나도 어느새 그대로 닮아 가고 있다. 일출봉을 내려와 이정표 앞에 놓인 돌덩이에 앉아 따뜻한 컵라면으로 요기를 한다. 그러면서 충북도청과 제천시청에서 이정표 관리와 일출봉 안전설비 설치에 관심을 보였으면 좋겠다고 생각한다.

이제 월출봉(감악바위 또는 동자바위)을 향해 우뚝 솟은 일출봉 옆으로 밧줄을 잡고 돌아간다. 이어 하늘의 기운이 드나드는 통천문(通天門)에서 천지의 기운을 받는다. 천삼산-황둔리 갈림길에서 황둔리 방향으로 이동한다. 이동 중에 나무줄기의 위아래로 두 군데에 끈이 꽁꽁 묶인 두 그루의 나무를 발견한다. 두 나무 사이에 플래카드를 걸었던 모양이다. 아내가 네 군데 끈을 다 풀어주니 그동안 묶인 자국이 선명하다. 얼마 답답하고 고통스러웠을까? 푼 끈을 배낭에 넣고 돌아서려니 마음이 편치 않다. 인간의 무자비한 행위에 대한 미안함이 든다. 용서해 달라고 그들에게 말하고 무심하게 길을 재촉한다.

감악산 정상석과 일출봉 암반 위의 소나무

나답게 사는 행복

산 비탈길을 지나자 감악 3봉으로 가는 능선 방향과 감암산성(紺巖山城)으로 이어지는 계곡 방향으로 갈라지는 이정표를 만난다. 나뭇가지에 가려진 반듯한 모양의 월출봉을 옆에 끼고돌아 계곡 방향으로 수북이 쌓인 눈을 밟으며 하행한다. 그 소리가 귀를 밝게 하고, 그 촉감이 부드러워 무릎을 편하게 한다. 포근한 날씨 탓에 상고대를 만날 수는 없었지만, 대신에 백설의 비탈길에 꽂아놓은 앙상한 나뭇가지가 흑백의 묘미를 연출한다. 남길 만큼만 남긴 순수한 자연 속에서 당장 쓸모없는 내 모든 잡념을 버리고, 순수하고 참다운 나를 찾아보는 순간이다.

하행하던 발걸음을 멈추고 다녀오지 않은 감악 3봉과 2봉을 돌아본다. 나뭇가지 사이로 고개를 기웃거리며 애써 보려 하지만 신통치 않다. 가파른 능선은 완만하게 얼굴을 바꾸고 드문드문 수령이 오래된 아름드리 소나무가 장구하게 사는 삶의 방식을 일깨우는 듯하다. 모를 심어 놓은 듯 백설의 비탈에 박힌 참나무가 즐비하다. 입춘을 앞둔 포근한 날씨 탓인지 필자의 마음에는 그들이 연초록 새싹을 돋을 준비를 하느라 분주하게 움직이는 듯하다. 우리도 내일의 또 다른 삶을 위해 지금에 충실하며 살기로 한다. 힘들게 산의 정상에 올라 짊어진 삶의 무게를 무변광대(無邊廣大)한 공간으로 바람과 함께 실려 보내고 하산한다. 이 마음은 새털처럼 홀가분하고, 발걸음은 사뿐히 편안하게 속세로 향한다. 이 맛에 산행을 즐기는 것이 아닌가 싶다.

하얀 눈 속에서 정성이 깃든 작은 돌탑이 홀연히 나타나 하심(下心)하라 한다. 수령이 오래된 나무 밑동이 바위와 연인처럼 정겹게 포옹한다. 완만한 눈길은 울퉁불퉁 돌멩이들이 솟은 길로 바뀐다. 이곳이 감암산성(紺巖山城)의 성터인 듯하다. 이 산성은 천연암벽과 석축으로 성벽을 이루고 있으며, 백련사를 감싸고 있는 형태로 축조되었다고 한다. 짧게 이어진 산성길 끝자락에 닿자 우측으로 내리막길이 감악고개로 이어진다. 아무런 표식이 없지만, 좌측으로 가면 백련사 입구로 이어질 것 같다. 이런 촉감을 이야기하자, 아내는 좌측으로 들어서길 원한다. 세상사가 어찌 내 마음대로 다 되겠는가? 감악고개가 필자와 인연이 아니려니 한다. 계획을 수정해 좌측으로 방향을 틀어 능선길을 따라 하행한다. 곧이어 고즈넉한 모습의 백련사가 눈에 들어오고, 능선에 자리를 틀고 앉아 있는 월출봉과 일출봉을 가까이서 조망한다.

산은 누구에게나 평등하다. 지위 고하를 막론하고 누구나 두 발로 걸어야 정상에 닿을 수 있으니 말이다. 그러나 이러한 자연의 평등함을 깨는 것은 인간의 욕심이다. 곤돌라, 케이블카 등과 같은 인위적인 시설을 산에 설치함으로써 자연이 주는 평등을 불평등으로 만든다. 백련사 입구에서 감악산 능선을 바라보고 올랐던 길을 내려가 주차장에 닿는다. 오늘도 이렇게 "나답게 사는 행복"의 이야기를 한 줄 엮는다.

이번 산행은 '해조음문화원 앞 주차장~백련사 입구 갈림길~백련사 갈림길~감악산 정상~통천문 바위~월출봉 바위~감악산성 구간~백련사 입구~해조음문화원 앞 주차장'으로 원점 회귀하는 약 6.24㎞ 산행이었다.

- 2024년 1월 30일 감악산 산행일기

나답게 사는 행복

나답게 사는 행복

ⓒ 진경수, 2024

초판 1쇄 발행 2024년 3월 19일

지은이   진경수
펴낸이   이기봉
편집   좋은땅 편집팀
펴낸곳   도서출판 좋은땅
주소   서울특별시 마포구 양화로12길 26 지월드빌딩 (서교동 395-7)
전화   02)374-8616~7
팩스   02)374-8614
이메일   gworldbook@naver.com
홈페이지 www.g-world.co.kr

ISBN   979-11-388-2523-8 (03810)